Verena Carl
Irgendwie, irgendwann

PIPER

Zu diesem Buch

»Ich bin es leid, die Projektionen deines eigenen Familiensystems ständig auf mich beziehen zu müssen«, faucht Barbara Lolas Mutter an. Da ist Lola zwölf, und ihre Mutter lebt gerade mit einer Frau zusammen, die lila Männerunterhosen trägt und sich von Möhren und Biobrot ernährt. Von ihnen wird Lola mit zur Menschenkette gegen den NATO-Doppelbeschluss geschleppt und hält dort die Hand von Anton, einem Freund aus der friedensbewegten Clique ihrer Mutter, in den sie sich unsterblich verliebt. Doch obwohl sich Lola irgendwann entschließt, sich auf den politisch engagierten, aber pickligen Schulkameraden Stefan Eberlein einzulassen, gelingt es ihr nicht, der verführerischen Aura des Freiburger Schriftstellers Anton zu entgehen … Atomkraft? Nein, danke! Authentisch und unterhaltsam erzählt Verena Carl vom weiblichen Erwachsenwerden und lässt nebenbei die 80er Jahre wieder auferstehen.

Verena Carl, geboren 1969 in Freiburg, hat viele Abende in der örtlichen Disko »Zorba The Buddha« verbracht, bevor sie zum Studium nach München geflüchtet ist. Über den Poetry Slam hat sie die Lust am Geschichtenschreiben entdeckt und Kinderbücher und Romane verfasst, darunter »Eine Nacht zu viel« und »Irgendwie, irgendwann«. Heute lebt sie als freie Autorin und Journalistin in Hamburg.

Verena Carl

Irgendwie, irgendwann

Roman

Piper München Zürich

Mehr über unsere Autoren und Bücher:
www.piper.de

Ungekürzte Taschenbuchausgabe
Piper Verlag GmbH, München
September 2009

Umschlaggestaltung: semper smile, München
Umschlagabbildung: Diana Lukas-Nülle
Autorenfoto: Peter Peisch / peitschphoto.com
Satz: Fuldaer Verlagsanstalt, Fulda
Papier: Munken Print von Arctic Paper Munkedals AB, Schweden
Druck und Bindung: CPI – Clausen & Bosse, Leck
Printed in Germany ISBN 978-3-492-25429-8

Man kehrt immer zu seiner ersten Liebe zurück, sagt man in Frankreich – on revient toujours à ses premiers amours. Ich weiß noch, wie ich erschrak, als ich diesen Satz zum ersten Mal las. Und dass ich ihn nicht glauben wollte. Wie auch. Ich wollte ja gar nicht, dass es so weit kam. Ich wollte nicht gehen und zurückkehren. Sondern bleiben und warten, so lange, bis Anton Olbricht einsah, dass gegen mich kein Kraut gewachsen war. Dass er sich ergeben musste.
Obwohl ich gerade mal zwölf Jahre alt war und er beinahe vierzig.
Obwohl er mit meiner Mutter schlief.
Und obwohl eine andere sein Kind zur Welt brachte.
Wann ich aufgehört habe zu warten, kann ich heute nicht mehr sagen. Vielleicht an diesem Abend, als ich in Schluchsee einen Zug bestieg, überrascht, dass ich meine Lungen nicht einfach vom Weiteratmen abhalten konnte. Vielleicht eine Woche später, als auf der Schleiflackkommode im Flur ein Brief an mich lag, den ich nie beantwortet habe. Vielleicht, als ich aus der Zeitung erfuhr, dass Anton Olbricht Freiburg verlassen hatte, um für immer in seinem Haus in Umbrien zu leben.
Natürlich bildete ich mir damals ein, ich sei der Grund für seine Flucht. Als wäre es eine Art Sieg, dass er alles tat, um meine Nähe zu vermeiden. Aber natürlich wusste ich es besser. So wichtig war ich ihm nicht. Nie.

Es ist ein schöner Septembertag, und zum ersten Mal seit beinahe zwei Jahrzehnten liest Anton Olbricht in seiner Heimatstadt aus einem neuen Roman. Selbstverständlich nicht an einem profanen Ort wie dem Theatercafé oder in einem Buchladen. Sondern in einer Privatvilla auf dem Lorettoberg.

Der Badenpost war die Lesung eine Aufmachergeschichte im Feuilleton wert, eine Rezension und ein Porträt. Schließlich ist Anton Olbricht der einzige Freiburger Schriftsteller, der gleich mehrere bedeutende Literaturpreise gewonnen hat. Sogar in den USA stand er schon auf den Bestsellerlisten. Eine Zeit lang sah man ihn gelegentlich in Talkshows. Als Quotenintellektueller lächelte er sich durch sonntägliche Herrenrunden im Öffentlich-Rechtlichen, und man wusste nie, ob er mit den anderen lachte oder über sie. Dann wurde es ein paar Jahre still um ihn, bei Google fand ich unter seinem Namen kaum noch nennenswerte neue Einträge.

Sein Alter, seine Krankheit: Auf dem Zeitungsfoto sieht man es ihm nicht an. Immer noch diese ausgeprägten Kieferknochen, der volle Mund, diese Ozeanaugen. Anton Olbrichts Brauen sind buschiger geworden, die Härchen wuchern in verschiedene Richtungen. Aber die Locken sind ab. Wie die meisten Männer, die vor zwanzig Jahren lange Haare hatten, trägt er den Rest davon jetzt militärisch kurz. Das sieht gut aus und relativiert eine Glatze, ohne sie zu verstecken.

Die Buchkritik nahm fast eine halbe Seite ein, und wie üblich überschlug sich die Literaturredakteurin vor Begeisterung. Es ist immer noch dieselbe Frau, die Anton Olbricht damals zum ersten Mal für die Badenpost *interviewt hat. Jedes Mal, wenn ich die Besprechungen mit dem Doppelnamen darunter lese, frage ich mich, wie nahe sie ihm wohl in all den Jahren gekommen ist. Aber wahrscheinlich ist sie nur ein Geistes-Groupie, glücklich, wenn der Meister mal wieder das Wort an sie richtet. Vorhin habe ich sie gesehen, sie stand in der Schlange vor der Damentoilette und zwirbelte ihren einzelnen Silberohrring.*

Ich mag Romane nicht besonders, und Anton Olbrichts Bücher schon gar nicht. Sie sind mir zu geschwätzig. Aber die Titel finde ich gut, klar und ökonomisch, zwei bis drei Silben, fertig. Vaterhaus, Kriegsdienst, Erbteil. Als ich den Titel des neuesten Romans las, wurde mir ein bisschen flau. Nach all der Zeit fürchte und hoffe ich schließlich noch immer, Anton Olbricht könnte eines Tages über mich schreiben. Jahrelang waren seine Bücher für mich unheimliche Gebäude, bevölkert von Gespenstern. Gebäude, durch die ich ging und mich vor jeder neuen Tür ängstigte. Jederzeit konnte ich dabei einem Menschen begegnen, den ich kannte. Schlimmstenfalls und bestenfalls mir selbst.

Aber beim Lesen der Rezension wurde mir rasch klar, dass auch dieses Buch nichts mit mir zu tun hat. Die Heldin – falls man das so nennen kann – ist eine zum Islam konvertierte Enddreißigerin, die in einem Versteck im Hochschwarzwald auf ihren Einsatz als Selbstmordattentäterin wartet und dabei einen Brief an ihren Vater schreibt.

Mit seinem neuen Werk knüpfe der Autor an seine frühen Romane an – so die Rezensentin – und thematisiere als einer der ersten international renommierten Autoren das existentielle Bedrohungsgefühl unseres Jahrzehnts, das in vieler Hinsicht der weit verbreiteten Apokalypse-Angst der achtziger Jahre gleiche. Das Schreckgespenst atomarer Bedrohung sei heute neuen, aber nicht minder bedrohlichen Schimären gewichen: dem Islamismus und der Globalisierung.

Wer für solche Formulierungen bezahlt wird, der hat wahrscheinlich kein Geld für einen vernünftigen Friseur. Oder für einen zweiten Ohrring.

Um kurz nach acht hänge ich meine Jacke über einen der weißen Kunstlederswinger im Saal. Dann werfe ich einen Blick auf den Stuhl in der ersten Reihe, ganz vorne links. Ich muss schließlich wissen, ob er belegt ist. Und wenn ja, von wem. Früher war dieser Stuhl Antons Frauenparkplatz. In wechselnder Besetzung. Jetzt sitzt dort ein Mann, er kommt mir bekannt vor, und schließlich fällt es mir wieder ein: das ist Anton Olbrichts Lektor. Natürlich hat auch er keinen Pferdeschwanz mehr, sondern Stoppeln mit blond gefärbten Spitzen. Ich könnte den Mann umarmen. Dabei weiß er sicher nicht, wer ich bin.

Ich lasse meine Jacke im Saal und gehe noch mal ins Foyer und an die Bar, um mir einen Rotwein zu holen. Merdinger Bühl 2003, Jahrhundertsommer-Jahrgang, ganz ordentlich für eine Lesung. Um mich herum wuselt die typische Mischung aus Kreaturen, die in ihrer Freiburger Ökonische die letzten Jahrzehnte überlebt haben, Achselhaarweibchen mit Delphinanhängerketten, Rucksackmännchen mit Windjacken, und ich will schnell mein Glas ergreifen und zurück in den Saal gehen, da steht plötzlich dieser Junge neben mir. Achtzehn, neunzehn, auf keinen Fall älter als zwanzig. Kussmund, Kopfkissenlippen, Kinderwimpern, das Haar kurz, dunkelblond und über der Stirn zu einer Tolle gegelt. Dieser Kopf sitzt auf einem Männerkörper, über einsneunzig, breitschultrig, ein bisschen gebeugt. Wie sie eben dastehen, diese großen Jungen, die noch nicht ganz in ihre neue Figur hineingewachsen sind.

Er trägt ein gelbes T-Shirt mit Attac-Schriftzug und dem Spruch Die Welt ist keine Ware, *und ich frage mich, ob*

diese Dinger von achtjährigen Näherinnen in Bangladesch produziert werden. In einer Hand balanciert er eine Flasche Tannenzäpfle, Zeige- und Mittelfinger unter die Verdickung an der Halsöffnung geklemmt. Er nimmt einen herzhaften Schluck, so dass das Bier bis zur Öffnung schäumt. Anfänger.
Er hat meinen Blick bemerkt und setzt die Flasche ab.
Na, sagt er, neidisch?
Neidisch, wieso?
Na, weil Sie so gierig gucken.
Ich muss lachen. Keine Sorge, sage ich und greife nach meinem Rotweinglas, für Flaschenbier bin ich zu alt.
Wer sagt denn so was, fragt er zurück, ehrlich empört.
Der Junge gefällt mir.
Noch ehe ich etwas erwidern kann, beginnt ein Hornbrillenträger, die Gäste vom Foyer in den Saal zu scheuchen, ja, natürlich dürfen Sie Ihre Getränke mitnehmen, nein, drinnen ist selbstverständlich Rauchverbot. Der Junge lächelt entschuldigend und bewegt sich mit wiegenden Schritten in Richtung Saal. Auf halbem Weg bleibt er stehen und fährt sich mit dem Handrücken über die Stirn. Kindlich und männlich zugleich, eine Geste, die mir bekannt vorkommt, mehr als das, vertraut.
Dann dreht er sich zu mir um, und plötzlich ist mir alles klar.
Du, mein Kleiner, hast mich schon einmal nackt gesehen.
Es ist, als hätte jemand eine Luke in meiner Erinnerung geöffnet, und während ich mit dem Rotweinglas in der Hand zu meinem Platz stolpere, führt mich jeder Schritt weiter ins Bodenlose.

1

Auf unserer ersten gemeinsamen Fahrt an den Schluchsee fingen meine Mutter und Barbara sofort an zu streiten, nachdem Barbara ihren Golf aus einer Parklücke manövriert hatte. Wenn Barbara einen neuen Gang einlegte, zitterte die selbst gedrehte Zigarette in ihren Fingern. Ascheregen fiel auf die braunen Kunststoffpolster. Noch nie hast du auch nur den Versuch gemacht, begann meine Mutter, und Barbara darauf: Ich bin es leid, ständig als Projektionsfläche für dein eigenes Familiensystem herzuhalten. Ihre Gespräche klangen wie die Texte aus Büchern in unserem Wohnzimmerregal, Bücher mit Titeln wie *Streiten verbindet* oder *Eltern, Kind und Neurose*.

Vor dem Autofenster zogen schäbige Altbaufassaden vorbei, Graffiti auf Augenhöhe. *SS + SA = SEK*, *Hafenstraße bleibt!*, *Aktion 83*, das A eingekringelt, ein Jahrgangsgraffito, noch ganz frisch. Später kamen die Sportplätze, das Freibad, die Brücke über die Dreisam, dahinter die Felswand, die über der Straße aufragte und mit rostigen Netzen verkleidet war wegen der Steinschlaggefahr. An den Fassaden in diesem Stadtteil gab es keine politischen Sprüche, dafür hingen Bettlaken mit Parolen aus den Fenstern, *B 31 neu – sofort!* Die Laken sahen aus wie vorher gebügelt, die Buchstaben waren akkurat gesetzt und alle gleich groß. Ich konnte mir vorstellen, wie Männer in Freizeithosen nach Feierabend mit Farbdose und Pinsel auf ihren

elektrisch aufgeladenen Wohnzimmerteppichen gekniet und gemalt hatten, während ihre Frauen in der Küche standen und Tomatenhälften in den Müll kippten, an denen Butterreste mit dem Relief von Messerschneiden klebten.
Diese Menschen, so dachte ich, waren nicht gegen Militär, Industrie oder Immobilienspekulation. Sie waren überhaupt nicht gegen jemanden oder etwas, sondern für den Bau einer Umgehungsstraße. Sie schienen nicht zu wissen, dass saurer Regen und Atomsprengköpfe das Ende des Planeten bereits besiegelt hatten und lebten ihr Leben, als würden noch ihre Enkel die ersehnte Ortsumfahrung benutzen, Autos besitzen und unter blühenden Bäumen spazieren gehen. Ich beneidete sie um ihre Unwissenheit.
Von einer Plakatwand lächelte uns ein Paar entgegen. Der Mann war groß und bärtig, die Frau trug ein weißes Flatterhemd. Gemeinsam hielten sie einen Korb, in dem Butter, Brot und eine geöffnete Packung Zigaretten lagen. *In unserem Haus muß alles schmecken*, stand in Schreibschrift darüber. Das Brot sah weiß und luftig aus, mit brauner Kruste. Hinter den beiden war verschwommen eine Gruppe von Menschen zu erkennen, die neben einer Scheune einen langen Tisch deckten.
Du bist so sehr in diesen Denkstrukturen verhaftet, sagte Barbara gerade. So konnten diese Gespräche stundenlang vor sich hinplätschern, Rinnsale, die sich manchmal zu einem Redestrom verdichteten, manchmal einfach auströpfelten. Oft stieg meine Mutter irgendwann aus dem Streit aus, nickte nur noch, ob aus Hilflosigkeit oder als Zugeständnis an Barbara, ich weiß es nicht. Dann redete die sich erst recht in Rage und boxte dabei mit ihrer großen, rissigen Hand den Oberarm meiner Mutter wie ein kaputtes Spielzeug, das man mit Gewalt wieder zum Lau-

fen bringen möchte. Auch jetzt hatte meine Mutter schon minutenlang geschwiegen.

Rechts von uns kam ein Möbelhaus, links eine Tankstelle. Kurz hinter dem Ortsschild, auf dem das Wort Freiburg rot durchgestrichen war, begannen die Maisfelder. Auf der Landstraße hielt Barbara immer noch ihren Monolog, und die Zigarettenasche bildete helle Häufchen auf ihrem Wollpullover. Ich hörte ihr gerne zu, auch wenn ich oft nicht verstand, worum es ging. Manchmal, wenn abends ihre erhobene Stimme aus dem Wohnzimmer drang, blieb ich eine Zeitlang auf dem Gang stehen, ganz still, damit keines der Dielenbretter knarrte, und lauschte.

Solange die beiden stritten, fühlte ich mich in Sicherheit. Ich konnte davon ausgehen, dass später jede in ihr eigenes Schlafzimmer gehen würde, Barbara früher, meine Mutter etwas später. Wenn sie sich gut verstanden, war es gefährlicher. Häufig hörte ich nur das Klappen von einer statt von zwei Türen, und wenn ich nachts aufwachte, wagte ich es nicht, mein Zimmer zu verlassen. Ich hatte Angst davor, mehr von ihnen zu hören, Geräusche, die mit nichts im Zusammenhang standen, das ich kannte.

An den Morgen nach solchen Nächten waren sie beide aufgekratzt, und meine Mutter trug nur einen blauen Bademantel, der über ihren Brüsten aufklappte. Manchmal hatte sie Ekzeme auf Waden und Schienbeinen, die Pünktchen aus Schorf zurückließen, wenn sie verheilten. Dann starrte ich konzentriert auf die Muster, die aussahen wie Sternbilder, wie der kleine Wagen oder das große W. Der Anblick beruhigte mich. Auch nach zwei Jahren hatte ich mich noch immer nicht daran gewöhnt, dass meine Mutter eine Frau auf den Mund küsste.

Kurz vor Himmelreich stellte Barbara den Golf auf einem Parkplatz an der Landstraße ab und reckte ihre Arme, so dass die marokkanischen Silberreifen daran klirrten. Die Felswände standen eng zusammen, das Licht war gedämpft. Ein Schwall Luft drang ins Auto, aber sie roch nicht nach Frühling. Kälte lag wie ein nasser Sack über der Landschaft.

Barbara öffnete die Tür, stieg aus, hantierte am Kofferraum und stieg dann mit einer Jutetasche wieder ein. Wortlos griff sie nach einer Thermoskanne und reichte sie meiner Mutter. Mir gab sie eine braune Papiertüte mit Bioladen-Aufdruck. Die Brötchen darin waren klein und hart, eine heimtückische Verletzungsgefahr für den Gaumen.

Früher hatten meine Mutter und ich oft Himbeertorte mit Gelatineüberzug gegessen, Griesschnitten mit Kompott, Nudeln mit Sahnesoßen. Wir hatten auch keine Jutetaschen mit fertigen Broten dabei gehabt, sondern waren in Cafés eingekehrt oder in Landgasthöfen. In den ledergebundenen Karten standen Gerichte wie Schlemmertöpfle und Zigeunerschnitzel, die Kellnerin mit dem Spitzenschürzchen kam immer zwei Mal und brachte riesige Portionen auf Porzellantellern mit Jagdszenen. Mein Kinderkörper schien unendliche Mengen an Nahrung zu brauchen. Ich konnte mehrmals täglich Eis essen, ohne dicker zu werden, und die Nachmittage mit Schokolade auf dem Bett verbringen.

Barbara hatte uns all das Weiche, Süße weggenommen und durch erdverschmierte Möhren und Biobrot ersetzt. Zu besonderen Anlässen gab es gelegentlich Ananas, aber die schnitt sie so geizig, dass sich das harte braune Gewebe unter der Schale zwischen den Zähnen festsetzte und über Stunden dort blieb. Nur eine Essensgewohnheit blieb gleich: Kartoffeln, mindestens drei Mal die Woche. Ich bin sonst nicht befriedigt, sagte meine Mutter, schließlich

komme ich aus Niedersachsen. Mir war nie klar, ob sie den Satz ernst meinte.
Die Kartoffeln gab es jetzt nicht mehr mit Sauce, allenfalls mit Kräuterquark. Dennoch schien mein Körper im letzten Jahr über seine Grenzen zu treten wie Wasser über ein Bachbett. Ich wuchs kaum noch, war schon beinahe so groß wie meine Mutter, aber meine Hüften, meine Waden und mein Busen, dieser fremde neue Auswuchs, dehnten sich scheinbar mit jedem Bissen weiter aus. Anfangs war ich nur dann erschrocken, wenn ich an mir hinuntersah und mir meine Oberschenkel plötzlich vorkamen wie stoffüberzogene Baumstämme. Mittlerweile konnte ich kaum noch an einem Schaufenster vorbeigehen, ohne mich über das unbekannte, dickliche Mädchen darin zu wundern.

Nach dem stummen Picknick legte meine Mutter ihre Hand auf Barbaras Bein. Es war so dünn, dass es durch den Druck auf das Polster kaum breiter schien als wenn Barbara stand. Sie startete den Golf, ohne es wegzuziehen. Allmählich wichen die Felswände von der Fahrbahn zurück, und schließlich kurvten wir eine Serpentinenstraße hoch, die durch Nadelwälder führte. Hier sahen sie gesund aus, die Äste dicht, und sie taten mir leid, weil sie noch nichts von ihrem bevorstehenden Tod wussten. Dazwischen ragten ein paar Laubbäume auf, Einsprengsel frischen Grüns. Auch sie würden wohl sterben, aber möglicherweise später als die Tannen. Der Himmel hing tief an den Wipfeln, aufgeknüpft wie ein schmutziges Leintuch.
Freust du dich, Herzekind?, fragte meine Mutter einmal nach hinten, und ich sagte ja und protestierte nicht mal gegen den abgelegten Kosenamen aus Kindergartenzeiten, denn ich war froh, dass sie wieder sprach. Natürlich war

meine Antwort gelogen. In irgendeinem alten Bauernhaus sollten wir die Ostertage verbringen, bei Barbaras Freunden Werner und Insa. Diesmal mit Kindern, hatten sie ausrichten lassen, und damit hatten sie mich gemeint und ihre Tochter Fee. Ich wusste nicht genau, wie alt sie war, aber ich befürchtete das Schlimmste. Babys mochte ich, mit Kindern konnte ich nichts anfangen. Ich war zwölfeinhalb. Schließlich setzte Barbara den Blinker und bog in einen Feldweg ein. Autoreifen hatten eine Spur in den Schnee gegraben, und Barbara fuhr darin wie auf Schienen. Ihre überhitzte Zigarette knisterte bei jedem Zug. Direkt vor uns lag das Bauernhaus, dahinter konnte man einen Abhang erkennen und, wenn man genau hinsah, ein graues Stückchen See. Von ferne kam ein Geräusch, das mit jedem Meter lauter wurde. Dumpfe, regelmäßige Schläge hallten über das Wasser.

Als Barbara das Auto auf dem Hof zum Stehen brachte, sah ich, woher das dumpfe Schlagen kam. Neben dem Eingang des Hauses stand Werner und hackte Holz. Trotz der Kälte trug er nichts über seinem karierten Oberhemd, und zwischen seinen Schulterblättern hatte sich ein dunkler Fleck gebildet. Seine Hosen waren an den Knien ausgebeult, unter der Knopfleiste des Hemdes quollen schwarze Haare hervor. Werner sah aus, als wäre er in seinem Element, als wäre er mit dem Beil in der Hand geboren. Beim Klappen der Autotüren drehte er sich um und strahlte.

Zuerst nahm er Barbara in den Arm, danach meine Mutter. Er hielt beide sehr lang, wiegte sie hin und her wie Kinder und streichelte mit seinen großen Daumen ihre Rücken. Ich kannte und fürchtete die Umarmungen von Barbaras Freunden, den Geruch nach Rauch, Rotwein und Schweiß, die drahtigen Barthaare an meiner Wange. Aber ich war nicht schnell genug. Werner umklammerte mich

wie ein Bär, und ich versuchte, flach zu atmen. Toll, sagte er, Fee wird sich freuen, ihr werdet sicher eine Menge Spaß haben.
Er sprach das Wort *sich* aus wie *sisch*, *sicher* wie *sischä*, panschte Vokale und Konsonanten zusammen, und dann lachte er dröhnend, als hätte er einen guten Witz gemacht. Wenn wir ihn und Insa in ihrem Laden in der Wiehre besuchten, schien er immer ein bisschen zu groß zu sein für all die zarten Pendel und Kristalle, Flakons und Amulette, die dort an der Decke hingen und in Regalen lagen. Und obwohl die Wände dort über drei Meter hoch waren, stand er gebückt hinter der Ladentheke. Fragte Barbara ihn nach einer bestimmten Essenz oder einem Stein, bewegte er sich ganz langsam, wie durch Wasser, und sprach mit gedämpfter Stimme. Vor allem in Gegenwart seiner Frau schien er noch weiter zu verblassen, ein Schatten, der mit der schmutzig gerauchten Wand verschmolz.
Als ich ihn und Insa zum ersten Mal gesehen hatte, hatte Insa noch rot getragen. Weite Hosen und Kaftane, um den Hals die Holzkette mit dem Bildnis eines Bärtigen, dessen Lider so tief hingen, dass man kaum sagen konnte, ob er die Augen geöffnet oder geschlossen hatte. Sie hatte sich auch nicht Insa genannt, sondern Ma Prem Raca. Immer wieder unternahm sie ausgedehnte Reisen nach Amerika, und dann, so hieß es, war Werner monatelang allein mit Fee. Doch als wir die letzten Male bei ihr im Laden waren, trug Insa plötzlich gar nichts Rotes mehr, sondern eng anliegende Jeans, ein Trägerhemdchen und einen weißen Pullover mit weitem Ausschnitt, der bei jeder ihrer Bewegungen wie zufällig über eine ihrer Schultern rutschte. Das blonde Haar, das vorher strähnig über ihren Rücken gefallen war, ließ sie in Wellen legen. Insa sei menschlich und spirituell enttäuscht, sagte Barbara, der Meister habe sich

seiner Jünger nicht würdig erwiesen. Ich glaube, Insa hatte vor allem die wallende Kleidung satt.
Insa war die schönste Frau, die ich kannte. Sie wusste genau, was sie tat, wenn sie sich im Laden zu einem der unteren Regalbretter beugte, so dass ihr Hemdchen ein Stück ihres Rückens entblößte, oder wenn sie sich wie abwesend den Nacken massierte. Ich musste dann wie unter Zwang den Fettwulst an meiner Taille zwischen die Finger klemmen, und beim Hinausgehen achtete ich darauf, dass meine Oberschenkel sich nicht berührten. Jetzt geh doch nicht so wie ein Kerl, sagte meine Mutter zu mir, und Barbara schüttelte den Kopf und sagte, was willst du, ein Weibchen aus ihr machen?
An diesem Ostersamstag war Insa allerdings nicht ganz so schön wie sonst. Im Bademantel saß sie auf einer Eckbank in der Küche, ihre Augen waren verquollen, und auf ihren Wangen konnte man rote Äderchen erkennen. Ich war trotzdem fasziniert davon, wie weit sie die Beine anziehen konnte. Ihre Knie berührten ihre Brust, und sie schien vollkommen bequem zu sitzen, obwohl sie nicht die Hände zu Hilfe nahm. In der einen Hand hielt sie eine Zigarette, in der anderen einen dampfenden Becher, auf dem kahle, schwarze Bäume vor einem Sonnenuntergangshimmel zu sehen waren.
Neben ihr saß ein Mädchen, das aussah wie eine unfertige Ausgabe ihrer selbst, allerdings mit dunklen Haaren. Fee trug ein blau gemustertes Halstuch, dessen zwei Zipfel über ihre Brust hingen, und obwohl sie fast einen Kopf kleiner war als ich, war sie sichtlich älter. Ich schätzte sie auf dreizehn, wenn nicht vierzehn. Kein Kind. Ich war erleichtert.
Fee pulte in einem Brandloch in der hölzernen Tischplatte und hob ganz langsam den Kopf, als sie mich kommen hörte. Dabei fiel ihr eine Strähne ins Gesicht, und sie strich

sie mit einer trägen Bewegung zurück. Dann öffnete sie genauso langsam ihre Lippen. Lippen, voll und aufgesprungen, spröde, so als hätte sie ständig Durst. Sie hatte den Mund einer Frau.
Hi, sagte sie zu mir, du bist also die Lolli.

Im Haus zog es, und von der Decke rieselte Putz wie Schnee. Durch die Eingangstür kam man direkt in einen riesigen Raum mit Küchenzeile, in dessen Mitte ein Esstisch mit acht Stühlen stand. Auf dem Boden lag ein gestreifter Webteppich, an der Stirnseite befand sich ein offener Kamin, in dem einige Scheite vor sich hinglommen. Sonst war das Zimmer schmucklos. In einer Ecke führte eine Treppe auf eine Galerie mit einer hölzernen Brüstung, und von dort oben gingen die Schlafräume und das Bad ab. Fee und ich teilten ein Zimmer mit Stockbett, und ich war froh, dass zwischen unserer Tür und der von Barbara und meiner Mutter noch das Zimmer von Werner und Insa lag. Fee deutete auf die vierte Tür. Da drüben schläft Rosalie, sagte sie, und dann kommt heute abend noch dieser Anton, der soll da wohl auch mit rein.
Der letzte Name sagte mir nichts. Rosalie hingegen kannte ich. Sie hatte seit dem letzten Sommer häufig mit Barbara auf der Terrasse gesessen, ein Weinglas mit beiden Händen umschlossen. Ihre Stimme war hoch und kindlich, ihre Worte kreisten immer um das gleiche Thema. Männer, Frauen, die Unmöglichkeit der Nähe, das Problem der Liebe. Ihre Sätze klangen, als stammten sie aus einem unumstrittenen Regelwerk.
Wir trafen Rosalie am Nachmittag bei einem Spaziergang am See. Alle waren mitgekommen, bis auf Werner, der sich wieder seinem Holzstapel zugewandt hatte. Sie kam uns auf dem Uferweg entgegen, in einen Wollumhang gehüllt,

verweht und zerzaust. Meine Mutter und Insa unterhielten sich gerade über Träume.
Und dann habe ich das Kind aus meinem Nabel geboren und selbst entbunden, erzählte meine Mutter. Es war ein seltsames Kind, ganz lang und schmal, aber nicht wie unterernährt, eher – sie suchte nach einem Wort – eher gotisch, verstehst du?
Insa nickte, du, sagte sie, ich bin sicher, das hat mit deiner neuen Rolle als Frau zu tun, du hast dich quasi selbst noch einmal zur Welt gebracht. In einer neuen, herberen Form, ne?
Ich weiß nicht, sagte meine Mutter, ich glaube, das Kind war ein Junge.
Rosalie war jetzt auf Rufweite an uns herangekommen, doch sie schien uns nicht zu erkennen. Auch für den See hatte sie keinen Blick, für die schnatternden Enten, die immer wieder die bleigraue Wasseroberfläche in Unordnung brachten, die hellen Kiesel in den Uferbuchten, die fetten Knospen an den Büschen, deren Äste noch unter Schneeresten zu Boden hingen, wo die Sonne sie nicht erreichte. Immer wieder stolperte Rosalie über Baumwurzeln am Waldweg, obwohl sie den Blick auf den Boden gerichtet hatte, und als sie nur noch ein paar Schritte von uns entfernt war, konnte ich erkennen, dass sie geweint hatte.
Rosalie, rief Insa und lief ihr entgegen. Rosalie erstarrte in der Bewegung, sah auf, als hätte man sie geweckt, und schob ihre Brille zurecht. Insa nahm Rosalies Gesicht zwischen beide Hände, und Rosalie öffnete ihre Arme, wie gut, hörte ich sie mit brüchiger Stimme sagen, wie gut, dass du hier bist. Die beiden wiegten sich jetzt in ihrer Umarmung, und ich konnte nur noch einzelne Worte verstehen.
Braucht Zeit, hörte ich Insa sagen, schwierige Phase, Freiräume. Rosalies Kopf bebte an Insas Schulter, sie weinte

jetzt laut, und meine Mutter betrachtete ihre Fingernägel. Fee wippte in den Knien und trat von einem Fuß auf den anderen. Dabei zwirbelte sie mit beiden Händen die Zipfel ihres Halstuches. Ihr rechter Ärmel hatte sich ein Stück hochgeschoben und entblößte ein paar dunkle Härchen auf ihrer Haut. Sie erinnerte mich an ein Tier, ein zähes, kleines Tier, und ich hätte gerne für einen Moment mit ihr getauscht, nur um zu wissen, wie es sich anfühlte, in diesem leichten Körper zu stecken.

Toller Schal, sagte ich.

Na ja, sagte sie.

Schick, sagte ich, und sie ließ die Zipfel los.

Ist okay, sagte sie, er wärmt.

Weißt du, was mit der los ist?, fragte ich und machte eine Kopfbewegung zu den Frauen, die sich noch immer umarmt hielten.

Immer dasselbe, sagte sie zu mir, und immer wegen diesem komischen Typ.

Was für ein Typ?

Rosalies Typ. Wolfgang. Einer von den Kommunisten, der hier so Jugendfreizeiten macht, so wie in der DDR. Musste ich auch mal mit. Die gucken sich den ganzen Abend Dias an, wo Kinder Fahnen schwenken, in Ostberlin.

Und was hat der jetzt mit der Rosalie zu tun?

Na, verliebt ist die. Und er wohl nicht so doll. Diesmal wollte er lieber allein auf eine Demo gehen, Ostermarsch oder so.

Ich wartete, ob Fee noch etwas sagen würde, und war enttäuscht, als sie sich von mir abwandte, nach einem Kiesel am Wegrand griff und ihn an einem Baumstamm vorbei in Richtung See schleuderte.

Was ist denn jetzt, fragte Barbara nach einer Weile, kommt ihr jetzt mit oder was?

Meine Mutter griff nach meinem Arm und zog mich mit sich. Widerwillig ließ ich Fee stehen, die noch immer mit Steinen warf. Wo sie traf, stoben die Enten auf, und ihr Geflatter und Gequake hallte laut über das Wasser. Als die anderen außer Hörweite waren, seufzte Barbara laut. Mann, sagte sie, völlig paradox. Da verkauft Rosalie in ihrer eigenen Galerie feministische Kunst, und privat ist sie total verhaftet in diesen patriarchalischen Strukturen.
Wie meinst du das, fragte meine Mutter, und statt einer Antwort schob Barbara eine Hand unter die Jacke meiner Mutter und küsste sie.
Sind wir nicht bald wieder zu Hause?, fragte ich.

2

Bevor meine Mutter Barbara kennen gelernt hatte, hatten wir in einer 2-Zimmer-Neubauwohnung mit orangefarbener Küche und spinatgrünem Bad in Littenweiler gewohnt. Von unserem Balkon aus konnte man den Lieferanteneingang eines Supermarktes sehen, auf den Balkonen gegenüber hingen Dartscheiben und hölzerne Wagenräder mit Schlingpflanzen. Unser Sofa war aus Lederimitat, auf einem Rollwagen standen Schnäpse und bunte Liköre in Kristallkaraffen, so wie man es manchmal in den Freitagabendkrimis sah. Samstags fuhren wir mit der Straßenbahn in die Stadt, sonntags gingen wir gelegentlich in die Kirche, einen Sechziger-Jahre-Flachbau aus graubraunem Beton.

Manchmal wartete abends ein dunkler Mercedes mit laufendem Motor draußen auf dem Parkplatz unter der Laterne. Dann war meine Mutter sehr aufgeregt, trug eine silberdurchwirkte Bluse und küsste mich mehrmals zum Abschied, nur um mir jedes Mal danach die Lippenstiftspuren mit einem Taschentuch von der Wange zu wischen. Sie kam dann spät nach Hause, und am nächsten Morgen roch es in der Küche nach Zigaretten.

An solchen Abenden passte die Nachbarin auf mich auf, eine Lehrerin mit lauter Stimme. Wenn sie mir mit einer energischen Bewegung über den Kopf fuhr oder mich an sich drückte, Gell, Engele, du bisch doch mei fünftes Kind,

dann strahlte sie eine Kraft und Entschlossenheit aus, die meiner amöbenhaften Mutter fehlte. Die Nachbarin hatte vier Söhne, von denen aber nur noch einer zu Hause lebte. Ihr Mann war sehr alt und hatte ein steifes Bein. Er saß die meiste Zeit auf dem Sofa, las die *Burschenschaftlichen Blätter* oder erzählte von früher. Dabei kannte er nur zwei Zeitangaben: vor der Kataschtrophe oder nach der Kataschtrophe. Einmal hatte er mir in einem Bildband Fotos von den Trümmern rund um den Münsterplatz gezeigt und dabei Tränen in den Augen gehabt. Mich hatten die Bilder kalt gelassen. Schließlich hatte ich gelernt, dass die Deutschen den Krieg selbst verschuldet und eine Menge unschuldiger Menschen umgebracht hatten. Außerdem verband meine Mutter und mich wenig mit der Stadt.
Meine Mutter kam aus der Nähe von Bremen, wo auch ich geboren war. Erst kurz nach meinem fünften Geburtstag war sie mit mir in den Süden gezogen, wegen eines Autohändlers. Allerdings hatte sie sich so schnell wieder von dem Mann getrennt, dass ich bis auf den leichten Mottenkugelgeruch seiner Jacken kaum noch eine Erinnerung an ihn hatte. Aber meine Mutter hatte ihre Arbeit bei einer Versicherung gemocht, und so waren wir in Freiburg geblieben.
Irgendwann wurde unser Haus eingerüstet und neu gestrichen, ocker die Fassade, braun die Balkone. Der Mann der Nachbarin machte Witze über die kleine gebückte Frau aus dem vierten Stock, braun, sagte er, isch wohl die Lieblingsfarbe von der Frau Dr. Rosenthal. Als ich meine Mutter fragte, was er damit wohl meinte, wurde sie wütend und sagte, der Nachbar sei ein alter Nazi, und gegen diese Haltung müsse man sich unbedingt wehren. Aber sie sprach ihn nie darauf an, wenn wir ihm im Treppenhaus begegneten. Auch ich sagte lieber nichts. Stattdessen saß

ich bei meinen Besuchen lieber still mit am Abendbrottisch, sah zu, wie der jüngste Sohn der Lehrerin Bananenquark in sich hineinschaufelte, und zählte die Löcher in den Platzdeckchen. Manchmal dachte ich: So geht das also, Familienleben.

Barbaras Hochparterre-Altbauwohnung im Stühlinger war riesig und dunkel. Jahrelang hatte sie als WG gedient, doch dann zog die eine Mitbewohnerin aus (schwanger, ausgerechnet Ulla!, hatte Barbara geklagt), und die andere wollte für ein Jahr nach Nicaragua gehen. Es war nur natürlich, dass meine Mutter und ich bei Barbara einzogen. Meine Mutter verkaufte und verschenkte fast all ihre Möbel, so als wollte sie in ein neues Leben hineinschlüpfen wie in ein Kleid von der Stange. Bei Barbara gab es weder Kunstleder noch Kristallflaschen, sondern alte Holztische, einen rußigen Gasherd und Aschenbecher aus Ton. Die Glühbirnenfassung an der Wohnzimmerdecke war leer, dafür stand ein blau glasierter Leuchter auf dem Tisch, und zu jeder Mahlzeit wurde eine Kerze angezündet. Auf dem Boden neben dem Cordsofa türmten sich Stapel mit alten Zeitungen, dazwischen Loseblatt-Sammlungen auf Umweltpapier, die *Öko-Report* oder *Dritte-Welt-Brief* hießen. Manchmal waren in der *TAZ* Fotos einer Frau zu sehen, die einen Haarschnitt wie Lady Diana hatte und eine Sonnenblume im Knopfloch trug. Sie war die hübscheste Frau auf allen Bildern, wenn auch nicht ganz so schön wie Insa.

Am Anfang hatte ich mich noch über die türkisfarbenen und lila Männerunterhosen auf dem Wäscheständer gewundert, bis ich mitbekam, dass Barbara sie selber trug. Halten viel länger als dieses empfindliche Frauenzeug, sagte sie, da hab ich fünf Jahre was davon. Sonst wurde in Barbaras Haushalt alles Männliche verbannt und alles

Weibliche gefeiert. Als ich im Jahr zuvor zum ersten Mal meine Periode bekommen hatte, wurde ein Festessen gegeben. Tomatensuppe, deren Farbe und Konsistenz mich unangenehm an die Vorgänge in meinem Körper erinnerten, und ausnahmsweise sogar Fleisch. Das Brathähnchen hatte obszön ausgesehen, wie es da mit seinen gespreizten Beinen auf dem Rücken lag. Ich hatte endlos an einem Beinchen herumgenagt, während sich Barbara und meine Mutter darüber verständigten, wie verschämt sie selbst als junge Mädchen aufgeklärt worden waren, wie leib- und lustfeindlich ihre Erziehung gewesen sei. An diesem Abend hätte ich alles darum gegeben, in den 40er Jahren geboren und beim Eintreten der ersten Blutung mit einer Baumwollbinde und ein paar dürren Worten zur Monatshygiene abgespeist worden zu sein.

Nur wenige Gegenstände in Barbaras Wohnung erinnerten noch an unser altes Leben, unter anderem eine Sammeltasse mit Goldrand und dem Schriftzug *Der Braut*, die meine Mutter in Barbaras orange gestrichenes Küchenregal gestellt hatte. Ein Geschenk, wie sie sagte. Jeden Monat schien die Tasse ein Stück weiter nach hinten zu wandern, bis sie hinter einem Stapel braun glasierter Teller und mehreren angebrochenen Packungen Matetee verschwand.

Nach dem Umzug hatte sich meine Mutter auch äußerlich verändert. Nachdem ihre Dauerwelle herausgewachsen war, färbte sie sich die Haare rot, und an ihren Blusen blitzten und blinkten Spiegelchen und Pailletten. Im letzten Sommer sah ich Haarnester unter ihren Armen hervorwuchern, und ich wusste nicht mehr, ob es die vorher nicht gegeben oder ich nur nicht darauf geachtet hatte. Irgendwann hatte sie auch aufgehört, mit einem feuchten Lappen Ringe von Gläsern auf der Tischplatte wegzuwischen, und es schien sie nicht mehr zu stören, dass Barbara den Käse

im Papier und die Milch in der Tüte auf den Tisch stellte. Müll wurde getrennt in dünnen Plastiktüten gesammelt, die am Fensterkreuz in der Küche baumelten und erbärmlich stanken. Meine Mutter brachte die Tüten anfangs jeden Tag zum Container in den Hof, bis Barbara ihr unökologisches Verhalten vorwarf. Barbara selbst riss gegen den Gestank einfach das Küchenfenster auf, und irgendwann tat meine Mutter das dann auch.
Schließlich gab sie ihren Job als Versicherungssekretärin auf, nachdem Barbara ihr fast täglich Zeitungsartikel neben ihren Kaffeebecher gelegt hatte, in denen es um die Verwicklung ihres Arbeitgebers in Rüstungsgeschäfte ging. Jetzt arbeitete meine Mutter vier Tage in der Woche in der Frauenteestube. Als Letztes hatte sie ihre Freunde ausgetauscht. Vielleicht war auch sie selbst ausgetauscht worden. Auf jeden Fall sah ich irgendwann niemanden mehr von den Leuten, die sonst gelegentlich bei uns im Wohnzimmer gesessen und Wein oder süßen Sherry getrunken hatten. Den Mann mit dem Mercedes sowieso nicht, aber auch die anderen blieben fort. Die alten Freunde waren Lehrer gewesen, Krankenschwestern, Versicherungskollegen. Die neuen handelten mit Kunst, mit Kristallen und Pendeln, sie gaben Workshops in Körpererfahrung oder *arbeiteten mit den Händen*, wie es Barbara nannte, als Tischler oder Stukkateur. Viele konnten sich den Namen meiner Mutter nicht merken und nannten sie dauernd Gerlinde oder Gertrud statt Gerhild. Schließlich gaben sie ihr einfach einen neuen Namen, und seitdem wurde sie von allen Gerri genannt.
Ich fragte mich mindestens so häufig, was Barbara an meiner Mutter fand, wie umgekehrt. Meine Mutter hatte vorher noch nie eine Beziehung zu einer Frau gehabt, das war merkwürdig genug. Aber für Barbara, die in der psychoso-

zialen Beratungsstelle der Uni arbeitete, musste eine Chefsekretärin mit Ledersofa mindestens genauso exotisch sein. Vielleicht war es genau das: Meine Mutter war eine Herausforderung für Barbara, ein Umerziehungsprojekt. Wenn Barbara von etwas enttäuscht war, dann von der Leichtigkeit, mit der meine Mutter einen neuen Menschen aus sich machen ließ.

Nach ein paar Monaten begann sie sogar, sich am Telefon mit Vornamen zu melden. Hi, Gerri hier. Bei Barbara klingelte dauernd das Telefon, viel häufiger als in der alten Wohnung. Oft waren es Leute, die eine der ehemaligen Mitbewohnerinnen sprechen wollten. Gelegentlich kam für mich ein Anruf aus den USA. Eine halbvertraute Männerstimme, eine fremde Sprache. Ich verstand nicht viel und antwortete einsilbig, sagte yes und I'm fine. Nahm Barbara den Hörer ab, dann rief sie anfangs jedes Mal, Scheiße, der faschistoide Imperialist. Sie klang fröhlich dabei, denn sie wusste, dass er kaum Deutsch verstand. Aber irgendwann hörte sie damit auf, und dann sagte sie nur noch: Hier, dein Dad, wenn sie mir den Hörer hinhielt.

3

Als Rosalie und Insa von ihrem Spaziergang zurückkamen, war es bereits dunkel, und eine Stunde später prasselte ein Feuer im Kamin. Werner deckte den großen Tisch. Es hatte zu schneien begonnen, und im Schein der Laterne über der Eingangstür sahen die Schneeflocken vor dem Fenster aus wie Lichtpunkte, die vom Himmel fielen.

Insa holte eine Tüte aus dem Kühlschrank und wickelte nacheinander drei Lachsforellen aus. Ein Fetzen Packpapier blieb am Kopf des einen Fisches hängen. Als Insa daran zog, öffnete der Fisch sein Maul, als wollte er nach Luft schnappen. Insa legte die Forellen ins Waschbecken. Die Haut der Tiere schillerte feucht und rötlich.

Ach ja, murmelte Insa, unser vegetarischer Menüvorschlag. Sie strich sich abwesend eine Haarsträhne hinters Ohr, ging noch einmal zum Kühlschrank und griff nach einem braunen Päckchen, das sie öffnete und Barbara wortlos hinhielt. Die flachen Fladen darin waren von einer undefinierbaren Farbe zwischen braun und grün, und Barbara zuckte die Achseln und sagte: Grünkernküchle, okay. Bald duftete es im ganzen Haus nach Rosmarin, und im Ofen verdampfte Fett zischend auf dem Bodenblech.

An den Kartoffeln hätte sich beinahe ein Streit entzündet. Wo hast du die denn gekauft?, fragte Barbara, als Insa die erste Platte mit den goldgelben Schnitzen auf den Tisch stellte.

Da hat ein neuer Gemüsehändler aufgemacht, in der Zasiusstraße. Ich glaube ein Türke, auf jeden Fall kann er kein richtiges Deutsch, schreibt Paparika statt Paprika und Pampelmuß statt Pampelmuse.
Soso, sagte Barbara, ein Türke, ist dir eigentlich klar, was dort los ist?
Was denn, fragte Insa irritiert, da kaufen Leute ein.
Barbara lachte, ein einzelnes, vorwurfsvolles Ha!, und hielt eine kleine Rede, in der die Worte Kurdenfrage, Folter und Boykott vorkamen. Rosalie sagte weinerlich: So lass sie doch, und Insa wand sich im letzten Augenblick aus der Affäre: Jetzt wo du es sagst, ich glaube, der Mann ist sogar Kurde, er hat so ein Foto über der Kasse hängen, eine ganz archaische Landschaft in Schwarzweiß.
Genau, sagte Rosalie, und im Vordergrund steht eine tief verschleierte Frau mit so Glöckchen, und Insa unterbrach sie ganz schnell, ach Gott, der Fisch wird mir ja ganz trocken.
Werner stand gleichzeitig mit ihr auf, so dass ihre Stühle zusammenstießen, soll ich?, fragte er. Er legte eine Hand in Insas Nacken, aber sie tauchte unter seiner Berührung weg. Einen Moment lang stand er da, als wäre ihm etwas aus der Hand gefallen, dann griff er nach einer Weinflasche und einem Korkenzieher mit Wurzelholzgriff.
Die Kartoffelschnitze schmeckten nach Rauch und Gewürz, waren knusprig an der Oberfläche, weich und sahnig darunter. Meine Mutter formte ihre Lippen zu einem Trichter und schlürfte das Essen förmlich in sich hinein. Werner schenkte Wein nach. In den bauchigen Gläsern schimmerte die Flüssigkeit wie edler Stoff, mittlerweile standen drei Flaschen leer neben dem Kamin. Sogar Fee bekam einen Schluck.
Sieben Plätze waren besetzt, nur der achte, der Platz an der

Stirnseite des Tisches, war noch frei. Vor dem leeren Teller und dem unbenutzten Glas stand eine Kerze in einem Halter aus Ton und warf einen Kreis aus Licht auf die Tischplatte.

Jetzt müsste er ja bald da sein, sagte Rosalie.

Er fährt mit dem Zug und läuft dann das letzte Stück, sagte Insa, er hat letztes Jahr sein Auto verkauft.

Die anderen murmelten zustimmend, konsequent, da müsste man auch mal konkreter werden.

Kurze Zeit später waren draußen Schritte auf dem Kies zu hören, dann schabte die Eingangstür über den Fußboden. Reinstes Zen, sagte Werner gerade, Holz spalten, lange keine so gute Meditationsübung mehr gehabt, damals in meiner Frankfurter WG hatten wir ..., aber keiner hörte ihm mehr zu. Sieben Augenpaare richteten sich auf den blonden Mann im Türrahmen, der grüßend die Hand hob und dann mit Schwung einen orangefarbenen Campingrucksack auf die Dielen wuchtete. Er richtete sich wieder auf, fuhr sich mit dem Unterarm über die Stirn und beugte dabei den Kopf leicht zurück. An seinem Hals wölbte sich ein Adamsapfel.

Was ist los, fragte er, hab ich was im Gesicht?

Anton, Mensch, sagte Werner, stand als Erster auf und umarmte ihn so heftig, dass etwas in Antons Rücken knackte.

Hallo, mein Lieber, sagte Insa. Eine Locke baumelte vor ihrem Gesicht wie eine Kinderschaukel aus Haar.

Anton saß neben mir an diesem Abend, ein Zufall, aber ich nahm es zum Anlass, den Mann genau zu beobachten. Wenn er es nicht gewesen wäre, hätte ich vielleicht einem anderen Erwachsenen zugesehen. Vielleicht Insa, die kauen konnte, als hätten die Essensbrocken in ihrem Mund überhaupt kein Gewicht, und die das feuchte Innere ihrer Unterlippe gegen das Weinglas presste, wenn sie dem Gespräch lauschte. Aber es war Anton, es waren seine Locken, die sich im Nacken kräuselten wie sonst nur bei kleinen Kindern, seine ausgeprägten Kieferknochen und seine blaugrauen Augen, die meine Aufmerksamkeit auf sich zogen. Er hatte große Hände mit stark gebogenen Daumen, er hielt sein Besteck ein bisschen linkisch. Und er sah die Frauen am Tisch auf eine Art an, als gäbe es nichts Wichtigeres auf der Welt als ihre nächsten Worte. Es schien, als spielte Anton ein Spiel mit ihnen, dessen Regeln ich nicht kannte. Konnte es dabei um Liebe gehen?

Ich war verwirrt. Nach allem, was ich wusste, war Liebe eine gefährliche Angelegenheit, ein unkalkulierbares Risiko. Wer es einging, wurde bestraft, huschte nachts zwischen Wohnzimmer und Küche hin und her, schlaflos und mit wirrem Haar. Liebe war ein schwarzer Mercedes samstagabends vor der Tür und eine Art von Aufregung, wie ich sie nur vor Zahnarztbesuchen oder Geometrie-Arbeiten kannte. In der Liebe ging es um alles oder nichts, sie war harte Arbeit, so hart, dass man das Wort vorsichtshalber gleich ganz vermied und lieber von Beziehung sprach. Beziehungen hatten erst Aspekte, später Phasen, danach Störungen, und schließlich trennte man sich.

Liebe, das war, woran meine Mutter gelitten hatte, ehe sie Barbara traf, Liebe war schuld daran, dass Rosalie weinend über Baumwurzeln stolperte, mit blutig gebissenen Lippen.

Und nun saß da auf einmal dieser blonde Mann, rauchte italienische Zigaretten, die er elegant aus dem Päckchen schüttelte und auf der Tischplatte abklopfte, ehe er sie in den Mund nahm, und schien gar nicht zu ahnen, wie ernst es um die Anwesenden stand. Mal berührte er Rosalies

Fingerspitzen einen Augenblick zu lang. Mal legte er auf dem Weg in die Küche seine großen Hände auf Insas Schultern, so dass seine Finger beinahe ihre Schlüsselbeine erreichten, und sie schloss die Augen und summte leise.
Meine Mutter trank immer mehr. Sobald Anton etwas sagte, lachte sie laut auf und warf dabei den Kopf in den Nacken, so dass die Spiegel auf ihrer Bluse sich bewegten und Lichtfunken an die Wände warfen. Barbara rauchte hektisch, Tabakkrümel sammelten sich in ihren Mundwinkeln, und irgendwann legte sie ihre Hand über das Glas meiner Mutter.
Für einen Moment erstarb das Gespräch, und da wandte sich Anton schließlich mir zu. Blickte mich an, dann Fee, dann wieder mich und sagte: Du, dich kenn ich ja noch gar nicht.
Sie sind ein Freund von Insa, oder?, fragte ich zurück, und als alle lachten, war es schon zu spät. Ich hatte mich immer noch nicht daran gewöhnt, dass man diese neuen Erwachsenen nicht siezen durfte. Ich bin Lolli, sagte ich schnell, die Tochter von der Gerri.
Lolli, fragte er, was ist das für ein Spitzname?
Das kommt von Lola, sagte ich, und er sagte gedehnt, aha, Lola, Lolita. Wieder lachten alle, diesmal etwas leiser, und den Grund dafür konnte ich beim besten Willen nicht erraten.
Du, Anton, sagte meine Mutter und streichelte ihr Weinglas. Die anderen haben erzählt, du schreibst?
Stimmt, sagte er, ja.
Was denn so, fragte sie weiter, einen Roman?
Miniaturen. Prosaminiaturen.
Ah ja, sagte meine Mutter.
Die sind ganz wunderschön, sagte Insa, unheimlich sensibel, also, mich haben die sehr berührt.

Werner öffnete eine weitere Flasche Wein. Er bohrte den Korkenzieher in den Verschluss und presste dabei die Lippen aufeinander. Seine Stirn glänzte feucht. Rotes Kerzenwachs tropfte auf den Tisch, schimmerte einen Moment lang wie frisches Blut, bekam dann eine Haut und wurde fest.
Hast du einen Text dabei?, fragte Rosalie Anton.
Im Prinzip ja, sagte er, ganz frisch, ich habe ihn auf der Fahrt geschrieben.
Lesen, sagte meine Mutter.
Oh ja, sagte Rosalie.
Fees Stuhl quietschte, als sie ein Stück vom Tisch abrückte, die Ellenbogen auf die Holzplatte stützte und ihre Wangen zwischen die Hände nahm. Dabei fiel mir auf, dass sie sehr lange und gebogene Wimpern hatte.
Barbara lehnte sich zurück und inhalierte Rauch.
Anton stand auf und bückte sich zu seinem Rucksack, der hinter ihm an der Wand lehnte. Ein fremdartiger Geruch ging von seinem Körper aus, etwas Süßliches unter dem Tabakaroma in seinen Kleidern. Ich wünschte mir, er würde schnell zurückkommen und sich wieder zu mir setzen, und im gleichen Moment wunderte ich mich über mich selbst.
Wald, sagte er und schlug einen grau marmorierten Notizblock auf, es heißt Wald. Dann begann er zu lesen.
Seine Stimme war samtig, ab und zu räusperte er sich. Ihm zuzuhören war ein bisschen, wie Rosmarinkartoffeln zu essen, man hätte ewig so weitermachen können. Worum es in der Geschichte ging, verstand ich nicht ganz. Auf jeden Fall hatte sie etwas mit einem kleinen Jungen zu tun, mit Hirschen und einer Frau, die sich wiederum Notizen zu dem Jungen und den Tieren machte.
Als er fertig war, klappte er den Block zu. Werner lachte.

Die anderen schwiegen. Fee und ich tauschten einen Blick. Sie rieb langsam mit dem Zeigefinger über ihre Unterlippe. Im Kerzenlicht schien ihr Hals sehr lang und sehr weiß.
Hör mal, Lolli, sagte meine Mutter mit schwerer Zunge, ich glaub, du solltest langsam mal ins Bett.
Aber echt, wandte Insa sich an ihre Tochter, du auch, es ist gleich halb zwölf.
Die Grundhaltung deines Textes ist mir nicht klar, sagte Barbara zu Anton. Es war das erste Mal, dass sie sich direkt an ihn wandte.
Fee seufzte und erhob sich, also stand auch ich auf. Wenn sie sitzen geblieben wäre, hätte ich mich auch nicht gerührt.
Als ich mich auf der Treppe umwandte, hatte Barbara meiner Mutter zum zweiten Mal das Glas weggenommen. Ich stellte mir vor, was jemand sähe, der draußen vor dem Fenster stände, vier Frauen und zwei Männer, und fragte mich, ob er hätte raten können, wer zu wem gehörte.

4

Als ich aufwachte, konnte nicht viel Zeit vergangen sein. Wenn Fee sich umdrehte, knarzten die Sprungfedern im Bett unter mir. Meine Füße waren kalt. Ich klemmte den linken in meine rechte Kniekehle, das half, aber so blieb der andere erst recht klamm. Ich musste wieder an die Fische denken, die schimmernd und kalt aus dem Packpapier gekommen waren. An ihre Augen, als Insa sie aus dem Ofen geholt hatte, geplatzt und mit einen kleinen gelben Punkt in der Mitte, als wären die Pupillen explodiert.

Vorsichtig setzte ich mich auf und stieg die Leiter am Fußende des Bettes hinunter, um ein paar Socken aus meiner Tasche zu holen. Als ich im Dunkeln erst die Lasche des Reißverschlusses und danach das Sockenpäckchen ertastet hatte, drang gerade die gedämpfte Stimme meiner Mutter aus dem Wohnzimmer zu mir herauf. Ihre Worte kamen langsam, sie malmte auf ihnen herum wie auf Kaugummi, aber sie waren deutlich zu verstehen.

Gift, sagte sie, am besten Zyankali. Ich habe mich neulich erkundigt, bei einem Freund, der ist Krankenpfleger.

Ich richtete mich auf und öffnete die Zimmertür einen Spalt, um besser hören zu können. Ein Lichtstrahl fiel auf Fees Gesicht. Ihr Kinn leuchtete weiß. Sie zog einmal schnorchelnd die Luft ein und drehte sich dann zur Wand.

Vier Minuten, sagte meine Mutter, und es ist ein schmerzloser Tod. Vorher ein Beruhigungsmittel, und du merkst nichts.

Was für ein Freund überhaupt, hörte ich Barbara fragen.

Durch den Türspalt und das Holzgitter der Galerie hindurch konnte ich das Ende des Esstisches sehen, an dem Anton saß. Er hatte die Ärmel seines Pullovers hochgekrempelt und die Unterarme aufgestützt. Von hier oben sahen sie sehr kräftig aus. Meine Mutter schien jetzt auf meinem Platz zu sitzen, auf jeden Fall bewegte sich manchmal eine Hand in mein Blickfeld, und ich nahm an, dass der Blusenärmel zu ihr gehörte.

Aber die Kinder zuerst, hörte ich Insas Stimme. Ich stellte mich auf die Zehenspitzen, aber ich konnte sie nicht sehen. Weißt du, sagte sie, wenn du damit anfängst, wenn du zuerst deine Tochter vergiftest, dann schneidest du dir auch den Rückweg ab. Mit deinen Kindern löschst du die letzte Hoffnung aus, dass es doch noch so was geben könnte wie eine Zukunft. Dann fällt es dir auch nicht mehr schwer, selbst zu sterben.

Antons Kinn wippte auf seinen breiten Daumen.

Wenn ich noch daran denke, sagte meine Mutter, wie mein ehemaliger Chef immer argumentiert hat. Fakten, Frau Sellin, das hat er immer gesagt. Sie müssen sich an Fakten halten, nicht an Gerüchte und Gefühle. Ganz so, als wäre meine Angst nicht genau so eine Tatsache wie sein angebliches Wissen.

Menschenverachtend, sagte Insa.

Frauenfeindlich, hörte ich Barbara.

Sellin, fragte Anton, wie schreibt man das?

Siegfried Emil Doppelludwig, begann meine Mutter.

Plötzlich begann jemand am Tisch leise zu weinen. Die Tonlage hatte ich heute schon einmal gehört. Dann konnte ich erkennen, wie Anton sich von meiner Mutter weg-

drehte und einen Arm um die Frau an seiner linken Seite legte. Rosalies Gesicht kam in mein Blickfeld, verborgen unter einer Masse von dunklen Haaren.
Hey, sagte Anton leise, das geht dir jetzt echt nah, nicht?
Ich meine, stieß Rosalie hervor, ist das nicht furchtbar, ihr redet von euren eigenen Töchtern und, sie verschluckte sich und musste husten, und ich, wieder musste sie husten, ich hätte mir doch so sehr ein eigenes Kind gewünscht, so einen perfekten kleinen Menschen.
Sie schluchzte laut auf. Dann bekam sie Schluckauf.
Ich hörte, wie ein Stuhl beiseite gerückt wurde, danach ein paar weiche Schritte in Socken auf dem Dielenboden und Insas Stimme.
Liebes, sagte sie, jetzt sei doch nicht so verzagt, das wird schon noch, du bist doch gerade erst dreißig.
Insa schien sich jetzt um Rosalie zu kümmern, auf jeden Fall zog Anton seinen Arm zurück und griff nach seiner Zigarettenschachtel. Ich hörte das Klicken eines Rädchens, dann roch es nach Gas.
Na und, schluchzte Rosalie, was nützt mir das, wenn diese Wahnsinnigen jeden Moment loslegen können? Diese Welt kann man doch keinem Baby zumuten.
Ihr Schluckauf war stärker geworden.
Manchmal, das war jetzt wieder meine Mutter, manchmal habe ich auch schon über Flucht nachgedacht. Australien, weiter weg geht es ja nicht. Es heißt, dass der Fallout nicht bis dort reicht.
Die Hand im Blusenärmel hob sich und legte sich auf Antons Arm. Ein Stück Glut löste sich von einem Holzscheit und fiel krachend auf den Boden des Kamins.
Ach Schatz, Barbara schaltete sich ein, das ist doch alles verseucht da. Hast du noch nie was von den Atomtests im Pazifik gehört? Ihre Stimme klang müde.

Über Australien denke ich auch oft nach, das war Werners Stimme, allein schon, seit wir Birne in Bonn sitzen haben. Vier Jahre Kohl, das hält doch keine Sau aus.

Ich blickte auf die Uhr. Es war ein Uhr dreiunddreißig. Ich hielt noch immer das Päckchen mit den Wollsocken an meine Wange. Es kratzte. Ich faltete es auseinander, presste mir eine Socke an den Mund und versuchte, durch die Wolle hindurch zu atmen. Man konnte nie wissen, wozu man eine solche Technik noch einmal gebrauchen konnte. Das mit dem Gift war mir neu, aber dass die Welt kein sicherer Ort war, wusste ich schon länger. Manchmal fragte ich mich, ob meine Mutter mir diese Tatsache vorenthalten hatte, weil sie mich schützen wollte. Oder ob sie auch nicht so genau Bescheid gewusst hatte, ehe sie Barbara kennen lernte.

Davor hatte ich auch schon gelegentlich mitbekommen, wie meine Mutter von Angst sprach, abends am Telefon, wenn sie glaubte, dass ich längst schlief. Ich wusste, wie ihre Stimme dabei klang, tonlos und gepresst. Doch die Gespräche hatten sich um ihren Arbeitsplatz gedreht, um das Problem, als alleinerziehende Mutter in der Nachbarschaft akzeptiert zu werden, um einen Brief vom Arzt, in dem nichts Gutes stand. Erst als Barbara die ersten Male in unserem Wohnzimmer saß, mit ihren kurzen Haaren und selbstgestrickten Pullovern zwischen der Anrichte und dem Poster mit den weinenden Clowns, hatte ich von meiner Mutter Sätze über Rüstung, Umweltzerstörung und die Dritte Welt gehört.

Ich wusste aus den Erdkundestunden, dass es nicht gut für die Natur war, zu viel mit dem Auto zu fahren, und mein früherer Englischlehrer hatte einmal erklärt, dass zwei Männer namens Breschnew und Reagan um die Menge ihrer Atomsprengköpfe feilschten. Aber schließlich war es

Barbara gewesen, die mir die Augen geöffnet hatte, ob mit Absicht oder nicht. Eines Nachmittags war mir ein schmales Taschenbuch auf dem Esstisch aufgefallen. Auf dem Titelbild war eine winzige Gestalt am Strand eines aufgewühlten Meeres zu sehen, auf der Rückseite das Foto eines Mannes mit Goldrandbrille.
Der bekannte Fernsehjournalist und Buchautor, stand daneben, habe sich als eindringlicher Warner vor der bevorstehenden Katastrophe einen Namen gemacht. Ihm sei ein aufrüttelndes Werk mit kompromisslosen Thesen zur Weltlage gelungen. In dem Buch las ich, dass die Menschheit zum ersten Mal in ihrer Geschichte in der Lage sei, sich selbst auszulöschen. Und dass die Radarsysteme beider Seiten dabei so störanfällig seien, dass mit an Sicherheit grenzender Wahrscheinlichkeit schließlich die eine Seite aufgrund einer Fehlinformation die andere in Schutt und Asche bomben würde, und sich selbst gleich mit. Er schrieb über die Qualen des Atomtodes, die Ausbeutung natürlicher Ressourcen, und wies nach, dass voraussichtlich nur Küchenschaben und andere niedere Lebensformen die nächsten fünfzig Jahre auf der Erde überleben würden. Wenn die Menschheit nicht zu radikaler Umkehr bereit sei.
Ich las das Buch an einem Nachmittag durch, und ich vergaß sogar, beim Lesen zu essen. Das passierte mir sonst nie. Als Barbara nach Hause kam und mich mit dem Buch entdeckte, strich sie mir übers Haar und setzte sich neben mich. Das ist harte Kost, sagte sie, aber ich finde es echt gut, dass du dich mit so was auseinandersetzt. Als ich in deinem Alter war, haben sie mich mit Lügen abgespeist, alle.
Ich wusste nicht, was sie damit meinte, und es interessierte mich in diesem Moment auch nicht besonders. Als meine Mutter eine halbe Stunde später ins Wohnzimmer kam und mich mit dem Buch sah, zog sie Barbara auf den Flur,

und ich hörte die beiden erregt miteinander flüstern. Aber danach sprach keine von ihnen mehr mit mir über das, was ich gelesen hatte.

Zwei Wochen lang lief das Radio in meinem Zimmer fast rund um die Uhr. Jedes Mal, wenn die vier rhythmischen Pfeiftöne die Nachrichten ankündigten, saß ich steif auf meinem Bett und erwartete, dass der Sprecher den atomaren Erstschlag verkünden würde. Doch die Nachrichtenmenschen schienen nichts von der Gefahr zu wissen, in der wir schwebten. Sie sprachen weiter von einer Geiselnahme in einer Botschaft, Hunderte von Kilometern entfernt im Osten, von Tarifverhandlungen, Neuwahlen und der Abschiedsrede von Bundeskanzler Schmidt. Breschnew war tot, den Namen des Neuen im Kreml konnte ich mir nicht merken. Schließlich vergaß ich die Nachrichten wieder, erst stundenweise, dann sogar für Tage. Man konnte ja ohnehin nichts tun.

Zu meinem zwölften Geburtstag im vergangenen Oktober hatte mir Barbara *Die Unendliche Geschichte* geschenkt. Der Wälzer handelte von einem Jungen, der auf dem Dachboden einer Schule ein Buch las. Durch dieses Buch konnte er in ein Phantasieland reisen und mit Phantasiefreunden Abenteuer bestehen.

Es ist kein Kinderbuch, sagte Barbara, als sie meinen Blick bemerkte, wirst schon sehen.

Ich merkte bald, wovon sie sprach. Einen Satz hatte sie mit Bleistift unterstrichen, aber ich hätte ihn auch von allein entdeckt.

Niemand erträgt es, das Nichts zu sehen.

Gerade wollte ich die Tür wieder schließen und zurück ins Bett gehen, da fing Anton an zu sprechen. Dabei versuchte er, seine Zigarette im Aschenbecher auszudrücken, was

nicht ganz einfach war. Die Kippen waren zu einer Pyramide gestapelt, und er stocherte nach einem Punkt, der dem glühenden Stummel Widerstand bot, ohne dass die Asche auf der anderen Seite herausfiel.
Das ist alles paradox, sagte er, ich würde mich doch niemals umbringen, weil ich Angst vor dem Tod habe.
Aber wenn du dich in der Kernzone eines Atomschlages befindest ..., fing Werner an, und Anton unterbrach ihn: Ja, wenn, wenn, wenn. Das ist alles theoretisch. Kann passieren oder auch nicht. Aber was soll ich jetzt dazu sagen?
Wie meinst du das?, fragte Rosalie. Sie klang heiser, weinte aber nicht mehr. Auch ihr Schluckauf hatte aufgehört.
Er ist Diabetiker, sagte Insa erklärend, wir haben da schon sehr viel und sehr offen darüber geredet, auch über seine Ängste.
Aber daran stirbt man doch nicht, sagte Rosalie und schnäuzte sich.
Nein, sagte Anton, lehnte sich zurück und massierte sich die Schläfen. Nicht sofort. Aber es ist gut möglich, dass ich nicht alt werde. Da setzt man sich mit solchen Dingen ganz anders auseinander.
Gibt es denn einen Grund, aus dem du dich trotzdem umbringen würdest?, fragte Rosalie.
Ja, sagte Anton und nickte. Aus Liebe.
Ich hörte Werner lachen, hoch und gepresst.
Ich meine, sagte Anton und verlagerte seine Gewicht im Stuhl, was hat das Leben noch für einen Sinn, wenn der Mensch, der dir alles bedeutet, nicht mehr bei dir ist?
Es war still am Tisch. Ich fragte mich, ob alle das gleiche dachten wie ich oder ob Erwachsene ganz andere Gedanken hatten.
Liebe und Tod, sagte Insa schließlich, da haben wir doch

gerade neulich drüber gesprochen. Dieses spannende Buchprojekt, das du planst.
Über was ihr alles gesprochen habt, sagte Werner.
Ja, sagte Anton, das ist die Grundidee. Alles wird irgendwie intensiver, wenn es mit dem Bewusstsein von Endlichkeit verknüpft ist, wisst ihr? Als gäbe es doch ein richtiges Leben im Falschen, wenn man bei allem, was man tut, die eigene Vergänglichkeit mitbedenkt. Darum geht es in diesen Geschichten, an denen ich arbeite, und darum geht es mir auch in meinem Leben. Bei jeder Zugfahrt, bei einem Spaziergang am See, wenn ich esse, wenn ich daliege und meinem Atem nachspüre. Natürlich auch, er hob sein Glas und trank, beim Sex. Er blickte halb zur Seite, und ich hatte den Eindruck, dass er dabei jemanden am Tisch ansah. Aber ich konnte nicht sagen, wen.
Okay, hörte ich Insa sagen, aber Sex ist ja auch eine Frage von Energien, die ausgetauscht werden. Das geht ja über den Moment hinaus, das kann ja ganz langfristig sein.
Wie meinst du das jetzt?, fragte Anton.
Wenn ich mit einem Mann schlafe – das war wieder Insa –, dann werden dabei feinstoffliche Energien ausgetauscht. Und die verpuffen ja nicht einfach, die bleiben über Jahre im Körper erhalten.
Meine Frau ist Tantrikerin, sagte Werner erklärend.
Und wie soll dein Buch heißen?, wechselte Barbara das Thema.
Angsttriebe, antwortete Anton. So wie die Äste, die eine Tanne treibt, wenn sie spürt, dass sie stirbt.
Hey, hörte ich plötzlich eine Stimme hinter mir. Kommst du mal wieder ins Bett, oder was?
Fee gähnte. Das Innere ihres Mundes glänzte rosa im Lichtstrahl, der durch den Türspalt ins Zimmer drang. Mit beiden Fäusten rieb sie sich die Augen.

Ich schloss die Tür leise, zog meine Socken an und setzte meinen Fuß auf die erste Sprosse der Trittleiter.
Du, Fee?, fragte ich die Dunkelheit.
Wassn?
Glaubst du auch, dass wir sterben müssen?
Sterben, wieso?
Weil die Umwelt kaputtgeht. Oder wegen der Atomwaffen.
Ja, sagte sie, natürlich. Aber noch nicht so bald.
Wann dann?
Weiß nicht. Vielleicht, wenn wir so zwanzig, zweiundzwanzig sind.

5

Am nächsten Morgen wachte ich davon auf, dass etwas Hartes meine Wange kitzelte. Meine Mutter stand vor dem Stockbett, hielt einen Osterhasen in goldenem Einwickelpapier in der Hand und verpasste mir damit einen sanften Stups. Die Haut um ihre Augen war leicht geschwollen, und sie blinzelte wie kurzsichtig.

Frohe Ostern, meine Süße, sagte sie. Unter ihrem Zahnpastaatem roch ich etwas anderes, Fauliges, und ich wich ein Stück zurück.

Was ist denn, fragte sie, bekommt die Mami keinen Osterkuss? Manchmal sprach sie mit mir, als wäre ich fünfunddreißig. Manchmal, als wäre ich fünf.

Hallo Mami, sagte ich, berührte mit meinem Mund flüchtig ihr Ohr und nahm ihr den Hasen ab. Durch die geschlossenen Fensterläden drang Sonnenlicht ins Zimmer. Staubkörnchen tanzten vor meinen Augen.

Es gibt Frühstück, sagte sie, wollte dir nur Bescheid sagen. Nachdem sie den Raum verlassen hatte, untersuchte ich das Einwickelpapier. Doch es gab keine Einstichstellen, und das goldene Stanniol schloss sich fest um die Tierform. Ich brach dem Hasen den Kopf ab, roch an der Schokolade und steckte sie dann in den Mund. Ich wusste nicht, ob man Gift riechen konnte, und einen hundertprozentigen Schutz gab es wohl nicht. Aber von nun an würde ich so vorsichtig sein wie möglich.

Im Wohnzimmer hing noch der Rauch der letzten Nacht, obwohl alle Fenster geöffnet waren. Es war kalt, aber nicht mehr so kalt wie gestern. Vom See hörte ich das aufgeregte Schnattern der Enten. Fee saß auf dem Schoß ihres Vaters, den Kopf an seine Brust gelehnt, und biss von einer Scheibe Marmeladenbrot ab.

Wo sind die anderen?, fragte ich.

Pennen alle noch, sagte Werner, bis auf Rosalie. Die hat heute morgen einen Anruf bekommen und ist nach Freiburg gefahren.

Ist was passiert?

Nee, sagte Fee, war bloß ihr Typ. Der rote Wolfi.

Du sollst ihn nicht immer so nennen, sagte Werner und kniff seine Tochter in die Taille. Fee fiel vornüber wie ein Klappmesser und kreischte. Na warte, sagte sie, ließ ihr Brot auf den Tisch fallen und sprang auf. Werner fasste ihre Handgelenke, ehe sie nach dem schweren Aschenbecher greifen konnte, und drehte sie zu sich. Die beiden sahen aus, als vollführten sie einen Tanz, einen seltsamen Tanz mit ruckartigen Bewegungen. Dann lachten sie, und Werner nahm Fee in die Arme. Sie lachte immer noch, und dabei trommelte sie mit ihren kleinen Fäusten auf seinen Rücken.

Ich setzte mich hin und trank einen Schluck Milch. Im Sitzen spannte meine Jeans an der Innenseite meiner Beine, und ich musste mich etwas zurücklehnen, damit der Bund weniger in meinen Bauch schnitt. Auf der rechten Seite war die Innennaht auf ein paar Zentimetern Länge geplatzt, dort suchte sich mein Bein mehr Raum, eine kleine Beule aus Fett.

Meine Mutter sah mich nachdenklich an, und ich bekam Angst. Ich kannte diesen Blick, und ich kannte den Satz, der auf ihn folgte. Ich muss mit dir reden, würde sie gleich

sagen, und dann müsste ich eine halbe Stunde am See neben ihr hertrotten und ihr erzählen, wie ich mich fühlte. Ob es schwierig sei für mich, dass sie eine Frau liebte. Ob ich wüsste, welche Mühe sie sich gab, eine gute Mutter zu sein. Trotz alledem, sagte sie dann immer, trotz alledem.
Wenn ich Pech hatte, kam es noch schlimmer. Wenn ich Pech hatte, dann hatte sie gestern Nacht die angelehnte Tür bemerkt, und dann wusste sie, was ich gehört hatte. Darüber würde sie nicht so hinweggehen wie über die Tatsache, dass ich Barbaras Buch gelesen hatte. Dann würde sie sich wieder Sorgen darüber machen, ob ich mir Sorgen machte. Und eine besorgte Mutter zu haben, davor fürchtete ich mich oft noch mehr als vor dem Tannensterben.
In dem Moment kam Anton die Treppe herunter. Er trug eine fellgefütterte Lederweste über einem Karohemd und grüßte lässig mit einer Hand. Morgen, sagte er, hat irgend jemand Lust, kurz mal mit an den See zu gehen?
Ich, sagte ich und stand auf, ehe jemand anderes antworten konnte. Anton sah mich an, mit leicht geöffnetem Mund und zusammengekniffenen Augen, dann lächelte er. Hallola, sagte er, na gut, dann machen wir beide jetzt einen Osterspaziergang.
Unsere Schuhsohlen quietschten synchron im matschigen Gras, als wir den Abhang zum See hinuntergingen. Vor uns stand eine Reihe Birken, die Stämme von der gleichen Farbe wie die schmutzigen Schneereste im Schatten. Sie neigten sich alle zur gleichen Seite, sichtbar sturmerprobt. Ihre Zweige waren von einem zarten, grünen Schleier überzogen. Sonne glitzerte auf dem Wasser, das heute nicht grau aussah, sondern ein metallisches Blau angenommen hatte. Anton ging auf die Birken zu, kletterte über einen Baumstumpf, teilte zwei biegsame, junge Stämme, und dann stand ich neben ihm in einer kleinen Bucht. Im Som-

mer würde man von hier aus durch das dichte Laub der Bäume nicht einmal das Bauernhaus sehen können.
Jetzt eine Runde schwimmen, sagte er, das wär's.
Igitt, sagte ich, ist ja furchtbar.
Er sah mich grinsend an, überkreuzte seine Arme und griff nach dem Bund seines Hemdes. Dann hob er ihn an. Ein Streifen heller Haare zog sich senkrecht über seinen Bauch und wurde unter dem Nabel dichter.
Hey, sagte er, ließ das Hemd los und strich mir übers Haar. Du guckst ja wie ein Auto. Ich hab nur Spaß gemacht.
Er lachte, und ich fand nicht, dass er aussah wie ein Mann, der sich umbringen wollte, egal, aus welchem Grund. Er wirkte auch nicht krank, und ich begann mich zu fragen, ob ich alles richtig verstanden hatte, was die Erwachsenen gestern Abend besprochen hatten. Schließlich hatte ich das Gespräch nicht von Anfang an mitgehört. Wieder blickte er mich an, aufmerksam dieses Mal. Er machte einen Schritt hinter mich, und ehe ich verstand, was geschah, hatte er eine Hand auf meinen Bauch gelegt.
Wo bist du denn?, hörte ich ihn fragen.
Durch den Stoff meines Sweatshirts spürte ich die Wärme seiner Hand, ich sah das verdorrte Schilf am Ufer, die lang gezogenen Wölkchen wie Schneeberge im Himmel, und auf eine verwirrende Weise fühlte sich alles richtig an. Es war seltsam, und es war gut, in der Nähe dieses Mannes zu sein, der so lachte und der mit mir sprach wie mit einer Erwachsenen. Einer Frau.
Wie meinst du das, wo ich bin?
Na, sagte er und bewegte seine Hand leicht, jedenfalls bist du nicht in deinem Bauch.
Er trat wieder neben mich, nahm jetzt meine Hand in seine und legte sie auf seinen Nabel, dort, wo ich vor einer Minute noch den Streifen Haar gesehen hatte, der senkrecht

abwärts führte. Die Haut unter dem Stoff seines Hemdes war straff gespannt. Es fühlte sich ein bisschen an wie die Oberfläche eines Tamburins. Ich sah auf meine Hand, und sie hob und senkte sich gleichmäßig.
Schau, sagte er, ein und aus. Das Atmen nicht vergessen. Und außerdem, er nahm mein Handgelenk, sind diese engen Hosen gar nicht gut. In so was ist kein Platz zum Leben.
Ich starrte ihn an, und er ließ meine Hand fallen. Ist nur ein Vorschlag, sagte er, brauchst dich nicht dran zu halten. Er legte den Kopf in den Nacken, hob die weit gespreizten Arme und schloss die Augen. Dann stieß er einen lang gezogenen Seufzer aus.
So, sagte er, und jetzt lass uns endlich frühstücken gehen.

Von diesem Morgen an fühlte sich alles anders an, auch wenn das Leben nahtlos weiterging. Den Rest des Ostersonntages lag ich mit Fee auf ihrem Bett und hörte Musik von einem tragbaren Kassettenrekorder. Eine heisere Stimme sang *Halt dich an deiner Liebe fest*. Ton Steine Scherben, sagte Fee, das ist Kult. Barbara stand hinter meiner Mutter in der Küche und küsste sie auf den Hals, während meine Mutter einen hart gebackenen Vollkornkuchen anschnitt. Abends machten wir einen Spaziergang durchs Dorf, durch menschenleere, stille Straßen, und plötzlich wurde ein Rollladen nach dem anderen heruntergelassen. Die Dinge waren gleichzeitig deutlich und undeutlich, nah und fern. Später stand ich am Fenster, sah hinaus, schloss die Augen, sah immer noch nichts. Versuchte, mir noch einmal vorzustellen, wie sich meine Hand auf Antons Körper angefühlt hatte und seine auf meinem.
Von Werners ungelenken Umarmungen abgesehen hatte ich lange keinen Mann mehr berührt, und angenehm ge-

wesen war es mir noch seltener. Ich wusste, wie ein Männerkörper gebaut war, hatte welche in der Sauna gesehen an den Sonntagen im Thermalbad, manche mit festen Hintern, manche mit schwabbeligen Bäuchen, und ich wusste, wie das aussah, was unter den Bäuchen hing. Aber sie blieben für mich wie Fotos in Schulbüchern, eine fremde Gattung Mensch, der man besser nicht zu nahe kam.
Mehrmals versuchte ich, Anton in ein Gespräch zu verwickeln, fragte ihn, wie ihm seine Geschichten einfielen und was für Bücher er mochte. Er antwortete freundlich, war aber nicht ganz bei der Sache. Beim Abendessen schenkte er meiner Mutter Wein ein, und dann hakte er seinen Zeigefinger unter ihre doppelreihige Holzkette und zog sie damit ein Stück zu sich, als wollte er sie sich näher anschauen.
Gerri, Gerri, du bist mir schon so eine, sagte er.
Später trat dann Insa hinter seinen Stuhl und knetete seine Schultern, so wie er es gestern bei ihr gemacht hatte.
Hab ich dir von meinem Shiatsu-Workshop in Heidelberg erzählt?, fragte sie ihn.
Nachts konnte ich nicht schlafen, presste die Arme eng an meinen Körper und fragte mich, wie ein Mann und eine Frau gemeinsam in einem Bett liegen konnten, ohne dass einer von beiden herausfiel. Ich lauschte dem Knacken im Gebälk, hörte, wie über mir im Dachstuhl ein kleines Tier auf und ab trippelte, eine Maus oder ein Marder, und legte immer wieder eine Hand auf meinen Bauch, um zu prüfen, ob er sich auch hob und senkte. Irgendwo im Haus ging eine Tür, und dann noch eine.

6

Kurz nach dem Osterwochenende führten die Freiburger Verkehrsbetriebe die automatische Ansage der Haltestellen ein. Bis zu diesem Zeitpunkt hatten die Straßenbahnschaffner vor jedem Stopp etwas Unverständliches in ihre Mikrofone genuschelt, jetzt kam aus den Lautsprechern die Stimme einer Schauspielerin aus Karlsruhe. Sie klang sehr feierlich, so als wären Worte wie *Römerhof* oder *Bürgerwehrstraße* freudige Nachrichten, die aber dennoch mit verhaltenem Ernst zu überbringen waren, so wie die Geburt eines Kindes oder ein militärischer Sieg.

Wenn ich nachmittags nach den Hausaufgaben nichts zu tun hatte, setzte ich mich einfach in eine Bahn. Ich sah Kindern zu, wie sie ihre Fahrscheine in die rot umrandeten Mäuler der Entwerterkästen steckten, lauschte dem zarten Pling, sah, wie die Kinder dabei ein bisschen zurückzuckten. Ich schrieb mit meinem Zeigefinger ein A auf die schmutzige Fensterscheibe und beobachtete, was sich bei der Fahrt alles innerhalb der Umrisse des Buchstabens bewegte. Citroëns mit dem Aufkleber eines Schnapsherstellers im Heckfenster, blau, gelb und weiß. Tief hängende Äste von Kastanien, deren Blüten senkrecht standen wie kleine, umgedrehte Kronleuchter. Plakate mit der Aufschrift *Frühjahrsmesse 1983*, auf dem Messeplatz Fahrgeschäfte, fliegende Teppiche und Karussells mit krakenarti-

gen Schwenkarmen, an deren Enden sich offene Kabinen befanden.
Ich brauchte keinen fliegenden Teppich, mir reichte die Straßenbahn. Ich konnte stundenlang so fahren und mir vorstellen, dass Anton neben mir saß, dass der Karostoff seines Hemdes meinen nackten Unterarm berührte, dass Anton leise mit mir sprach, mir etwas vor dem Fenster zeigte, lachte. Die Straßenbahn war meine Traumwerkstatt, ein Ort, an dem es erlaubt war, meinen Gedanken nachzuhängen. Hier forderte keiner von mir, aufmerksam zu sein, zu antworten, mich mit Dingen zu beschäftigen, die mich von Anton entfernten. Ich setzte mich so hin, wie ich dachte, dass Fee vielleicht sitzen würde, einen Fuß auf den grauen Heizkörper am Fenster gestützt, das Kinn in der Hand. Nur Anton zuliebe trug ich meine hellblaue Karottenhose, die weniger in meinen Bauch einschnitt als die Jeans. Das Fenster spiegelte meine Augen und meinen Mund, ein zweites Bild vor den Momentaufnahmen der Stadt, und es blendete die Dinge einfach aus, die ich nicht sehen wollte: die silbernen Plättchen der Zahnspange in meinem Mund, den fettigen Glanz meiner Haut.
Manchmal fuhr ich noch, wenn es schon dunkel geworden war. Ich setzte mich ganz vorne hin und sah zu, wie sich der Lichtkegel der Scheinwerfer die Schienen entlangtastete und sie golden aufleuchten ließ. Wenn es später wurde, spürte ich manchmal ein leises Ziehen im Magen. Ich fühlte mich dann schwächer, zerbrechlicher als sonst und war stolz darauf, wenn ich den ganzen Nachmittag über nichts genascht hatte. Manchmal zog von draußen ein Geruch ins Wageninnere, als hätte die ganze Stadt eine Fahne. Dann wurde bei *Ganter* gerade Bier gebraut.
Manchmal liefen Demonstranten mit Transparenten durch die Stadt, dann blieb die Straßenbahn stehen und der Fah-

rer hieb immer wieder seine Hand auf eine Messingklingel, bis es weitergehen konnte. Manchmal stiegen Damen in Pelzmänteln ein, und dann blieb ich sitzen, auch wenn kein Platz mehr frei war. Diese Frauen gehörten zu den Reichen, zu den Bösen, zu denen, die schuld waren am Hunger in der Dritten Welt und im Grunde an allen bevorstehenden Katastrophen. Ich fühlte mich sehr rebellisch, wenn ich tatenlos zusah, wie sie sich an die Haltegriffe klammerten, in den Kurven hin und her geworfen wurden und dabei mit ihren Absätzen in den Rillen des Kunststoffbodens hängen blieben. Manchmal seufzte ich, so dass die Umsitzenden es hören konnten.

Ich war glücklich.

Wenn die Straßenbahn hielt und der Platz neben mir gerade frei war, musste ich allerdings auf der Hut sein. Es gab bestimmte Männer, die sich gezielt zu jungen Mädchen setzten, und das war kein Spaß. Man sah es ihnen nicht an, manche trugen helle Sommermäntel und manche Jeansjacken, manche waren älter und manche jünger. Wenn sie Platz genommen hatten, schoben sie sich unauffällig näher, so dass man nie wusste, ob es Absicht war oder Versehen. Plötzlich hatte man einen Handrücken in der Seite, einen Finger, der sich dort auf und ab bewegte, und man konnte versuchen, sein Gewicht zu verlagern und sich klein zu machen. Aber es nützte nichts, man war gefangen zwischen Finger und Fenster, oft über quälend lange Stationen. Ich hatte schon öfter solche Männer erlebt, und deshalb setzte ich mich manchmal mehrmals um, am liebsten neben eine Frau mit Einkaufstaschen oder ein kleines Kind, ehe die Türen mit einem leisen Zischen aufgingen.

Eines Abends, es muss Ende Mai gewesen sein, klingelte das Telefon. Es stand in der Küche neben dem Kühl-

schrank, ein schwerer, beigefarbener Apparat mit altersstarren Kabeln, die sich ständig verknäulten. Meine Mutter und ich hatten zusammen beim Abendbrot gesessen, bei einem dieser stockenden Gespräche, die wir in letzter Zeit häufiger führten. Lad doch mal wieder eine Freundin ein, wird sie gesagt haben, und ich: Wen denn?, und sie: Dani, Ulrike, das wirst du doch wohl besser wissen als ich.
Ich nahm den Hörer ab. Hallo, hier ist Lola Sellin.
Für einen Moment war es still, dann hörte ich ein leises Lachen. Na, sagte jemand, Hallola.
Es war, als hätte ein Blitz eingeschlagen, direkt oberhalb meines Nabels.
Wer ist denn da?, fragte ich tonlos, obwohl ich die Antwort schon wusste. Meine Mutter hatte aufgehört zu essen und hielt ihr angebissenes Brot in Habachtstellung.
Ich bin's, sagte er, der Anton. Der von neulich, am Schluchsee.
Ja, sagte ich, natürlich der.
Meine Mutter legte das Brot zur Seite. Ihr Daumen glänzte fettig. Ich drehte mich weg und zwirbelte das Telefonkabel um meinen linken Zeigefinger. Rundherum verlor die Haut ihre Farbe und wurde weiß.
Wie geht es dir, Lola?, fragte Anton. Er klang, als würde er sich ernsthaft für die Antwort interessieren.
Gut, sagte ich.
Das freut mich. Ist die Gerri zu sprechen?
Das wiederum ging mir zu schnell. Was du da am Schluchsee zu mir gesagt hast, plapperte ich drauflos, ich denk da noch viel dran.
So, was hab ich denn gesagt?
Seine Frage brachte mich aus dem Konzept. Meine Mutter war aufgestanden und griff nach dem Hörer in meiner Hand. Jetzt gib schon, sagte sie, und dann: Hallo?

Ich ließ los und setzte mich hin. Der Abdruck des Telefonkabels war noch immer zu sehen.
Ja, sagte meine Mutter, und: Nein, das ist super, und: Doch, erzähl. Sie strahlte und fuhr sich mit der Hand durchs Haar.
Früher hatte sie nie super gesagt.
Ich griff nach einem braunen Joghurtgläschen und wollte gerade den Deckel abziehen, da spürte ich die Hand meiner Mutter auf meiner Schulter. Als ich mich umdrehte, hielt sie die Hand schnell über die Sprechmuschel.
Bist du so nett, sagte sie, und gehst kurz mal raus?
Ich starrte sie an, und sie machte eine ungeduldige Bewegung mit dem Kinn. Schließlich stand ich auf, ging ins Wohnzimmer und schloss die Tür hinter mir. Den Joghurt aß ich im Stehen und kratzte mit einem langen Löffel die Reste aus dem Glas. Schon vor langem hatte ich aufgehört, mein Essen auf Gift zu kontrollieren. Lebensbedrohliche Nachrichten wechselten ja doch im Wochenrhythmus, und man konnte nur existieren, wenn man sie genauso schnell wieder vergaß.
Durch das Fenster konnte ich einen verwilderten Garten sehen, eine Brandmauer und eine rostige Teppichstange. Die kleine Tochter der Nachbarsfamilie zog sich gerade daran hoch und schwang die Beine darüber, dann ließ sie ihre Hände los. Sie baumelte kopfüber, und ich konnte mir vorstellen, wie das rostige Metall bei jeder Bewegung Kratzer auf ihrer Haut hinterließ, breite Spuren, wie Reifen auf regennasser Straße. Ihr Rock stülpte sich um. Ihre weiße Unterhose reichte ihr fast bis zum Nabel. Unter dem Dach gurrten Tauben. In der Küche lachte meine Mutter.
Ich machte kehrt, öffnete die Küchentür wieder, ignorierte den Blick meiner Mutter und schlenderte zum Kühlschrank.

Nahm eine Flasche Möhrensaft heraus, goss mein Glas voll, stellte die Flasche wieder zurück.
Achter Juli, sagte meine Mutter, phantastisch.
Jetzt ging ein Schlüssel im Schloss der Wohnungstür, und meine Mutter fasste sich mit der linken Hand an den Kopf, zog an einer rostroten Strähne, als könnte sie ihre Haare dadurch verlängern.
Du, sagte sie, lass uns ein andermal länger, hier ist es gerade bisschen hektisch.
Barbara kam in die Küche, sagte: Na, und öffnete den Kühlschrank.
Wer hat denn die hier reingestellt?, fragte sie. Sie nahm die Möhrensaftflasche heraus und hob sie hoch wie eine Trophäe. Die Flasche war leer bis auf ein Pfützchen am Boden. Barbara stellte sie zu den anderen in die Ecke und gab meiner Mutter, die gerade den Hörer auflegte, einen Kuss in den Nacken.
Schönen Gruß, sagte meine Mutter, und Barbara fragte: Wer war's denn?
Der Anton, sagte ich, und beide Frauen drehten sich zu mir um. Ich stand noch immer neben der Kühlschranktür.
Barbara hob langsam die Augenbrauen. So, sagte sie, der Anton.

7

Auf den ersten Blick hätte ich Fee fast nicht erkannt. Ihre dünnen Beine steckten in einer Baumwollhose mit Tigermuster, an den Füßen hatte sie lila Samtschläppchen. Sie hockte unter den Betonarkaden vor *Männer Moden Müller* mühelos auf den Fersen und liebkoste einen struppigen Hund. Immer wieder riss sie gleichzeitig die Hände hoch und redete in einer aufgeregten Babysprache auf ihn ein. Dann nahm sie den pelzigen Kopf zwischen die Handflächen und rubbelte an ihm herum, als wollte sie einen Ball daraus formen. Dem Hund hing etwas rosa Zahnfleisch aus dem Maul, und er wedelte hektisch mit dem Schwanz. Um den Hals trug er ein Nietenhalsband.

Immer wieder tropfte Regenwasser vom Vordach und bildete eine Pfütze auf dem Asphalt, die der Hund gierig aufleckte. Neben Fee saß ein Junge mit einem bunten Irokesenkamm. Trotz der Wärme hatte er eine Motorradlederjacke an. Das eingekringelte A auf seinem Rücken erinnerte mich an meine eigenen Scheibenbilder in der Straßenbahn. Schließlich blickte Fee hoch, sah mich und hob grüßend eine Hand. Dann stand sie auf. Ich dachte, sie würde zu mir herüberkommen. Aber sie klopfte nur dem Punk auf die Schulter, sagte etwas, das ich nicht verstand, weil gerade die Linie 2 Richtung Günterstal klingelnd neben mir anfuhr, und verschwand durch die Arkaden in Richtung Martinstor.

Später am gleichen Nachmittag traf ich ihren Vater. Ich erkannte ihn an seinem großen, gebeugten Rücken. Er saß im Untergeschoss des *Schwarzwald-City*-Einkaufszentrums an einem Tischchen aus Marmorimitat. Als ich näher kam, sah ich den Aluminiumbecher vor ihm, darin schwammen Eisreste in Rot, Weiß und Grün. Zwischen den Fingern der rechten Hand drehte er ein Papierschirmchen. Die hölzernen Speichen gaben ein feines Knacken von sich, als sie zerbrachen.
Hallo Werner, sagte ich, und er blickte auf. Unter der grellen Deckenbeleuchtung zeichneten sich die Ränder unter seinen Augen deutlich ab, beinahe sah es aus, als hätte er sich geprügelt. Er lächelte und wischte sich mit einer Papierserviette über den Bart. Ein Tropfen Erdbeereis blieb mitten darin hängen, aber ich traute mich nicht, es ihm zu sagen.
Na, sagte Werner, was treibst du, wann kommt ihr denn mal wieder mit an den Schluchsee?
Bald, hoffentlich. Meine Mutter, also die Gerri, sie hat etwas für Anfang Juli verabredet. Aber ich glaube, sie will nicht, dass ich mitkomme.
Werner klopfte mit der flachen Hand auf das Bistrostühlchen neben sich, und ich setzte mich.
Wie kommst du denn darauf?, fragte er. Der Erdbeereistropfen zitterte bei jedem Wort.
Sie hat mich gefragt, ob ich nicht lieber mal wieder eine Freundin besuchen will.
Ach so, sagte Werner, ja, das ist was anderes. Fee hat ja auch keine Lust, jedes Wochenende mit uns im Schwarzwald rumzuhängen.
Eine Kellnerin mit Hornbrille und Spitzenschürzchen stellte sich neben unseren Tisch und zückte ihren Block und einen Kugelschreiber. Der Kugelschreiber gab ein har-

tes Klicken von sich, als sie auf den silbernen Knopf an seinem oberen Ende drückte. Bitteschön, sagte sie. Sie hatte einen italienischen Akzent, es klang wie Bittaschena.
Möchtest du was, Lolli?
Aber ich hab kein Geld dabei.
Macht nichts, sagte Werner, legte das zerfledderte Schirmchen weg und machte eine generöse Handbewegung. Ich lad dich ein. Auch ein kleines Gemischtes?
Ich nickte, die Kellnerin schlappte davon, und Werner stützte seine Unterarme auf dem Tisch auf. Sie waren von hervorstehenden Adern überzogen und erinnerten mich für einen Moment an die von Anton. Von dem Tropfen Erdbeereis war nichts mehr zu sehen, er schien auf eine gnädige Weise in Werners Bart versickert zu sein.
Weißt du, Lolli, sagte er, deine Mutter hat dich eben wirklich lieb, sicher will sie nur, dass du ein richtig schönes Wochenende hast, mit netten Gleichaltrigen. Das ist doch langweilig für dich, mit solchen Gruftis wie uns.
Ja, aber es ist doch …
Ich spürte, wie der Satz sich in meiner Kehle formte und die Worte aus meinem Mund kamen, ich konnte sie nicht zurückhalten. Es war ein bisschen wie Erbrechen, nur dass mir keiner die Stirn hielt.
… es ist doch, weil Anton auch da ist.
Ich erwartete, dass Werner wütend werden würde, oder laut lachen. All das, was meine Mutter getan hatte, als ich ihr gesagt hatte, wie gerne ich Anton wiedersehen wollte. Aber Werner nickte nur leicht und rieb sich dabei die Nase. Ein kleines Büschel Haare wucherte aus seinem rechten Nasenloch.
Den findest du nett, nicht?, fragte er. In dem Moment kam die Kellnerin und stellte das Eis vor mir ab.
Werner nickte noch einmal und sah dabei über mich hin-

weg. Ich wandte den Kopf. Zwei Mädchen in gestreiften Miniröcken gingen an uns vorbei. Die eine trug dazu ein weites T-Shirt mit Glitzersternen, die andere einen Strickpulli, zwischen dessen groben Maschen die nackte Haut hervorblitzte.
Sag mal, fragte Werner gedehnt, es geht mich ja nichts an, aber deinen Vater, den siehst du nicht so oft?
Ich schüttelte den Kopf, wandte mich wieder zu Werner um und löffelte.
Ist ja auch weit, sagte er. Der Flug und alles.
Ich nickte mit vollem Mund. Das Eis war kalt an meinen Schneidezähnen.
Du, sagte Werner nach einer Weile, ich hoffe, du bist mir nicht böse, wenn ich dich jetzt alleine sitzen lasse, aber ich habe noch einen Termin.
Die roten Ziffern der Digitaluhr hinter der Theke der Eisdiele zeigten 14:58 an.
Werner rutschte auf seinem Stühlchen vor, so dass er besser an seine Gesäßtasche kam, klopfte dann zweimal mit dem speckigen schwarzen Lederportemonnaie auf die Tischplatte, stand auf und legte mir für einen Moment seine Hand auf den Kopf.
Ja dann, sagte er, ich hoffe mal, du hast was Nettes vor am ersten Juliwochenende.
Ich aß weiter, sah zu, wie er an die Theke ging, zwischen Preisschildern – 1 Kugel 25 Pf, Extra-Sahne 20 Pf – einen Geldschein hinüberreichte und dann ein paar Meter weiter hinter einer Eingangstür zwischen Wollgeschäft und Posterladen verschwand. Alle Erwachsenen hatten Termine, und ich beneidete sie darum. Vielleicht waren die Nachmittage nicht so endlos, vielleicht stand die Sonne nicht so unerbittlich an der immer gleichen Stelle, vielleicht rückten die Zeiger schneller vor, wenn man Termine hatte.

Als mein Eis alle war, stand ich auf und sah nach, hinter was für einer Tür Werner verschwunden war. Rechts davon war eine Klingelleiste angebracht, darunter hing ein Schild: Dr. Ernst Graf, Psychotherapie und Psychoanalyse. Alle Kassen.

Später am Abend sah ich im Vorbeigehen meine Mutter vor dem Spiegelschränkchen im Bad stehen. Sie trug einen Rock mit Batikmuster, ihr Oberkörper war nackt bis auf einen fleischfarbenen BH. Sie hatte ihre Brüste aus den Schalen gehoben wie Eier aus einem Eierkarton, wiegte sie in ihren Händen und zwirbelte mit den Fingern die Brustwarzen. Dabei fiel mir wieder ein, wie ich als Kind mit ihr gebadet hatte, wie tröstlich ich den Anblick der rotbraunen Höfe auf den kleinen Brüsten gefunden hatte, Inseln zwischen Schaumbergen, die in allen Regenbogenfarben schillerten.
Im gleichen Moment wandte sie den Kopf zur geöffneten Badezimmertür. Aber ich verschwand so schnell aus ihrem Blickwinkel, dass sie mich nicht gesehen haben konnte.

8

Im Juli waren die Nächte beinahe so heiß geworden wie die Tage. Wir schliefen unter Laken, dann deckten wir uns gar nicht mehr zu. Wir schwitzten unsere Kopfkissen von beiden Seiten durch, so dass wir auf klammen Flecken lagen, wenn wir sie zum hundertsten Mal umdrehten. Manchmal, wenn wir endlich eingeschlafen waren, weckte das Geräusch von Rotorblättern eines Hubschraubers uns auf und entfernte sich schließlich in die Richtung, in der die Uni-Klinik lag. Da ist wohl heute nacht wieder jemand umgekippt, sagte Barbara dann beim Frühstück.
Morgens goss sie sich kühlschrankkalten Brottrunk in ein Glas, ansonsten nahm sie kaum etwas zu sich. Viel zu heiß zum Essen, sagte sie. Meine Mutter trug Trägerhemdchen und nichts darüber. Mir fiel zum ersten Mal auf, dass die Haut an ihren Oberarmen hing. Ich fuhr mit dem Fahrrad in die Schule, und schon morgens um halb acht lief mir der Schweiß an den Schläfen herunter, sobald ich an einer Ampel halten musste. Die Stadt war voller Zungen. Feuchte, rote Zungen, die an Eistüten leckten, sich grün, beige und weiß färbten. Zungen, die Menschen sich gegenseitig in ihre Münder schoben, auf den Bänken im Stadtgarten, auf den Brüstungen der Brunnen, zwischen den Fahrradständern vor der Uni.
Am achten Juli mittags um zwei fuhren meine Mutter und ich mit Barbaras Auto los. Ich hatte mich mehrmals umge-

zogen und trug jetzt ein rotes T-Shirt-Kleid mit Tunnelzug. Den Stoffgürtel hatte ich so eng festgezurrt, wie es ging. Ich hoffte, dass ich so schlanker aussehen würde. Sie trug wieder ein Trägerhemdchen zur Jeans, darunter schauten die Elastikträger eines BHs heraus. Ihre Sonnenbrille hatte sie sich ins Haar geschoben wie einen Reifen. In den Nestern unter ihren Achseln glänzten Schweißperlen. Das Fenster auf ihrer Seite hatte sie heruntergekurbelt. Im Radio sang Nena, und meine Mutter pfiff erst, dann sang sie mit: Ich bau dir ein Schloss aus Sand, irgendwie, irgendwo, irgendwann.

Ich wunderte mich, dass sie den Text kannte. Barbara und sie hörten selten Musik, manchmal ein Panflötenkonzert von George Zamphir, manchmal Lieder von Mikis Theodorakis oder die Kassette einer feministischen Band namens *Schneewittchen*. Nena-Musik lief sonst nur auf den Klassenfesten, auf die ich gelegentlich meiner Mutter zuliebe ging. Dort saß ich dann eine Weile auf einer der Matratzen am Boden und trank Cola. Die Mädchen standen mit nach innen gedrehten Füßen da und tuschelten, die Jungen lehnten an der Wand oder schubsten einander, ein ständiges Durcheinander aus dünnen Beinen in rot und schwarz gestreiften Hosen und pickligen Gesichtern. Wenn die Salzstangen alle waren, ging ich nach Hause. Na, sagte Dani dann zu mir, geh'sch heim zu deine zwei Muttis?, und die anderen lachten in vorauseilendem Gehorsam schon, wenn sie ihren Satz begann.

Liebe wird aus Mut gemacht, sang meine Mutter.

An der Litfaßsäule in Ebnet klebte jetzt ein Plakat mit einer Frau in einem gelben Badeanzug, die sich neben einem Pool räkelte. *Delial bräunt ideal* stand in braunen Buchstaben darüber.

Barbara war zu Hause geblieben. Freitags um sechs traf sie

sich immer mit ein paar Leuten auf dem Münsterplatz, um eine Stunde lang für den Frieden zu schweigen. Sie bildeten einen Kreis und hielten sich an den Händen, zwei von ihnen brachten Plakate mit der Aufschrift *Nein zum Nato-Doppelbeschluß!* und *Umkehr zum Leben!* mit. Ich war noch nie dabei gewesen, aber ich stellte mir vor, wie sich amerikanische Touristinnen vor die Händchen haltenden Schweiger stellten und lächelten, damit amerikanische Touristen ein Foto von ihnen machen konnten. Es schien mehr von ihnen zu geben als in den Jahren davor, und Barbara behauptete, Reiseveranstalter in den USA machten Werbung mit dem Slogan *Visit Europe before it is too late*. Frag doch deinen Dad, hatte sie gesagt, ich bin sicher, der kennt das. Dabei hatte sie mich angesehen, als wäre er persönlich für die Kampagne verantwortlich. Außerdem, fuhr sie fort, hab ich gerade wirklich andere Dinge im Kopf als baden zu gehen. Und manchmal kann ich Insas Weibchengetue echt nicht ab. Die marokkanischen Silberreifen an ihren Handgelenken klirrten leise.

Meine Mutter hatte geseufzt und mich angeschaut: Aber du willst immer noch unbedingt mit, ja?

Bis zum Schluchsee sprach sie kein Wort. Sie sah nicht aus, als wäre sie mir böse. Eher tat sie so, als wäre ich gar nicht da. Sie drehte am Radio, summte weiter, setzte ihre Sonnenbrille ab und wieder auf. Erst als wir die Stelle im Höllental passierten, wo die Felswände am engsten standen, sah sie mich an und sagte: Na? Auf der rechten Seite, oben auf dem Felsen, konnte man das Standbild eines Hirsches sehen. Es glänzte in der Sonne. Ein Jäger, so hatte meine Mutter mir früher einmal erzählt, hatte das Tier verfolgt. Doch der Hirsch war entkommen, indem er einen gewaltigen Satz über die Schlucht machte. Der Jäger ließ ihn laufen und errichtete ihm vor Bewunderung ein Denkmal. Als

ich klein war, konnte ich gar nicht genug bekommen von dieser Geschichte. Jedes Mal, wenn wir einen Ausflug machten, war ich ganz aus dem Häuschen, wippte auf der Rückbank auf und ab und schrie: Hirschi, Hirschi!
Na, fragte meine Mutter noch einmal.
Ich tat so, als hätte ich nichts gehört und legte meine Füße auf der Kunststoffverkleidung unter der Windschutzscheibe ab. Meine Mutter ließ ihre Hand auf mein Knie klatschen. Dir geht's wohl zu gut, zischte sie.

Werners hellblauer Käfer mit dem *AKW-Whyl?-Nie!*-Aufkleber parkte im Hof, die Haustür stand offen, doch drinnen war niemand. Über einem Stuhl hing ein grüner Badeanzug. Eine Fliege torkelte summend gegen die Fensterscheibe. Neben einer Einwegspritze in Plastikverpackung stand eine glasierte Tonschale voller Kirschen auf dem Tisch. An ihrem Rand lagen ein paar Stiele und Kerne, an denen noch Reste hellen Fleisches klebten. Sie glänzten feucht, so als hätte sie jemand vor nicht allzu langer Zeit ausgespuckt.
Im Haus roch es nach Holz und nassem Gras, nach Rauch und Rotwein. Ein Aroma, das ich nach dem Osterwochenende noch tagelang in meinem Sweatshirt mit mir herumgetragen hatte, bis meine Mutter mir das Shirt weggenommen und zu Barbaras Männerunterhosen in die Waschmaschine gestopft hatte.
Ich glaub, die sind am See, sagte ich.
Meine Mutter legte den Badeanzug auf einen anderen Stuhl und hielt jetzt eine dunkle Badehose in der Hand. Sie steckte beide Hände in die Beinöffnungen und spreizte sie mit ihren Fingern.
Kann schon sein, sagte sie, die hier ist noch ganz nass.
Ich hab mein Zeug schon drunter, sagte ich, ich geh vor.

Die Birken am Ufer bildeten einen Sichtschutz, aber die Stimmen waren schon von weitem zu hören.
Das ist total individuell, hörte ich Anton sagen, eine persönliche Entscheidung, das hat nichts mit dir zu tun.
Aber du musst doch verstehen, das war Insas Stimme, dass mir das irgendwie weh tut.
Nein. Du hast deine Entscheidung getroffen, ich meine.
Ich hörte ein Klicken und roch das Benzin aus Antons Feuerzeug. Dann fing Insa wieder an zu sprechen.
Also, du sagst, dass du den Beruf des Verkäufers zutiefst unmoralisch findest. Dann kann ich mich als Ladenbesitzerin doch nicht davon ausnehmen, weißt du?
Ich sage, dass es Tätigkeiten gibt, hinter denen ich persönlich nicht stehen könnte. Ich rede nur von mir.
Ich ging an der Baumgruppe vorbei zur Bucht, die ich noch vom Frühjahr kannte. Anton lag auf einem blauen Handtuch halb auf der Seite, stützte sich auf seinen linken Ellenbogen und betrachtete seine Zehen. In der rechten Hand hielt er eine brennende Zigarette.
Werner hatte ihm den Rücken zugekehrt und las im Schneidersitz ein Buch. Auf dem See tanzten die Mücken. Insa stand bis zu den Knöcheln im Wasser und hatte die Hände über dem Kopf verschränkt. Ihre Hüftknochen traten an ihrem Körper hervor wie edle Verzierungen, ihre Achselhöhlen sahen aus wie aus weißem Stein. Ich zog meinen Bauch ein.
Hi, sagte ich. Alle drei wandten synchron die Köpfe. Hi, sagte Insa ohne zu lächeln.
Mensch, sagte Werner, du bist ja doch hier.
Na, sagte Anton, wo hat sich denn die Gerri versteckt?
Im Liegen fielen ihm seine Haare bis auf die Schulterblätter.
Kommt gleich mit den Badesachen, sagte ich, kann ich so lange mit auf dein Handtuch?

Klar, sagte er, setzte sich aufrecht hin und drückte die Zigarette im Gras aus. Dann klopfte er auf das blaue Frottee neben sich.

Ich ließ mich vorsichtig nieder, er hob einen Arm, legte ihn um meine Schultern und drückte mich. Ich spürte seine Finger auf meiner rechten Schulter, da, wo mein Kleid aufhörte und meine Haut begann, den flachen Daumen, die Fingerkuppen. Mein linker Arm lag an seiner Seite, und dort war Anton ganz warm. Ich hätte die Hand ausstrecken und seinen Nabel berühren können, die Härchen darunter, die wie ein Pfeil nach unten zeigten, auf den Bund seiner Badehose. Er roch nach Sonnenmilch, und darunter war wieder diese Süße, so als hätte er im Saft der Kirschen gebadet, die im Bauernhaus in der Schale lagen. Diese halbe Umarmung war mehr, als ich erwartet hatte. Ich war verblüfft über seine Haut. Wie glatt sie war, wie zart. Ich hatte immer geglaubt, Männer müssten sich anders anfühlen, roher, rauer, behaarter.

Ich musste an die Schlange denken, die ich vor vielen Jahren einmal angefasst hatte, am Tag der offenen Tür im Naturkundemuseum. Braun und gelb war sie gewesen und ihr Rücken breiter als meine Kinderhand. Sie hatte unter einer Lampe in ihrem Terrarium gelegen und Winterschlaf gehalten. Ihre Haut war überhaupt nicht kalt oder schleimig, sondern ganz warm und weich und glatt, und ich hatte sie so lange gestreichelt, bis die Kindergärtnerin mich sanft wegzog, jetzt lass mal, die anderen wollen auch noch. Ich legte den Kopf schräg, bis meine Wange Antons Schulter berührte, ein sonnendurchwärmter Knochen, und er drückte mich noch mal und lachte. Etwas durchrieselte mich wie feiner Sand. Ich weiß, dass er weiß, dachte ich. Und er weiß, dass ich weiß. Eines Tages werden wir es allen sagen.

Na, ihr Schmusebären, stoppte die Stimme meiner Mutter den Film in meinem Kopf. Die Stimme klang flach, als hielte sie beim Sprechen den Atem an.
Anton nahm seinen Arm von meiner Schulter, stand auf und ging ihr entgegen. Ihr Gesicht entspannte sich augenblicklich. Es sah aus, als hätte jemand hinter ihrer Stirn ein Licht angemacht. Dann hoben beide die Arme und schlangen sie umeinander. Ich konnte immer noch seine Hand auf meiner Haut spüren, ein Gewicht, das sich nur langsam verflüchtigte.
Meine Mutter rieb ihre Nase in der kleinen Kuhle oberhalb von Antons Schlüsselbein, und ich fragte mich, ob das noch normal war. Die Nase in der Kuhle, die Hand meiner Mutter so tief auf Antons Rücken, und obwohl mich das Sonnenlicht blendete, hätte ich schwören können, dass er seine Augen geschlossen hielt. Schließlich ließen sie voneinander ab, hielten sich aber immer noch auf Armlänge umfangen, ihre Hände an seinen und seine Hände an ihren Ellenbogen. Dann tuschelten sie miteinander.
Wir gehen mal ne Runde, bis nachher, sagte meine Mutter schließlich.
Insa ließ sich rückwärts ins Wasser fallen und schrie dabei leise auf, die Tropfen stoben und glitzerten in der Luft.
Hallo und tschüß, sagte Werner.
Er blätterte noch eine Seite um, dann wandte er sich mir zu und schloss das Buch. Er trug einen großen Strohhut, der einen Schatten auf sein Gesicht und seine Schultern warf. Wo der Schatten nicht hinreichte, war seine Haut von einem ungesunden Rot.
Ist jetzt schade, aber Fee konnte diesmal wirklich nicht mitkommen. Eine ganz lebenswichtige Party morgen abend.
Er zwinkerte mir zu, als müsste ich wissen, wovon er

sprach. Ich hob Antons halb gerauchte Kippe auf und fuhr über den Schaumstoff des Filters.
Im Schuppen müsste noch ein Wasserball sein, sagte Werner, wenn du willst, kannst du den holen und wir spielen eine Runde.
Ich schüttelte stumm den Kopf und legte die Kippe ins Gras zurück. Werner zuckte mit den Schultern, stand auf und ging ins Wasser. Bei jedem Schritt hob er seine Füße wie ein Storch und schüttelte die Tropfen von seinen behaarten Zehen, so als wollte er baden, ohne dabei nass zu werden. Als ihm das Wasser bis zu den Knien reichte, ging er in winzig kleinen Schritten weiter, bis der Stoff seiner Badehose sich vollsog. Insa kam ihm entgegengeschwommen und spritzte dabei seine Brust voll. Nee, du, sagte er, du weißt doch, ich mag das nicht.
Feigling, sagte sie.
Auf Werners Handtuch lagen ein paar Brotkrümel, daneben eine leere Tupperdose und das Buch, in dem er gelesen hatte. Vom Titel sah mich der bärtige Guru an, dessen Bild Insa früher in einem Medaillon an einer Holzkette getragen hatte. Der Schutzumschlag hatte Beulen, die Seiten wellten sich und passten nicht mehr aufeinander. Als ich das Buch in die Hand nahm, rieselte Sand auf das Gras unter meinen Füßen.
Das Buch blätterte sich von selbst am Beginn eines neuen Kapitels auf. Jemand hatte einen Satz mit Bleistift unterringelt und ein kleines Ausrufezeichen an den Rand gemalt.
Love has nothing to do with another person. It is a state of being.

Meine Mutter und Anton kamen und gingen wie Geister. Eine Runde am See, eine Runde durchs Dorf, tschüß, bis später. Die Gespräche zwischendurch fanden kein Thema, sie fielen auseinander wie zu trockener Teig. Irgendwann kam Insa auf die Idee, alte Fotos herumzuzeigen und suchte nach ihrem Führerschein und dem kleinen, grauen Personalausweis. Gott, schaut mal, wie seh ich aus?, rief sie schrill. Anton wollte nicht mitmachen. Wieso, fragte meine Mutter, so ein Verbrecherfoto? Er schüttelte den Kopf und begann von einem Roman zu erzählen, den er gerade las.

Abends am Grill saß ich mit Insa und Werner allein. Werner wollte wissen, was meine Lieblingsgruppe sei. Außer Nena fiel mir niemand ein. Insa fragte, ob ich einen Freund hätte. Das heißt, so direkt fragte sie nicht, sie sagte: Findest du einen Jungen nett, aus deiner Klasse oder so? Ich schüttelte den Kopf. Die beiden sprachen mit mir, aber nicht miteinander. Werner aß, Insa starrte auf den Rest Kartoffelsalat auf seinem Teller. Irgendwann sagte sie zu ihm: Jetzt mach schon.

Was?

Deine Esserei. Ich kann nicht mehr hören, wie du kaust.

Werner stellte den Teller beiseite und wickelte stumm ein Büschel Barthaare um seinen Zeigefinger.

Als meine Mutter und Anton wiederkamen, war es dunkel geworden. Sie sahen erhitzt aus und tranken Rotwein in großen Schlucken. Meine Mutter hatte ein Blatt im Haar. Als ich aufstand, es ihr herauszupfte und wortlos hinhielt, sah sie mich erschrocken an, lachte dann aber sofort, das hat mich überfallen, das Blatt. Im Widerschein des Feuers sahen ihre Zähne aus, als glühten sie.

Insa starrte auf ihren Teller. Dann griff sie nach der Flasche und hielt sie Anton hin.

Da, sagte sie schroff, der Wein ist allerdings gekauft, ich hoffe, dieser unmoralische Akt stört dich nicht.
Er antwortete nicht.
Ich stellte mir vor, dass ich einfach aufstehen würde und mich auf Antons Schoß setzen, so wie Fee es bei ihrem Vater getan hatte. Dass ich meine Arme um seinen Hals schlingen würde, während er seine merkwürdigen Geschichten vorlas, die keinen richtigen Anfang hatten und kein richtiges Ende. Ich stellte es mir so intensiv vor, dass ich seine feuchten Nackenhaare fühlen konnte und seinen Schenkelknochen, der gegen meine Beine drückte. Es erinnerte mich an eine der Mutproben, die wir uns im Kindergarten gestellt hatten. Das Blatt einer Brennnessel beherzt zwischen die Finger nehmen, so dass die feinen Härchen einem nichts tun konnten. Man durfte nicht denken, musste zupacken und keine Angst haben.
Ich blieb sitzen und nahm mir das letzte Würstchen.

Es passierte in der zweiten Nacht. Über meinem Kopf trippelte wieder das Tier im Gebälk, Marder oder Maus, von unten roch es verbrannt, weil Werner nachmittags einen Topf Milch auf dem Herd vergessen hatte, und die Balken rund um mich herum knackten, als führten sie ein Eigenleben, von dem die Hausbewohner nichts ahnten. Ich lag auf dem Rücken, über mir nur ein Laken, und lauschte. Irgendwann klappte nebenan eine Tür zu, dann eine zweite. Eine Weile hörte ich nichts, bald ein gedämpftes Lachen, und schließlich begannen die Geräusche, zu denen ich keine Bilder hatte. Es klang so ähnlich wie das, was manchmal aus Barbaras Zimmer drang, wenn meine Mutter bei ihr war, und doch anders. Dringlicher, so, als täten zwei Menschen etwas miteinander, das keine Sekunde Aufschub erlaubte.

Ich hatte die Zeichnungen im Biologiebuch gesehen, zwei Körper im Querschnitt, von denen einer einen Teil in den anderen hineingesteckt hatte wie einen Stöpsel in die Badewanne. Ich kannte die Sätze, in denen von Einführen, rhythmischen Bewegungen und Samenerguss die Rede war. Doch zum ersten Mal machte ich mir klar, dass meine Mutter ein Teil dieses Schulbuchbildes sein konnte.
So erwachsen ich mich auch fühlte, so viel ich zu wissen glaubte, sie hatte ich nie damit in Zusammenhang gebracht. Nicht an den Abenden, an denen der schwarze Mercedes vor der Tür stand. Nicht in den Sommerurlauben, in denen sie manchmal spät nachts in den Strandbungalow gekommen war und fremd gerochen hatte. Jetzt gehörten beide in die Skizze, meine Mutter und Anton. Das Strichmännchen bekam sein Gesicht und die Frau darunter ihre roten Haare.
Ich lag da, atmete flach und hoffte, dass es bald vorbei sein würde. Doch je länger es dauerte, desto blasser wurden die Züge meiner Mutter. Dagegen wurde das Bild von Anton immer deutlicher, bis jede Wimper und jede Pore gestochen scharf zu erkennen war, das Halbrund seiner Schulter, seine haarlose Brust. Als ich schließlich den halb unterdrückten Schrei hörte, hatte die Frau kein Gesicht mehr.
Es konnte jede sein.
Es konnte ich sein.

9

Ich bereite mich aufs Fasten vor, sagte meine Mutter. Sie rührte Dinkelflocken und Milch in einem Schüsselchen zusammen. Die Kante der Küchenablage schnitt in ihren Bauch ein. Regen lief in diagonalen Bahnen über die Scheibe. Die Blätter an den Bäumen hatten rostrote Ränder.

Nein, sagte ich.

Doch, sagte sie, es muss sein.

Ich hatte von der Fastenaktion in der *TAZ* gelesen. Menschen in mehreren Ländern hatten sich zusammengeschlossen, um so lange zu hungern, bis die Regierungschefs der USA und der UdSSR ihre Atomwaffen-Arsenale einfrieren würden. Ich war skeptisch. Soweit ich das beurteilen konnte, hatten die Demonstrationen in Deutschland bisher weder das Pentagon noch den Kreml aus der Ruhe gebracht. Andererseits erhöhte es möglicherweise den Druck auf Reagan und Andropow, wenn es um Leben und Tod ging.

Eine der Hungernden, eine junge Engländerin, hatte in einem Interview erklärt, dass sie bereit war, bis zum Ende zu gehen. Wenn sich am Zustand der Welt nichts ändert, hatte sie erklärt, werden wir die nächsten Jahre ohnehin nicht mehr erleben. Wenn ich beim Fasten für den Frieden verhungere, hatte mein Tod wenigstens einen Sinn.

Es muss wirklich sein, wiederholte meine Mutter.

Ihr Plastiklöffel knirschte über den Boden des Tonschälchens.
Guck doch mal, wie ich aussehe, sagte sie.
Sie kniff sich mit zwei Fingern in die Taille. Mindestens drei Kilo, und außerdem soll es gut für den Darm sein.
Sie deutete auf ein Taschenbuch auf dem Küchentisch. *Wie neugeboren durch Fasten* stand auf dem Titel, daneben war eine Fotomontage zu sehen, auf der ein dünner Mann mit wehenden Haaren aus einer riesigen, schwarzweiß gestreiften Hose sprang.
In den letzten Wochen hatte meine Mutter tatsächlich zugenommen, und sie sah auch sonst nicht gut aus. Sie hatte Augenringe, und manchmal pulsierte die blaue Ader an ihrer Schläfe. Oft war sie sehr spät nach Hause gekommen, und aus dem Wohnzimmer hatte ich gedämpftes Weinen gehört. Welche der beiden Frauen weinte, war schwer auszumachen. Einmal hatte ich Barbara gefragt, ob sie wüsste, was mit meiner Mutter los war.
Sie macht gerade eine schwierige Phase durch, hatte Barbara gesagt, und wir beide auch.
Dann hatte sie die Ellenbogen auf die Knie gestützt und den Kopf geschüttelt. Weißt du, Lolli, es ist manchmal nicht so einfach, sicher zu stehen, wenn die Welt um einen herum wackelt.
Manchmal hatte in den letzten Wochen das Telefon geklingelt, und wenn ich abhob, war am anderen Ende keiner gewesen. Manchmal hatte meine Mutter versucht, mich anzufassen, hatte sich über mich gebeugt, wenn ich lesend auf der Terrasse saß und mir eine Hand auf die Schulter gelegt oder mich geküsst. Ich ließ es zu, aber wenn sich ihre Lippen meinem Gesicht näherten, hielt ich den Atem an. Ich konnte ihren Geruch nicht mehr ertragen.

Ein paar Tage später, als meine Mutter zur Nachmittagsschicht in der Frauenteestube aufgebrochen war, fand ich den Brief. Er fiel mir aus einer *Brigitte* entgegen. *Welcher Beziehungs-Typ sind Sie?* stand auf dem Titel, und eigentlich hatte ich nur den Psychotest machen wollen.

Der Brief steckte in einem grauen, glänzenden Umschlag. Der Absender bestand nur aus einem Nachnamen und einer Freiburger Adresse, die ich nicht kannte. Der Poststempel war von letzter Woche. Im Adressfeld stand der Name meiner Mutter, darunter das Wort *Persönlich*, dann der Name und die Anschrift der Frauenteestube. Die Schrift war ausladend, mit vielen Ausschlägen nach oben und unten. Sie erinnerte mich an die Linien von Seismographen, die in der Schule in einem Film über Erdbeben gezeigt worden waren.

Erst beim zweiten Hinsehen bemerkte ich, dass der Schreiber nur Kleinbuchstaben verwendet hatte. Selbst neue Zeilen begannen so. Ich kannte niemanden, der so etwas tat.

Vielleicht hätte ich den Brief nicht gelesen, wenn Barbara zu Hause gewesen wäre, und ganz sicher nicht, während meine Mutter in der Wohnung wäre. Doch ich war allein, Barbara hatte Dienst in der Beratungsstelle, und so zog ich die Bogen aus dem Umschlag, *du*, lautete das erste Wort, und ich konnte mein Herz in den Fingerspitzen klopfen spüren.

ich glaube, es ist besser, wir gehen wieder getrennte wege, begann der Brief. *ich habe in den letzten wochen einen ganz guten eindruck von deinen bedürfnissen gewonnen, und ich glaube, ich bin nicht in der lage, dir zu geben, was du dir wünschst.*

ich halte dich keineswegs für sexuell unentschieden. ohne barbara diskriminieren zu wollen: ich bin überzeugt, daß du einen mann brauchst, dir einen mann wünschst, und genau dieser dringende wunsch ist es, der mir angst macht.

ich habe dich als leichtes, flirrendes sommerwesen kennengelernt, mit einer sehr unbürgerlichen form von körperlichkeit, aber unter meinen händen hat sich dieses leichte sommerwesen in eine sehnsuchtsschwere frau verwandelt, die lieber ein gewächshaus möchte, statt weiter von blüte zu blüte zu fliegen.

Ich musste wieder an meine Mutter denken, wie sie in ihrem schwarzen Umhang in der Küche stand und mit einem Löffel Dinkelflocken zerbrach. Ein dunkles Insekt, dessen Flügel nass geworden waren. Heute morgen war sie aus dem Bad gekommen, drei Pfund schon!, und zum ersten Mal seit Tagen hatte ich sie wieder lächeln sehen.

Ich blickte wieder auf den Briefbogen in meiner Hand.

du hast mich neulich gefragt, stand dort, *was sich seit dem abend nach dem weinfest verändert hat. ich habe behauptet, das sei nur deine eigene, falsche wahrnehmung. damit habe ich dir unrecht getan. es hat sich tatsächlich etwas verändert. du hättest mich nicht mehr überraschen können als mit deinem wunsch nach einer – wie du es so ironisch-distanziert genannt hast – spießbürgerlichen kleinfamilie mit mir als ersatzvater für deine tochter. auch wenn du es nicht ausgesprochen hast, magst du sogar an ein gemeinsames kind gedacht haben. gerri, für diese form von festlegungen bin ich mir selbst viel zu wenig berechenbar. bewußt lasse ich mich von meinen lebendigen impulsen führen, und ich weiß nie, wohin mich das trägt. auf jeden fall verträgt es sich nicht mit der vorstellung von sicherheit, die du mit der klassischen konzeption von familie zu verbinden scheinst. mag sein, daß ich in ein paar jahren anders darüber denke. aber was zählt, ist der augenblick. deine wünsche sind für mich wie ein sog, der alles aus mir herausholt, was an warmen und leidenschaftlichen gefühlen für dich in mir war und zum teil auch immer noch ist.*

laß mir bitte diesen rest und die schönen erinnerungen an unsere begegnungen, und zerstör das nicht durch deine große bedürftigkeit. du bist eine tolle frau, gerri, und ich wünsche dir sehr, daß du glücklich wirst. natürlich hoffe ich auch, daß unsere freundschaftlichen bindungen innerhalb der gruppe, in der wir uns bewegen, nicht an unserer kurzen beziehung schaden nehmen. es war eine schöne zeit, und ich werde sie nicht vergessen.
vielleicht findest du mein verhalten harsch und gefühlskalt. das täte mir leid. bitte vergiß nicht, daß meine lebenszeit begrenzt ist. ich kann es mir nicht leisten, mit kompromissen zu leben.
ich grüße dich, und ich ehre dich.
Darunter nur ein Buchstabe und ein Punkt. Ein kleines *a*.
Ich faltete das Papier zusammen, steckte es in den Umschlag, schob ihn wieder zwischen die aufgeschlagenen Seiten der Zeitschrift und legte sie an ihren Platz zurück.
In einer früheren Ausgabe der *Brigitte* hatte ich von Frauen gelesen, die tatsächlich im Alter meiner Mutter noch Kinder bekamen. Dass es eine neue gesellschaftliche Entwicklung sei, die immer mehr Frauen zu späten Erstgebärenden machte, aber viele von ihnen die Entscheidung im Nachhinein bereuten.
Wenn ich 50 bin, wurde eine zitiert, dann ist Anna zwölf, und vielleicht will sie, dass ich auf der Wiese mit ihr ein Rad schlage. Und ich kann das dann nicht mehr, weil ich Ischiasprobleme habe.
Die Tür zum Schlafzimmer meiner Mutter stand offen, und eine Diagonale aus Sonnenlicht fiel quer über die bunt bestickte Tagesdecke auf ihrem Bett. Ich ging zum Kleiderschrank und öffnete die Tür. Wenn ich ein paar Schritte zurücktrat, zeigte der Ganzkörperspiegel mich von Kopf bis Fuß.

Ich zog Sweatshirt und Unterhemd über meinen Kopf, öffnete den Reißverschluss meiner Hose und ließ sie auf meine Knöchel fallen. So konnte ich mich schnell wieder anziehen, wenn meine Mutter oder Barbara unerwartet nach Hause kamen.
Ich sah genau hin. Da war der kleine, spitze Busen, in dem seit zwei Jahren winzige Knötchen wuchsen, die seit kurzem ihre ertastbare Kontur verloren hatten. Die Oberschenkel, die schmaler aussahen, wenn ich in der Hüfte einknickte und mich vorbeugte. Die Unterhose, die mit großen, roten Herzen bedruckt war und die sich über meinem Bauch spannte.
Ich stellte mich seitlich, machte ein Hohlkreuz und drückte ihn noch weiter heraus. Dann legte ich beide Hände seitlich neben meinen Nabel, so wie ich es neulich bei Barbaras Freundin Ulla gesehen hatte.
Mag sein, dass ich in ein paar Jahren anders darüber denke. Beim Zweiten ist das alles nicht mehr so weltbewegend, hatte Ulla gesagt und die fußballgroße Kugel unter ihrem indischen Baumwollkleid massiert, während ihre zweijährige Tochter einen Becher Kakao auf dem Küchentisch auskippte.
Die Kleine sieht Bernd so unglaublich ähnlich, hatte Ulla gesagt, während Barbara mit einem grauen Lappen den Kakao aufwischte und zwischen ihren Zähnen etwas wie Ja, leider Gottes, murmelte.
Ich hatte mir nie Gedanken darüber gemacht, ob ich meinem Vater ähnlich sah. In meiner Vorstellung war er eine Art Zutat, ein Gewürz, das zwar zu mir gehörte, aber ohne dessen Aroma ich trotzdem ich wäre.
Früher hatte meine Mutter sich oft bei mir entschuldigt. Ich hätte dir einen besseren Vater aussuchen sollen, hatte sie gesagt, tut mir leid. Genauso oft hatte sie mir erzählt,

dass sie ihn eines Tages finden würde. Den perfekten Mann, der dann mein perfekter Papa werden würde. Ich hatte mir eine Hochzeit vorgestellt, einen weißen Kranz auf meinem Kopf und einen Kiesweg, der zu einer Kirche führte. Ich hatte wissen wollen, ob ich auf der Hochzeit dann auch mit diesem Mann tanzen dürfte, und meine Mutter hatte es mir versprochen.

Als ich noch nicht schreiben konnte, hatte meine Mutter mir beim Frühstück manchmal den langstieligen Löffel aus dem Honigglas in die Hand gedrückt und gesagt: Komm, schreib ihm einen Brief. Die lang gezogenen Fäden leuchteten, glitzerten und funkelten, bevor sie auf die gebutterte Seite eines Brötchens auftrafen und sich dort zu Kringeln krümmten.

Gold auf weiß, königliche Briefe, Honigbriefe.

Ich erinnerte mich dunkel daran, wie mein Vater mich einmal, als ich noch sehr klein war, auf die Schultern genommen hatte. So war er eine Straße entlanggehüpft wie ein Kind, und ich hatte Angst gehabt, er könnte mich auf seinen Schultern vergessen.

Ich hakte meine Daumen unter den Bund meiner Unterhose und zog sie herunter. Die feinen Härchen schimmerten rötlich im Sonnenlicht.

10

Am 5. September begann das neue Schuljahr. Meine Klasse hieß jetzt 7 b, sonst änderte sich nicht viel. Ich hatte immer noch denselben Klassenlehrer, Herrn Lechler, Deutsch und Geschichte. Er trug Tweedjacketts mit Lederflicken auf den Ellenbogen, und im Unterricht nahm er eine seltsame Haltung ein, auf den Zehenspitzen stehend und mit den Armen rudernd. Alle wussten, dass Herr Lechler mit einem Kollegen vom Berthold-Gymnasium zusammenlebte. Merkwürdigerweise kam keiner auf die Idee, die beiden könnten schwul sein.

Die Englischlehrerin marschierte auf ihren hochhackigen Stiefeln so zielstrebig wie eh und je über die Linoleumflure, good morning, my name is Mrs. Schnieder.

Herr Scherzel, Physik, trug Ringelpullover und einen Sonnenblumenaufkleber über dem Rücklicht seines Fahrrades.

Frau Eberlein hatte beim Sprechen Spuckefäden zwischen den Zähnen. Deshalb wollte auch keiner in der ersten der aufsteigenden Bankreihen im Biosaal sitzen.

Wie im Vorjahr hatte Herr Lechler mir am ersten Tag einen Klassenneuling an die Seite gesetzt. Diesmal hatte das Los eine zierliche Japanerin namens Aiko getroffen, deren Mutter Klavier an der Musikhochschule lehrte und deren Vater im Orchester des Stadttheaters Geige spielte. Sie würde nicht lange neben mir sitzen bleiben wollen, wenn sie erst wusste, dass man mit mir keine Punkte sammeln konnte.

Aber dieses Mal war mir das vollkommen gleichgültig. Ich vermisste nichts.
Mir reichten die Lichtfinger, die sich durch die hohen Fenster über den Holzboden tasteten, der tanzende Staub, die dunkelgrünen Blätter der Kastanien im Hof. Mir reichte der Geruch nach filterlosen Zigaretten aus dem Lehrerzimmer, Zigaretten, wie auch Anton sie rauchte. Mir reichte der Anblick der alten Frau auf der anderen Straßenseite, die täglich ihren Bettbezug über dem Balkon auslüftete.
Mir reichten die Straßenbahnfahrten am Morgen und am Mittag, einen Fuß auf den silbernen Heizkörper gestützt, der Duft nach Frittierfett, das Knistern der Kunststoffjacken, die feucht glänzenden Rillen im PVC-Belag des Bodens, wenn es geregnet hatte. Die kleinen Zettel in den Straßenbahnfenstern, auf denen Werbung gemacht wurde für die *Antiklerikalen Wochen*, mit einer Karikatur von Gott, der Jesus als Marionette tanzen ließ. Beide, Vater und Sohn, hatten die gleichen spitzen Bärte. Sie erinnerten mich an Werner.
Mir reichte mein eigener Schatten, der hinter mir hervorwuchs, wenn ich mich mit dem Fahrrad aus dem Lichtkreis einer Laterne entfernte und in den nächsten eintauchte.
Es war, als hätte ich den Schluchsee nie verlassen, das Haus, in dem Anton geatmet und gesprochen hatte, die Stühle, auf denen er gesessen, das Gras, auf dem er gelegen hatte. Ich hatte nur ein einziges Problem: Ich hatte keine Ahnung, ob und wann ich ihn wiedersehen würde.

Wenn meine Mutter mich fragte, bezeichnete ich Ulrike und Dani als meine Freundinnen. Immerhin liefen wir manchmal in der großen Pause gemeinsam zum Bäckerstand beim *Gottlieb*-Supermarkt gegenüber. Wir kauften ofenwarme Brezeln, durchweichte Blätterteigteilchen mit industriegel-

ber Puddingfüllung, Tetrapacks mit Kakao und kleinen Strohhalmen und schmuggelten sie auf den Schulhof zurück. Unterstufenschüler durften das Gelände eigentlich nicht verlassen.
Dani hatte einen großen Busen, der sie nicht zu stören schien, und schräg stehende Augen. Sie lernte ständig Jungen kennen, am Schießstand auf der Messe, auf einer Fete der mobilen Jugenddisco oder auf der Rollschuhbahn, und dann ging sie mit einem von ihnen. Die Beziehungen dauerten etwa drei Wochen. So hatte ich zu Hause etwas zu erzählen, ohne mich besonders anstrengen zu müssen. Danis Leben war ein Supermarkt von Geschichten, und ich konnte mir immer genau die Menge abholen, die ich brauchte, um meine Mutter zu füttern.
Seit neuestem lächelte ich, wenn Dani mich fragte, ob ich *jemanden gut fände*. Aber natürlich verriet ich nichts. Sie ermahnte mich, ich dürfte keinen Kaugummi kauen, wenn ich denjenigen träfe (das sieht voll eklig aus!), und müsste im Gespräch immer eine eigene Meinung vertreten. Wahrscheinlich hatte sie das in *Mädchen* gelesen. Aber meistens sprachen sie und Ulrike gar nicht viel mit mir, duldeten klaglos meine Anwesenheit, und ich war zufrieden, dass ich mich ihnen anschließen und dabei allein bleiben durfte. Vor einiger Zeit hatte Ulrike einen Walkman bekommen, und seitdem übertönte sie ohnehin alle anderen. Sie verstand einfach nicht, dass sie nicht gegen die Musik aus ihren Kopfhörern anschreien musste.
Meine Klassenkameradinnen besaßen rosa Nickipullover, *Marc-O'Polo*-Shirts mit großzügiger Outline-Schrift, knöchelhohe *Adidas-Allround*-Schuhe, und hatten Ordner vor sich auf dem Tisch liegen, auf denen Comicmädchen mit hohen Wangenknochen zu sehen waren. Die Schüler aus der Parallelklasse waren vollkommen anders, so als gehör-

ten sie nicht zur selben Gattung Mensch. Die Mädchen trugen enge Tigerhosen wie Fee, die Jungen bewahrten ihre Bücher in schwarzen Stoffbeuteln auf. Wenn im Kunstraum Bilder der 7 a aufgehängt wurden, waren darauf meistens zerbrochene Gewehrläufe mit Blumen darin oder Häuser ohne Fenster, zwischen denen Menschen mit Gasmasken spazieren gingen.

Ich gehörte weder zu den einen noch zu den anderen, war ein Zwitterwesen in Batikröcken und Sweatshirts mit neonfarbenen Streifen. Für mich schienen die Grenzen unsichtbar zu sein, die jedem anderen ins Auge fielen, eine Art modische Farbenblindheit. Wäre ich schön genug gewesen, ich hätte vielleicht auf die Spielregeln pfeifen können. Es gab in beiden Klassen Mädchen und Jungen, die man anders sein und tragen ließ, was sie wollten, sie vielleicht sogar dafür bewunderte. Aber die hatten perfekte Wangenknochen, glänzende Locken, Prinzen- und Prinzessinnenhaut. Mit all dem konnte ich nicht dienen.

Ich weiß nicht, ob ich Freunde gefunden hätte, wäre ich in die 7 a statt in die 7 b gegangen. Aber immerhin hätte ich Gesellschaft gehabt auf meinem bedrohten Planeten. Auf dem lebten zwar fast alle Erwachsenen, die ich kannte, aber außer Fee schien dort niemand in meinem Alter zu Hause zu sein. Manchmal fragte ich mich, ob die Lehrer zu den Eingeweihten gehörten. Und wenn ja, wie sie es ertrugen, ihre Schüler mit Fremdsprachen, binomischen Formeln und den Daten der Punischen Kriege auf ein Leben vorzubereiten, das nicht stattfinden würde. Und warum diese Tatsache niemandem sonst Sorgen zu bereiten schien.

Ein einziges Mal hatte ich versucht, mit Dani über die bevorstehende Katastrophe zu reden. Sie sah mich an, als spräche ich Hindi oder als hätte ich plötzlich eine merkwürdige Geschwulst im Gesicht.

Wieso, sagte sie, die haben doch alle so viele Raketen, deswegen greift keiner den anderen an. Ist doch logisch.
Und wenn einer von beiden ein falsches Signal gibt und der andere dann, nur weil er denkt, dass …
Unsinn. Mein Vater hat gesagt, unsere Welt war noch nie so sicher wie heute.
Danis Vater war Polizist. Für sie war das ein Grund, ihm zu vertrauen. Für mich das Gegenteil.
Als wir zum Schuljahresende einen Überschuss aus unserer Klassenkasse zu spenden gehabt hatten, hatte ich mich das letzte Mal mit ihr angelegt. Ich hatte für Greenpeace plädiert, sie für den Tierschutzverein. Tiere, so lautete ihr wichtigstes Argument, seien grundsätzlich unschuldig. Und außerdem könne sie die traurigen Augen der Schäferhunde nicht vergessen, die sie einmal aus einem Zwinger im Tierheim angestarrt hatten.
Dani gewann die Kampfabstimmung mit zweiundzwanzig zu acht.

Freitags hatten wir Sportunterricht in der Turnhalle einer benachbarten Realschule. Der Weg dorthin führte eine Kopfsteinpflasterstraße entlang, gesäumt von altmodischen Laternen und Kastanienbäumen. Auf der rechten Straßenseite lag Rosalies Galerie. Der ebenerdige Raum hatte zwei große Glastüren. Auf der Innenseite hingen großformatige Poster, die für die aktuelle Ausstellung warben.
Als vor vier Wochen die Schule wieder angefangen hatte, war dort das Wort *Göttinnen* zu lesen gewesen, mit einem dicken Ausrufezeichen dahinter. Auf dem neuesten Plakat stand *KretaMatriarchat*, und rund um die Buchstaben waren gedrungene Frauenfiguren ohne Arme abgebildet. Manchmal konnte ich Rosalie im Inneren der Galerie sitzen sehen. Das heißt, ich konnte vor allem ihre langen

Haare erkennen, die sie im Nacken zusammengebunden hatte, und einen Tapeziertisch voller Papierstapel. Das eine oder andere Mal blieb ich kurz stehen und beobachtete Rosalie aus sicherer Entfernung. Manchmal saß sie über einen Aktenordner gebeugt, manchmal telefonierte sie, manchmal sah ich sie stricken oder ihre Brille putzen. Außer ihr war nie jemand im Verkaufsraum. Vielleicht war zehn Uhr fünfunddreißig keine gute Zeit, um feministische Kunst zu kaufen.

An diesem Freitagmorgen saß Rosalie nicht hinter dem Tapeziertisch, sondern auf einer Art Thron aus Kissen vor der Wand. Sie trug ein langes schwarzes Kleid und eine Samtmütze auf dem Kopf und sah sehr streng und sehr schön aus. In unserem Deutsch-Lesebuch war ein Auszug aus einem russischen Roman abgedruckt, und so ähnlich stellte ich mir die Heldin vor. Eine gewisse Anna, die sich aus Liebeskummer unter einen fahrenden Zug warf.

Ein guter Grund zu sterben. Das hätte wenigstens Anton gesagt.

Über Rosalies Kopf baumelten zwei hautfarbene Gebilde an der Wand. Beim Näherkommen sah ich, dass es sich um riesige Brüste aus Stoff handelte. Vor dem Kissenthron kauerte eine andere Frauengestalt, schmale Beine in schwarzen Cordhosen, und machte raumgreifende Gesten mit der linken Hand, als wollte sie Rosalie etwas ins Gesicht schleudern.

Ich konnte nicht verstehen, was sie sprachen. Aber ich sah, dass die Frau auf dem Boden sehr erregt redete, während Rosalie wenig sagte, ab und zu den Kopf schief legte, was sehr hoheitlich aussah, oder flüchtig die Lippen einsaugte.

Was isch los, schrie Ulrike mich gegen ihren Walkman an, machsch einen auf Kunscht?

Ich blickte sie an, dann wieder die mächtigen Brüste im In-

neren der Galerie, und war froh, dass die Jungen nicht zusammen mit uns Sport hatten.
Nein, warte, ich komm ja schon.
Im gleichen Augenblick richtete sich die Frau am Boden auf, und ich wunderte mich, dass ich Insa nicht gleich erkannt hatte. Sie blickte Rosalie mit leicht geöffnetem Mund an, schließlich sagte sie etwas, und ich glaubte, das Wort zu erkennen.
So oft hatte ich zu Hause vor dem Badezimmerspiegel gestanden und meinem eigenem Mund dabei zugesehen, wie er es aussprach. Lippen, die sich erst auseinanderzogen und dann spitzten wie zu einem Kuss.

Sport dauerte eine Doppelstunde, danach stand Englisch auf dem Stundenplan. Die ganze Klasse war dann ruhiger als sonst, vor allem die Mädchen saßen unbeweglich da. Wenn es unumgänglich war, dass eine ihren Arm nach der Schultasche ausstreckte oder sich auf ihrem Holzstuhl anders hinsetzte, flog eine Duftwolke aus *Acht-mal-Vier*-Deo oder *My-Melody*-Parfüm auf, die den säuerlichen Schweißgeruch nur notdürftig überdeckte.
In die Englischstunden brachte Frau Schnieder häufig ein altmodisches Kassettengerät mit. Es hatte keinen feststellbaren Vorlaufknopf, und deshalb musste sie immer ihren Finger darauf lassen, während sie die richtige Stelle auf der Kassette suchte. Seit zwei Wochen übten wir, Liedtexte zu verstehen.
Können wir nicht Michael Jackson nehmen?, hatte Ulrike gefragt, und Frau Schnieder hatte den Kopf geschüttelt, dass ihre Locken flogen. No, I want you to begin with a singer who has a good pronounciation. Beim letzten Mal hatte sie uns ein Lied vorgespielt, das *Little Girl* hieß.
The song is over love, hatte Dani gesagt, und Frau Schnie-

der hatte gelacht und gesagt: No, the love is not over, and the song is about love. Wir waren bis zur dritten Strophe gekommen.
I don't want no one, if I can't have you to myself / I don't need nobody else.
Frau Schnieder stand und spulte, ich konnte nur einzelne Worte verstehen. Aiko kritzelte mit türkisfarbener Tinte etwas in ihr Heft. Auf dem Schutzumschlag war ein rosa Kätzchen ohne Mund abgebildet.
No, that's not it, sagte Frau Schnieder und drückte wieder auf die Vorlauftaste, so dass die Stimme vom Band sich auf Micky-Maus-Tonlage hochschraubte und schließlich zu einem hohen Sirren zusammenschnurrte.
… where they drink champagne and it tastes just like …
Auf einmal wusste ich, woher ich die Stimme des Sängers kannte. Dieses Lied war mein Wiegenlied gewesen, als ich klein war, mein Trostlied, wenn ich hingefallen war und mir das Knie aufgeschlagen hatte, mein Tanzlied, wenn ich zu lange hatte stillsitzen müssen. Meine Mutter hatte mir erzählt, dass ich als Fünfjährige eines Morgens beim Frühstück zu ihr gesagt hatte, Mami, ich mag das Lied, das Lied heißt ja wie ich. Nein, hatte sie geantwortet, umgekehrt, du heißt wie das Lied.
E-Lo, E-Lo…
Come on, sagte Frau Schnieder ungeduldig zu ihrem Kassettengerät.
Im Nachhinein kann ich ihr wahrscheinlich dankbar sein, dass sie dieses Lied nicht für ihre Hörverständnisübung auswählte. Ich weiß nicht, was passiert wäre, hätten meine Klassenkameraden gewusst, dass ich nach einem Transvestiten benannt war, der in einer billigen Bar einem naiven Kerl den Kopf verdreht.
Anfang September 1970 war *Lola* von den Kinks in die

deutschen Charts eingestiegen. Vier Wochen später wurde ich geboren.

11

Mhm, brummelte Werner in den Telefonhörer. Dann hörte ich schlurfende Schritte und eine Tür, schließlich Musik, die plötzlich lauter wurde, eine auf- und absteigende Melodie über einem harten Basslauf.

Musst du jetzt schon wieder, hörte ich Werner sagen, dann Fee, die etwas antwortete wie: Mann, Papa! Ich war erstaunt, wie kindlich sie klang, wenn man sie dabei nicht sah. Die Stimme hätte zu einem kleinen Mädchen gehören können, mit Blumenkleid und Pflastern auf den Knien.

Schließlich nahm jemand den Hörer auf, dann war Fee direkt an meinem Ohr. Lolli, hi.

Ich wollte dich zu meinem Geburtstag einladen, sagte ich.

Geburtstag? So richtig mit Topfschlagen und allem?

Nee, von wegen. Ich werde dreizehn.

Hmmm, sagte Fee gedehnt. Wann soll denn das sein?

Samstag, am späten Nachmittag.

Komische Zeit für eine Party.

Ich wunderte mich, dass sie dieses Wort benutzte. Eigentlich kannte ich es nur von Barbara, die feierte manchmal mit ihren Freundinnen *Frauenpartys*, mit Flaschenbier und Platten mit wütendem Frauengesang. Meine Klassenkameraden sagten *Fete*. Aber vielleicht hatte ich auch schon wieder etwas nicht mitgekriegt.

Eine richtige Party ist es ja nicht, sagte ich, und dann

wusste ich nicht weiter. Wenn Fee nicht kommen würde, wollte ich auch Dani nicht einladen.
Also, es ist so, sagte Fee. Samstag ist schlecht, da feiert schon ein Freund von mir. Aber wenn du Bock hast, können wir vielleicht morgen mal was machen. Uns um fünf am Berti treffen oder so.
Am Berti, wo ist das denn?
Na, Bertholdsbrunnen natürlich.
Ein Freund Von Mir. Beim Auflegen dachte ich darüber nach, wie man wohl zu so jemandem kam.

Ich war beinahe zwanzig Minuten zu früh. Unter den Arkaden von *Männer Moden Müller* spielten zwei Punks Fußball mit einer Bierdose. Es war noch gar nicht lange her, dass mich das Schaufenster des Spielwarenladens gegenüber gelockt hatte, wo die Barbie-Pferde mit den beweglichen Sprunggelenken standen, die pinkfarbenen, winzigen Wohnmobile und dazwischen die Puppen mit ihren spielzeuguntertassengroßen blauen Augen. Aber heute fiel mir etwas Besseres ein, um die Wartezeit zu überbrücken. Ich ging bis zur nächsten Straßenecke und betrat die Buchhandlung *Rombach*.
Vor dem Übersichtsplan neben der Treppe blieb ich stehen und suchte. Kinder und Jugend, stand dort, Reise, Soziologie und Psychologie. Doch das Wort, das ich in Erinnerung hatte, tauchte nirgends auf. Zwischen den Regalen schlenderten ein paar Studenten in Parkas, Taschen mit verfilzten Fransen schräg über den Schultern. Vor einem Drehständer mit Postkarten stand eine ältere Frau mit einem beigefarbenen Hütchen. Wahllos griff ich nach einem Buch auf einem Stapel, der auf einem Extratisch neben der Treppe aufgeschichtet war.
Nach »Grundformen der Angst« jetzt das neue Meister-

werk von Fritz Riemann – »Die Fähigkeit zu lieben!« stand auf einem handgeschriebenen Pappaufsteller dahinter.
Ich überflog das Inhaltsverzeichnis und schlug das Kapitel *Existentielle Bedrohtheit und ihre Folgen* auf.
Zeiten wie diese rütteln an unseren tiefsten Daseinswurzeln – die Existenzangst hat uns ergriffen, ob wir sie uns bewußt machen oder nicht. Die Folgen sind unverkennbar: Wenn wir nicht mehr an eine sinnvolle Zukunft glauben können, droht uns die Gefahr des Nihilismus. Dann flüchten viele in die Bindungslosigkeit, in Egozentrik oder in Gleichgültigkeit.
Keine Frage, der Mann wusste, wovon er redete. Ich las weiter bei *Sexualität und Liebe. Es ist eine alte Weisheit,* stand auf Seite 65, *daß der Mensch immer das wiederzufinden sucht, was ihm einmal tiefste Befriedigung und Beglückung gegeben hat. Die Franzosen haben es so ausgedrückt: On revient toujours à ses premiers amours – das heißt, man kehrt immer wieder zu seiner ersten Liebe zurück.*
Ich spürte den Schrecken zuerst im rechten Ellenbogen. Ein feines, unangenehmes Prickeln, als rieselte Sand aus einer Kanüle direkt in meine Knochen. Zurückkehren konnte man nur, wenn man vorher auch gegangen war. Und wer liebte, hatte keinen Grund zurückzukehren. Der blieb einfach da.
Ich schüttelte den Kopf. Atmete tief ein und aus, so wie ich es von Anton gelernt hatte. Das Rieseln in meinem Ellenbogen verebbte langsam. Ich beschloss, dass auch ein Autor psychologischer Bücher sich an einem entscheidenden Punkt irren konnte. Vielleicht war Herr Riemann noch nie verliebt gewesen. Außerdem hatte ich sowieso keine siebzehn Mark dreißig übrig.

Ich legte das Buch zurück und sah mich weiter um. Neben einem Regal mit der Aufschrift *Politik und Biographien* hockte eine Verkäuferin in einer auberginefarbenen Hose und räumte eingeschweißte Bücher aus einer Pappkiste. *Frl. Gruber* stand auf dem handgeschriebenen Ansteckschild auf ihrer Brust. Es half nichts: Wenn ich nicht sämtliche Regale im ganzen Haus durchsuchen wollte, musste ich sie fragen.
Entschuldigung, versuchte ich zu sagen, brachte aber nur ein Krächzen heraus. Ich räusperte mich. Frl. Gruber hob den Kopf und lächelte mir zu.
Suchst du was?, fragte sie.
Ja, sagte ich, haben Sie Prosaminiaturen?
Sie spitzte die Lippen. Zwischen ihren Augenbrauen bildete sich eine kleine Falte. Prosaminiaturen? Da müsste ich schon genauer wissen, nach welchem Schriftsteller du suchst.
Genau diese Frage hatte ich vermeiden wollen. Wenn ich jetzt seinen Namen sagte, würde es klingen, als hätte sie nicht nach Büchern gefragt. Sondern ob es jemanden gab, an den ich ständig denken musste. Jemand, mit dem ich mein Leben teilen wollte, jemand, den ich am liebsten heiraten wollte, in einem weißen Kleid und in einer Kirche mit einem knirschenden Kiesweg. Vorausgesetzt, es gab das alles noch ein paar Jahre lang, Kleider, Kirchen und Kieswege. Es war schwierig, auf jemanden zu warten, wenn die Welt jeden Tag explodieren konnte.
Mir blieb keine Wahl. Ich hatte ja nicht ewig Zeit.
Ich räusperte mich noch einmal. Anton Olbricht, sagte ich leise.
Der Drehständer quietschte, als die alte Frau eine Karte herauszog. Einer der Studenten griff nach einem Bildband. Keiner hatte aufgehorcht.

Olbricht, wiederholte Frl. Gruber langsam, stand auf und massierte sich dabei die Knie. Olbricht, das sagt mir jetzt nichts. Wie soll das Buch denn heißen?
Ich bekam Kopfschmerzen und merkte, dass ich eine Haarsträhne um meinen Zeigefinger gewickelt hatte und mit aller Kraft daran zog. Am liebsten wäre ich grußlos gegangen. Am Ende gab es tatsächlich ein Buch zu kaufen, und wie sollte ich ihr dann erklären, dass ich gar kein Geld hatte, um es zu bezahlen? Ich hatte ja nur einen Blick hineinwerfen, es in der Hand halten, mit meinen Fingern die Konturen von Antons Namen nachzeichnen wollen.
Weiß ich nicht, sagte ich, ich habe nur gehört, der soll gut sein.
Unsere Jugendbücher stehen eigentlich im Untergeschoss, sagte die Buchhändlerin, aber wenn du möchtest, schau ich mal im Katalog nach.
Sie ging voran in den hinteren Teil des Ladens, wo auf einem Tisch mehrere schwere Wälzer mit der Aufschrift *VLB* lagen. Mit zwei Händen wuchtete sie die oberen Bände vom Stapel und begann dann, in einem der Kataloge zu blättern.
Olbricht, murmelte sie, *Pflanztöpfe und Ziersträucher*, *Neue Pferdegeschichten*, *Mein erstes Pony*. Aber mit Anton steht hier nichts. Bist du sicher, dass der Name genau so geschrieben wird?
Ja, nein. Macht nichts. Ist nicht so wichtig.
Sie legte den Kopf schief. Ich drehte mich ruckartig um. Im Hinausgehen blieb ich mit dem Jackenärmel an einem Stapel Bücher hängen, die obersten fielen mit einem dumpfen Geräusch zu Boden. *Die Klavierspielerin*, las ich auf dem Titel, und noch einmal, die Klavierspielerin, die Klavierspielerin. Das Quietschen des Kartenständers hinter mir war verstummt.

Fee saß auf der Treppe zu den Arkaden und hatte die Arme um ihre Knie geschlungen. Sie hatte ihre Haare abgeschnitten. Die Stoppeln glänzten dunkelrot. Ich musste an die Färbeprozeduren meiner Mutter denken und die Handtücher, die danach über dem Badewannenrand trockneten und so aussahen, als hätte sie auf ihnen ein Baby geboren. Hi, sagte ich, geile Frisur, und dann hielt ich einen Moment den Atem an, weil ich mir wieder nicht sicher war, ob die Worte so stimmten. Vielleicht sagte man schon nicht mehr *geil*, oder man sagte es nur in meiner Klasse, nicht aber in der Neunten.

Hm, sagte Fee, hat ein Kumpel mir gemacht.

Wollen wir in die *Schwarzwald City*, ein Eis essen?, fragte ich.

Fee verzog den Mund.

Ist ätzend da. Wir können doch hier ein bisschen abhängen.

Ich hatte keine Ahnung, wie das ging: abhängen.

Oder zu *Lazzarin*?, schlug ich vor.

Fee erhob sich seufzend und strich mit einer kreisförmigen Bewegung über ihre Stoppelfrisur.

Okay, sagte sie, wenn du unbedingt was willst, dann gehen wir eben ins *Dampfroß*.

Das *Dampfroß* war eine Eckkneipe mit dunklen Holzmöbeln. An den Wänden pappten Konzertplakate in dicken Schichten übereinander. Fee hob ihre Hand grüßend in Richtung des bärtigen Mannes hinter der Theke, dann kramte sie in ihrer Hosentasche nach einem Feuerzeug und zündete eine Kerze auf dem Tisch vor uns an. Die Kerze steckte im Hals einer Weinflasche, auf der farbige Bahnen aus Wachs eine dicke Schicht bildeten. Sobald sie brannte, fing sie an zu tropfen und ein neues Rinnsal bahnte sich einen Weg durch die bunte Lavalandschaft.

Na, fragte der Mann hinter der Bar, ließ das Spültuch in seiner linken Hand sinken, hob ein Glas an und hielt es gegen das Licht.
Kleines Ganter, sagte Fee, und du?
Ich brauchte einen Moment, um zu verstehen, dass sie mich meinte.
Eine Fanta, bitte.
Fee rückte den Stuhl ein Stück vom Tisch ab, schob ihren Po in Richtung Kante, lehnte sich dann zurück und steckte ihre Daumen in die Gürtelschlaufen. Wir schwiegen. Ich pulte Wachs vom Tisch.
Kurz darauf brachte der Thekenmann die Getränke, Fee prostete mir zu und setzte an.
Das brauchte ich jetzt, sagte sie und stellte das Glas halb leer vor sich ab. Ein Flöckchen Schaum blieb an ihrer Oberlippe hängen, und sie wischte es mit dem Handrücken weg.
Und sonst, fragte ich, was machst du so?
Sie zuckte die Achseln. Nichts Besonderes.
Warst du mal wieder am Schluchsee?
Ich hatte nicht so schnell fragen wollen, aber alle meine sorgsam zurechtgelegten Themen schienen nicht auf Fee zu passen. Offensichtlich hatte ich nicht gründlich genug überlegt. Mit Dani und Ulrike konnte ich reden, wenn es sein musste, sie wussten, welche Band wo in den Charts stand, kannten die Exotik- und die Brot-Diät, und wenn mir sonst nichts einfiel, konnte ich sie fragen, welches Haargel sie zur Zeit benutzten. Fee, dieses Mädchen mit den roten Stoppelhaaren, das nachmittags an einem Holztisch saß und Bier trank, war mir nicht näher als die beiden. Im Gegenteil.
Neulich, sagte Fee, da hat die Insa gemeint, ich sollte mal wieder mitkommen ins Haus, und sie müsste mit mir reden.

Oh je, sagte ich, das kenne ich von meiner Mutter auch, das ist dann immer schlimm.
Fee sah mich verwundert an. In ihrem linken Ohrläppchen trug sie drei Stecker. Der größte davon war rund, mit einem Symbol in schwarz und weiß, wie zwei Kaulquappen, die sich aneinander schmiegten, Schwanz an Kopf, Kopf an Schwanz.
Nee, sagte sie, was heißt schlimm, ich fand das bloß so überflüssig. Als hätte ich nicht längst gemerkt, dass es nicht so toll ist zwischen Werner und ihr. Aber ich seh überhaupt nicht ein, dass ich mich jetzt entscheiden soll. Ich wohn eh nicht mehr lange zu Hause.
Meinst du, deine Eltern lassen sich scheiden?
Keine Ahnung, ist doch auch egal. Selbst schuld, dass die jetzt Probleme haben. Heiraten, das wär nicht mein Ding.
Ich dachte an Werners Gebrummel am Telefon.
Will dein Vater denn ausziehen?, fragte ich.
Fee lachte, aber es klang eher wütend als fröhlich. Der und ausziehen, sagte sie und trank wieder einen Schluck, wo er doch so viel erzählt von der spirituellen Aura unseres Hauses, von wegen Kraftplatz und so, das macht der doch nie. Die Insa ist seit ein paar Tagen weg, zu einer Freundin, aber ich glaube, sie will, dass ich dann irgendwo anders mit ihr zusammen wohne.
Und das möchtest du nicht?
Du, sagte Fee und strich mit einem Finger über ihre Oberlippe, das ist doch alles Scheiße. Freunde von mir haben da gerade was am Start, in der Belfortstraße, und da könnte ich mit rein.
Eine Wohngemeinschaft also. Diesmal klang Fees Lachen echt.
Klar, sagte sie, eine WG. Aber eine, wo keiner Miete zahlt.

Und die geilsten Partys haben die dort. Letzten Samstag hat einer voll den Tisch umgepogt.
Toll, sagte ich.
Ich hoffte, Fee würde eine Erklärung hinterherschieben oder wenigstens weiterreden, aber es kam nichts mehr.
Was passiert denn dann mit dem Haus am Schluchsee?, fragte ich. Die Fanta in meinem Glas sah trübe aus.
Fee zwirbelte ihren Ohrstecker.
Diese ganze Kacke mit Natur und so, sagte sie, das geht mir doch am Arsch vorbei. Neulich, als ich mit Insa am Schluchsee war, hat der Anton stundenlang auf dem Rücken auf der Wiese gelegen, Handflächen nach oben, das war dem ganz wichtig, und hat gesagt, er erdet sich. Es hat dann auch noch total angefangen zu schütten, aber das war dem egal, im Gegenteil, ich glaube, der fand das voll gut. Bis Insa irgendwann gesehen hat, dass er sich vollregnen lässt, und total ausgeflippt ist von wegen dem ganzen Gift, das im Wasser ist, und wie er sich damit belasten kann und überhaupt.
Sie schüttelte langsam den Kopf und drehte ihr Bierglas auf dem feuchten Untersetzer mit dem doppelten Adlerkopf.
Voll krank ist das, sagte sie, immerzu davon reden, wie bald alles zu Ende ist und ihre Ängste und so und dass es irre wichtig ist, im Hier und Jetzt zu leben. Aber dann Schiss haben vor ein paar Regentropfen.
Anton war mit am Schluchsee?
Nicht die ganze Zeit, also, ich meine, der Anton, der war nur mal für einen Tag da, zum Spazierengehen, hat er gesagt. Als könnte er das nicht auch hier machen, an der Dreisam. Hat mir ein Buch mitgebracht.
Was für eins, eins von seinen?
Nee, von ihm war das nicht. Den Namen hab ich vergessen. Geht um so einen Typen, der ist im Internat, und dann

haut er ab und rennt eine Nacht lang durch New York, in irgendwelche Bars. Anton hat gesagt, das hätte er gelesen, als er so alt war wie ich, und ich würde ihn irgendwie an den Typen erinnern.

Fee reckte ihre Arme über dem Kopf, so dass die Gelenke knackten. Und dann, fuhr sie fort, hat er noch gesagt, ich wär ein tolles Mädchen und würde meinen Weg schon machen.

Sie griff nach ihrem leeren Bierglas und fuchtelte damit in Richtung der Theke. Ganter, Günther, sagte sie. Der Bärtige sah hoch und hob eine Augenbraue.

Jetzt komm schon, sagte sie. Der Thekenmann, den sie Günther genannt hatte, schüttelte den Kopf. Dann nahm er ein neues Glas und machte sich am Zapfhahn zu schaffen.

Wann hat er das gesagt?, fragte ich.

Wer jetzt? Was?

Anton. Dass du deinen Weg schon machst und so.

Zum Abschied, bevor er wieder gefahren ist. Wollte dann plötzlich auch noch mit mir spazierengehen und hat mir so Fragen gestellt. Von was ich träume, was ich mir wünsche. Erst dachte ich, der ist ja total bescheuert, weil, die Art von Fragen, die kenn ich aus der Schule. Ich musste ja bis letztes Jahr in den Reli-Unterricht, da war ich noch keine vierzehn, und da haben die auch immer über so Sachen geredet. Was zu einem guten Leben gehört und wie das geht mit Verantwortung für die Schöpfung, so Zeug halt. Aber dann hab ich gemerkt, dass er das wirklich wissen will, und als ich ihm erzählt habe, wie ich mir das vorstelle, mit dem Haus in der Belfort und ganz vielen Hunden, und dass ich manchmal auf dem Dach sitze und mich ganz groß fühle und dann gleichzeitig auch ganz klein, da war er der Einzige, der mich nicht ausgelacht hat oder gefragt hat,

wie das denn gehen soll. Und zum Schluss hat er mich doll gedrückt, so als würde ich ihn ganz lange nicht mehr sehen. War bloß komisch, dass Insa und er sich gar nicht richtig verabschiedet haben.
Günther stellte ein neues Bier vor Fee ab und machte mit einem Kugelschreiber einen Strich auf dem Pappdeckel.
Was für einen Hund haben denn deine Freunde?
Keine Ahnung, das sind mehrere, und da ist irgendwie alles mit drin. Einer hat ganz lange Zotteln, sieht aus wie ein alter Hippie.
Ich nahm mir vor, noch ein paar Fragen zu ihren Freunden zu stellen, bevor ich wieder auf Anton zurückkam. Aber dann musste ich das Gespräch gar nicht mehr am Laufen halten. Fee sprach jetzt schneller und nuschelte ein wenig. Nach einer Weile hatte ich das Gefühl, dass sie auch weitergeredet hätte, wenn ich gar nicht da gewesen wäre. Sie erzählte, wie ihre Freunde neulich eine Dose Hundefutter probiert hatten, eigentlich ganz lecker, mit Nudeln, sie schwärmte von Konzerten in einem Lokal namens *Crash*. Sie schüttelte sich vor Lachen, als sie davon erzählte, wie neulich eine Frau vom Gesundheitsamt in der Schule gewesen war, um die Köpfe auf Läuse zu untersuchen, und dass die Frau sich geweigert hatte, ihre, Fees, Haare anzufassen. Dann kam sie wieder auf das besetzte Haus zurück. Voll die Bullerei vor der Tür, tun aber nichts.
Sie tunkte ihre Oberlippe in den Bierschaum.
Und die Leute dort, die sind voll geil. Die einzig Blöde ist die Kricki, die hat ein Baby, und das nervt total.
Kinder sind so süß, sagte ich, ich hab manchmal ein kleines Mädchen zum Hüten, aus der Nachbarwohnung, die will stundenlang Geschichten hören. Sie glaubt mir nie, dass eine Geschichte aufhört, wenn das Buch ausgelesen ist. Aber das ist ja in Wirklichkeit auch nicht so.

Fee verzog das Gesicht, dann öffnete sie den Mund und steckte den Zeigefinger hinein, so, als müsste sie sich übergeben.
Kinder, sagte sie, sind ja wohl voll eklig.
Ich hatte noch nie gehört, dass Mädchen Kinder eklig finden konnten. Aber das hieß nichts. Bis heute Nachmittag hatte ich ja auch nicht gewusst, dass jemand ein Schriftsteller sein konnte, ohne dass es Bücher von ihm zu kaufen gab.
Na komm, sagte ich, du warst ja wohl auch mal klein. Da fanden deine Eltern dich sicher süß.
Fee sah mich zweifelnd an. Schätze schon, sagte sie schließlich. Aber mehr von der Sorte waren ihnen wohl auch too much.
Woher weißt du das, fragte ich, vielleicht haben deine Eltern es ja versucht.
Sie schüttelte den Kopf. Mein Vater, verkündete sie laut, hat sich schon vor Jahren sterilisieren lassen.

12

Es wurde Herbst, und ich sah meine Mutter mehr von hinten als von vorn. Ständig stand sie an Fenstern und spähte hinaus, so als erwartete sie jemanden. Sie stand in der Küche, im Wohnzimmer, im Schlafzimmer. Manchmal hatte sie die Ellenbogen auf das Fensterbrett gestützt, manchmal umarmte sie sich selbst und wiegte sich, manchmal hielt sie ein dampfendes Getränk so lange, bis es kalt geworden war. Es war, als hätte sie sich verpuppt, und ich wartete mit Neugier und Angst darauf, was am Ende ausschlüpfen würde, was für eine Mutter ich diesmal bekommen würde.

Wenn ich sie von der Seite ansah, schien sie mich nicht zu bemerken. Lange studierte ich die Haut an ihrem Kinn, die ein wenig hing, und die dunklen Schatten unter ihren Augen. Wenn ich sie ansprach, erschrak sie, und die Teetasse in ihrer Hand schepperte leise auf der Untertasse. Lola, sagte sie, Lolachen, aber es klang, als käme sie von weit her und müsste sich mühsam daran erinnern, wer ich war.

An anderen Abenden lag sie auf dem Sofa, die Hände um die Knie geschlungen, und hörte Musik, Panflöten und Harfe. Ja, sagte sie, wenn ich in mein Zimmer gehen wollte, mach nur, ich bin ja keine gute Gesellschaft.

Solche Abende waren leichter zu ertragen. Ihr vorwurfsvoller Ton machte es mir leicht, sie nicht zu mögen.

Barbara ging jetzt zwei Mal in der Woche zum Frauenyoga, freitags zum Schweigen für den Frieden, und sonntags traf sie sich in einer Kneipe in der Sedanstraße mit einer Frau (eine ganz liebe Freundin!), so dass Montag morgens das ganze Wohnzimmer roch wie die Kneipe, in der sie gewesen war.

Ein bisschen war es wie früher. Ich hatte meine Mutter für mich, und dann auch wieder nicht. Barbara war wie ein freundlicher Schutzengel, der auf meine Mutter aufpasste, ohne dass sie viel Zeit mit ihr verbrachte. Die beiden stritten nicht mehr, und ich fragte mich, ob sie sich nicht mehr stritten, weil sie sich kaum noch sahen oder ob sie sich kaum noch sahen, weil sie vorher zu viel gestritten hatten. Manchmal kamen noch die Nacht- und Sonntagmorgengeräusche aus Barbaras Zimmer. Aber sie klangen gedämpft und hatten immer weniger mit dem gemein, was ich im Sommer am Schluchsee von meiner Mutter und Anton gehört hatte. Es war, als ob sie verblichen, so wie das Licht draußen langsam verblich, seit die Sonne nicht mehr so hoch am Himmel stand und die rostroten Ränder sich Millimeter für Millimeter in das Zentrum der Blätter an den Alleebäumen hineinfraßen. Selbst Barbaras Armreifen schienen leiser zu klirren als sonst. Die Wölkchen der Zigarettenraucher an den Straßenbahnhaltestellen standen wie letzte Sommergrüße am tiefblauen Herbsthimmel.

Einen Tag vor meinem Geburtstag legte Barbara drei kleine rosa Fahrkärtchen aus fester Pappe auf den Küchentisch. Darauf waren durchgestrichene Raketen abgebildet und ein Datum Ende Oktober, darunter das Logo der Bundesbahn.

Wir werden in Plochingen stehen, sagte Barbara, und später geht es dann weiter zur Abschlusskundgebung auf dem

Stuttgarter Schlossplatz. Eine Arbeitsgruppe hat Sandwiches vorbereitet, das heißt, wir müssen uns um nichts kümmern.
Die haben jetzt schon Brote für eine Demo geschmiert?
Barbara lachte, dann beugte sie sich über den Tisch und strich mir mit einem Finger über die Wange, ach Lolli, was du immer denkst. Sandwiches sind Plakate zum Umhängen, ist ja wichtig, dass wir alle die Hände frei haben.
Muss das denn sein?, fragte meine Mutter mit gesenktem Kopf.
Warum denn nicht?, fragte Barbara.
Wozu der ganze Aufwand, entgegnete sie, wen willst du damit beeindrucken?
Liebchen, sagte Barbara zu ihr, allein, um mal wieder deine Hand zu halten, würde ich freiwillig auf die Schwäbische Alb fahren.
Ha noi, sagte meine Mutter in nachgemachtem Schwäbisch, Plochinge, des isch doch gar net auf dr Alb.
Ach Gottle, sagte Barbara, und auf einmal fingen die beiden an zu kichern und sahen für einen Augenblick aus, als wären sie wirklich Freundinnen.

Zuerst glaubte ich nicht daran, dass er es war. Zu oft hatte mein Herz einen Schlag ausgesetzt, wenn ich Leute sah, die auf den ersten Blick Anton ähnelten. Puzzleteile, die ich zu einem Bild zusammensetzte, ein Bild, das ich unbedingt sehen wollte und vor dem ich mich zugleich fürchtete. Und dann war es doch wieder nur ein langhaariger Student gewesen, oder ein alter Mann mit geplatzten Äderchen auf den Wangen, oder eine außergewöhnlich große Frau. Manche von ihnen hatten meine Blicke bemerkt, gelächelt, gesagt: Na, schönes Wetter heute, was?, und ich hatte so getan, als hätte ich nichts gehört.

So oft hatte ich mir die Begegnungen mit Anton ausgemalt, wortlose Umarmungen, die Härchen auf seinem Arm an meiner Schulter. Ich wusste: Wenn ich ihn wirklich einmal treffen würde, ihm gegenüberstehen, so, dass ich den Geruch der italienischen Zigaretten im Stoff seines Hemdes riechen konnte, konnte daraus nur ein schlechter Abklatsch meiner Tagträume werden.
Aus diesem Grund war ich auch nie an dem Haus vorbeigegangen, in dem er lebte. Lieber hatte ich den Namen der Straße auf dem Stadtplan mit einem Finger gestreichelt, nervös, als könnte Anton mich dabei beobachten. Ich war bisher nur selten in diesem Teil der Wiehre gewesen. Es war ein verwunschenes Viertel mit kleinen Plätzen, in deren Mitte Knabenstatuen auf Brunnenrändern standen und wo sich im Sommer Katzen auf dem aufgeweichten Asphalt wälzten. Manchmal hatte ich in die beschlagenen Scheiben der Straßenbahnen dieses Wort geschrieben, Schwaighofstraße, wie einen Geheimcode. Als könnte jemand mich dabei beobachten, wie ich weiterhin meine As malte und mir danach unangenehme Fragen stellen.
Gleichzeitig war ich fest davon überzeugt, dass ich in ein paar Jahren die Frau an seiner Seite sein würde. Eine Frau, die ich noch nicht kannte, aber die selbstverständlich viel schöner sein würde als das, was ich täglich im Spiegel sah. Wenn es die Frau erst gab, dann würde nichts übrig bleiben von meinem speckigen Bauch, meinen strähnigen Haaren und meinen runden Wangen. Keiner sollte sich mehr an dieses Kind erinnern, Anton am allerwenigsten.
He, rief jemand hinter mir und ich drehte mich um. Anton saß an einem Tisch vor *Oberkirchs Weinstube*, hatte sich eine Sonnenbrille ins Haar geschoben, die Beine lang von sich gestreckt und die Finger an den grünen, geriffelten

Stiel eines Glases gelegt. Das Licht funkelte auf der Oberfläche des Weißweins.
Hallola, sagte er, hast du deine Augen zu Hause vergessen?
Über dem Stuhl neben ihm hing eine Strickjacke. Auf dem Tisch stand ein zweites Glas, davor ein Krüglein mit einer eingravierten Laubranke, an der eine große Traube hing.
Die Wörter in meinem Kopf purzelten durcheinander und bildeten keinen brauchbaren Antwortsatz. Ich öffnete den Mund und machte ihn gleich wieder zu.
Na, sagte Anton blinzelnd und massierte sich den Nacken, was machst du denn ganz alleine hier?
Ich musste an Rosalie denken, ihre verweinten Augen und den Umhang, mit dem sie ausgesehen hatte wie ein zerzauster Rabe mit nur einem Flügel. So fühlte es sich also an, wenn man jemanden hatte, über den man nachdenken konnte, nachdenken musste. Dabei fiel mir auf, dass ich längst zu einer Spaziergängerin geworden war. So viel hatte sich in den Monaten seit Ostern verändert.
Ich laufe ein bisschen rum, sagte ich. Nachdenken.
Aber hoffentlich nicht, weil du Sorgen hast?
Ja, ich meine: nein. Nur so, im Allgemeinen.
Im Allgemeinen hast du Sorgen?
Die Richtung, die unser Gespräch nahm, gefiel mir. Schließlich war ich kein oberflächliches kleines Ding, sondern geistig reifer und weiter als Gleichaltrige. Das hatte ich Barbara häufig abends im Wohnzimmer sagen hören, wenn sie glaubte, dass ich schon schlief. Möglicherweise wusste Anton noch nichts davon. Aber seine Frage half mir, es ihm zu beweisen. Vielleicht würde er auch mich bald für ein tolles Mädchen halten. So wie Fee. Oder noch ein bisschen mehr.
Also, zum Beispiel, fing ich an, wir fahren bald zu dieser Demo, dieser Menschenkette, gegen die Atomrüstung, für

Frieden und so. Aber ich habe das Gefühl, die Politiker interessiert das gar nicht, weißt du?
Er nickte ernst. Ich glaube, sagte er, das hast du ganz richtig beobachtet. Aber weißt du, manchmal ist es mutig, etwas Aussichtsloses zu tun.
Meinst du?
Er verschränkte die Arme hinter dem Kopf und nickte. Nicht aufgeben, sagte er, nur, weil du glaubst, du hast keine Chance.
Hinter mir schrie eine Frau, hoch und spitz. Ich drehte mich um. Die Frau hielt sich schwankend auf einem Bein, hatte das andere angewinkelt und inspizierte den Absatz ihres Schuhs. Anscheinend war sie in einem Zwischenraum des Kopfsteinpflasters stecken geblieben. Trotz ihres Missgeschickes sah sie sehr anmutig aus, und ich fragte mich, ob die Frau, die ich bald sein würde, ebenso elegant ihren Absatz verlieren könnte.
Gleichzeitig merkte ich, dass ich keinen Moment länger so vor Anton stehen konnte. Es war zu viel, seine Wörter entglitten mir bereits, und ich würde mir seine klugen, seine schönen Sätze nicht merken können, wenn noch mehr dazukamen. Diesen Verlust hätte ich nicht ertragen können.
Ja dann, sagte ich, ich muss dann mal nach Hause.
Okay, sagte er, nahm einen Schluck Wein und fügte hinzu: Und grüß deine Mutter von mir.
Ja, sagte ich, mach ich.
Ich muss wohl einen Moment lang etwas unschlüssig dagestanden haben, jedenfalls tat er etwas, womit ich nie gerechnet hätte.
Er sagte: Wenn du willst, dann kannst du mich ja mal besuchen.
Ein Satz, als öffnete sich plötzlich eine Falltür und ich fiel: Ja, antwortete ich, wann denn, heute?

Er war gerade im Begriff, seine Hände wieder über dem Kopf auszustrecken, hielt dann aber in der Bewegung inne. Seine Gelenke knackten.
Heute?, fragte er, und ich fiel tiefer, und nach einer Ewigkeit von einem Augenblick sagte er: Ja, warum eigentlich nicht, komm vorbei. Schwaighofstraße, weißt du, wo das ist?
Ich nickte nur stumm. Ich floh. Die Dinge tanzten um mich, die Farben der Pflastersteine, die Sonnenstrahlen in den Auslagen der Geschäfte, die matschigen Salatblätter auf dem Boden neben den leer gekauften Marktständen. Ich würde eine Bluse tragen, eine Bluse und einen Rock. Vielleicht würde ich sogar diese Sandalen mit dem winzigen Absatz anziehen, zu denen Dani mir geraten hatte und die Barbara überhaupt nicht gefielen, also, wenn sie meine Tochter wäre, würde so ein Zeug nicht ins Haus kommen.

Die Grashalme um mich herum rochen faulig. Ich hoffte, dass es am Herbst lag und nicht an dem Hund, der manchmal durch den verwilderten Garten streunte und überall hinpinkelte. Oder, noch schlimmer, dass die Halme so rochen, weil sie starben. Schließlich war die Luft überall voller Rußpartikel, voller Giftstoffe aus den Auspuffen der Autos und aus den Fabrikschornsteinen. Wenn sie die Bäume zerstörten, dann würden über kurz oder lang sicher auch Sträucher, Gras und Blumen daran glauben müssen. Ich bewegte meinen Fuß und stieß dabei an die Teppichklopfstange. Das Metall schepperte hohl. Wenn ich den Kopf zur Seite drehte, konnte ich die Puppe des Nachbarmädchens im Gras sitzen sehen. Sie musste sie hier vergessen haben. Die Puppe hatte dichte, pechschwarze Haare und lange Wimpern, die sehr echt aussahen. Sie sah aus,

als würde sie mich beobachten. Das machte mich nervös. Ich überlegte, ob ich sie hinlegen sollte, damit sie ihre Lider schloss. Puppen taten so etwas.
Allmählich hatte ich das Gefühl, etwas falsch zu machen. Seit mindestens zehn Minuten lag ich auf dem Rücken im Garten, die Handflächen nach oben, die Beine leicht gespreizt, aber geerdet fühlte ich mich nicht. Ich hätte nicht sagen können, was für eine Empfindung ich erwartet hatte. Aber ich war sicher, dass ich es gemerkt hätte, wenn es geschehen wäre.
Ich schloss die Augen, doch es half nicht. Die Herbstsonne prallte auf meine Lider. Ich sah rot. Es war, als wäre ich in einer Höhle aus Fleisch gefangen. Vielleicht funktionierte es ja nur, wenn es regnete. Aber leider war keine einzige Wolke am Himmel zu sehen. Irgendwann hörte ich von fern ein Telefon klingeln.
Ich zog die Arme enger an den Körper. Durch die geöffnete Terrassentür klang Barbaras gut gelaunte Stimme, he, es ist der faschistoide Imperialist, schnelle Schritte auf Stein, und dann hörte ich meine Mutter, nein, schrie sie, nein, nein. Als ich die Augen aufschlug, kniete sie schon über mir und klopfte mir mit der flachen Hand auf die Wange, Lolachen, um Himmels Willen, was ist denn los?
Gar nichts, sagte ich und stützte mich auf den Ellenbogen ab.
Was soll das heißen, gar nichts? Bist du hingefallen? Bist du ohnmächtig geworden?
Mit einer raschen Kopfbewegung wich ich ihrer Hand aus. Nein, Mami, alles okay. Ist Rob am Telefon?
Aber was liegst du denn da so rum, mitten am Tag?
Darf man hier nicht mal mehr im Gras liegen?
Herzekind, sagte sie.
Ich sah weg.

Sie schüttelte stumm den Kopf.
Ich stand auf, ging ins Haus und ergriff den Hörer, der neben dem Apparat auf dem Küchentisch lag. Hallo Rob, sagte ich.
Hello, my dear. Meine große Tochter. Alles Guten zu Geburtstag!
Diesen Satz hatte er letztes Jahr noch nicht gekannt. So klang er zwar immer noch nach dem unverstandenen Grammatikteil des Wörterbuches, aber immerhin hatte er sich die Mühe gemacht nachzuschlagen.
Thank you, sagte ich, how are you?
Great, sagte er, I haven't heard from you for a long time!
Diesen Satz kannte ich. In ihm schwang immer ein leichter Vorwurf mit. Rob schob den Satz vor sich her, griff lieber zuerst an, bevor er angegriffen werden konnte, so, als wäre ich diejenige, die sich bei ihm zu melden hatte, und als hätte ich meine Pflicht verletzt.
Meine Mutter regte sich jedes Mal auf, wenn ich ihr davon erzählte. Er ist dein Vater, sagte sie mit einem schrillen Ton in der Stimme, und ein Vater ist für seine Tochter verantwortlich, nicht umgekehrt. Dabei schlug sie im Takt der Silben mit der Handkante auf das Sofa ein.
Ich dachte manchmal im Stillen, dass er nicht ganz unrecht hatte. Natürlich hätte ich ihn anrufen können, auch wenn gerade keiner von uns Geburtstag hatte. Meine Mutter hatte mir ausdrücklich erlaubt, Ferngespräche nach Illinois zu führen. Aber ich wusste nie, was ich ihm erzählen sollte. Ich hätte es nicht einmal gewusst, wenn wir die gleiche Sprache gesprochen hätten. Er kannte ja weder die Namen meiner Lehrer, noch wusste er, wie sich das Schluchseewasser im Sommer anfühlte. Er wusste wahrscheinlich nicht einmal mehr, wie die Stadt aussah, in der ich lebte. Außerdem fürchtete ich mich vor Cathys Stimme

am anderen Ende der Leitung, ihrem kindlichen yes, ihrem langgezogenen hello? und der plötzlichen Härte, wenn sie nach ihrem Mann rief, Rob, it is Lola. Lola from Germany.
I am fine, sagte ich.
Er begann zu erzählen, verschluckte Endungen und Silben, als hätte er es eilig, ans Ziel zu kommen. Ich verstand nicht viel von dem, was er sagte, hauptsächlich die Worte invitation und holiday und soon. Doch das reichte mir.
End of October, I can't, sagte ich. I have to go to a demonstration. Because the Russians and the Americans, they want to put rockets in Germany.
Rob seufzte. You mean missiles, sagte er dann.
Yes, sagte ich, atomic weapons. Dieses Wort kannte ich aus einem Zeitungstext, den Frau Schnieder vor zwei Wochen mit uns übersetzt hatte. Atomwaffen.
Alright. So maybe you come to visit us next year?
Maybe, sagte ich. Nächstes Jahr war so weit weg. Ich sah mein Spiegelbild in der Scheibe, eine Frau, die auf Englisch telefonierte und sich mit einer Hand das Haar glatt strich, sehr erwachsen und sehr ruhig.
So what are you doing tonight, fragte mein Vater, are you having a party?
Eine Party. Auf Englisch schien es keine anderen Worte dafür geben, die man benutzen musste, um in zu sein. Aber vielleicht kannte mein Vater sie auch nicht.
No, sagte ich und dachte an das, was Fee mir erzählt hatte, I visit a friend of mine.
A friend of yours? So are you telling me you have a little sweetheart?
Ich hörte ihn lachen, seine Stimme wurde tiefer. Sweetheart. Süßherz. Das klang schön.
No, sagte ich. A friend only.
Just a friend, sagte er lachend, that is what they always say.

Ich war mir nicht sicher, was er damit meinte. Wer sagte immer, dass es nur ein Freund war?
Okay, sagte ich, I must go soon.
It was good talking to you anyway, antwortete er. Have fun!
Spaß. Ich ließ ihn in dem Glauben. Auch mein Vater hatte keine Ahnung, wie ernst es war.

13

ALLES, WAS MEINE MUTTER und mein Vater gemeinsam hatten, war ich. Sie hatten sich 1969 auf dem Bremer Freimarkt kennen gelernt, vor einem Bierzelt. Die Frau, die noch nicht meine Mutter war, kam raus. Der Mann, der mein Vater werden sollte, wollte rein. Das Zelt war dicht, aus der Eingangsluke waberten Schwaden von Fettgestank und Alkohol. Allein vom Einatmen, sagte meine Mutter, hätte man betrunken werden können. Alle Tische waren belegt, selbst die Schöße der Männer schon von Frauen besetzt, so erzählte sie. Und so saßen die beiden wenig später auf einem nassen Rasenstück auf einem ausgebreiteten Regenmantel und teilten sich eine Tüte gebrannte Mandeln.
Rob war Second Lieutenant bei der US Army und mit seiner Einheit in Bremerhaven stationiert. Er war um einiges älter als meine Mutter, hatte imposante Grübchen im Kinn und, wenn er lachte, auch in den Wangen. Sie arbeitete als Stenotypistin bei einem Kaffeeimporteur und besaß eine beachtliche Sammlung falscher Haarteile. Vielleicht war es seine Uniform, die ihr besonders gefiel. Eine Uniform, die sie an ihren eigenen Vater erinnerte, den sie nie kennen gelernt hatte. In seinem letzten Fronturlaub musste er seine einzige Tochter gezeugt haben. Dann war er im Krieg auf dem Balkan spurlos verloren gegangen.
Wenige Monate nach dem Treffen auf dem Bremer Freimarkt, wahrscheinlich nach dem Feuerwerk, mit dem man

den Beginn der 70er Jahre gefeiert hatte, muss sie schwanger geworden sein. Wie sie ein paar Wochen danach vor dem Tor der Kaserne stand und so hartnäckig nach Rob aus Illinois fragte, nein, den Nachnamen wisse sie nicht, bis sie als Frau in Zivil, noch dazu als Deutsche, auf das Militärgelände gelassen wurde, das gehörte zu meinen Lieblingsgeschichten, als ich ein kleines Kind war. Selten in ihrem Leben hat meine Mutter so viel Entschlossenheit bewiesen.

Warum die beiden danach nicht geheiratet haben, dafür hatte jeder seine eigenen Gründe. Und die schienen sich ständig zu ändern, je älter ich wurde. Im Lauf der Jahre hatte sich jeder von ihnen eine Version zurechtgelegt, bei der er möglichst gut wegkam.

Als kleines Kind kannte ich nur die Variante meiner Mutter. Sie hatte erzählt, Rob habe sich ohne weitere Erklärung in die USA abgesetzt, als sie im sechsten Monat schwanger war, und sich erst kurz vor meinem ersten Geburtstag wieder bei ihr gemeldet. Als ich genügend Englisch sprach, um meinen Vater zu fragen, hörte ich eine zweite Geschichte. Sie klang anders, erstaunlicherweise war es aber trotzdem möglich, die beiden Versionen zur Deckung zu bringen. Mein Vater gehörte einer methodistischen Glaubensgemeinschaft an und behauptete, seine religiösen Vorstellungen und die meiner Mutter hätten nicht zusammengepasst. Im Übrigen habe sie ihm damals im selben Atemzug verkündet, sie sei von ihm schwanger, aber es falle ihr im Traum nicht ein, mit ihm in die USA zu gehen. Außerdem habe sie ihm niemals ihre eigene Mutter vorgestellt. Das habe ihm deutlich zu verstehen gegeben, wie wenig ihr an ihm gelegen habe.

Erst später entfernten sich die Legenden so weit voneinander, dass sie sich faktisch widersprachen. Barbara erzählte

meine Mutter einmal mit brüchiger Stimme, Rob habe auf die Nachricht von ihrer Schwangerschaft hin nur gefragt, ob sie denn jemanden kenne, sie wisse schon, und ob sie Geld brauche. Erst auf Drängen einer Freundin habe sie später seine Adresse in den USA ausfindig gemacht und ihm mitgeteilt, dass er eine Tochter habe.
Umgekehrt erzählte mein Vater später auf einmal, er habe meiner Mutter einen Heiratsantrag gemacht. Aber den habe sie so zögerlich angenommen, dass es einer Ablehnung gleichkam. Yes – if you really think so. Ein Second Lieutenant sei ihr wohl nicht gut genug gewesen.

Kurz vor meinem achten Geburtstag bekam ich einen Luftpostbrief mit dem Hochzeitsbild meines Vaters. Er trug einen Cordanzug, und das wunderte mich, weil ich immer gedacht hatte, ein Soldat müsse zu allen feierlichen Anlässen Uniform tragen. Auf dem Foto sah ich seine Frau zum ersten Mal. Cathy hatte ihr Haar zu einem Helm hochtoupiert, trug dunkle Rougeflecken auf dem Wangen und zeigte beim Lächeln mehr Zahnfleisch, als gut für sie war. Wenn man genau hinsah, konnte man sehen, dass sich ein paar Reiskörner in ihrem Dekolleté verfangen hatten.
Geschmacklos, sagte meine Mutter, und ich wusste nicht, ob sie das Brautkleid meinte, den Schnurrbart, den Rob sich neuerdings stehen ließ und mit dem er aussah wie Tom Selleck, oder die Tatsache, dass er mir das Foto überhaupt geschickt hatte.
Im folgenden Jahr kam er mich nicht besuchen, verschob den Termin mehrere Male, und meine Mutter schlug mit der Handkante auf ein Sofakissen ein, während ich erschrocken überlegte, wie ich sie trösten konnte. Mir machten seine Ausreden wenig aus. Ich wusste nicht, wie es war, einen Vater zu haben, auf seinem Schoß zu sitzen oder

mich mit ihm auf dem Teppich zu balgen. Was man nicht kennt, kann man auch nicht vermissen.
Nach ein paar Monaten schickte Rob wieder ein Foto, auf dem er einen verschrumpelten Säugling auf dem Arm hielt. Das Baby trug einen Strampelanzug mit einem hellblauen Elefanten und hatte nur eine Socke an. This is your little sister Vanessa, schrieb Rob. Wenn wir jetzt in der Schule Familienbilder malen sollten, malte ich immer einen kleinen schwarzen Kinderwagen dazu, eine Angewohnheit, die meine Mutter gar nicht mochte. Sie ist deine Halbschwester, sagte sie, sie gehört nicht zu uns.
Nach Vanessas Geburt kam mein Vater nie mehr zu Besuch. Jetzt lud er mich nach Illinois ein, er bezahlte sogar meine Flüge. Diesen Teil der Reisen mochte ich am liebsten: das Schildchen, auf dem *Unaccompanied Minor* stand, die Stewardessen, die in regelmäßigen Abständen bei mir vorbeischauten und mir Cola in Pappbechern und Comics mit lachenden Flugzeugen brachten, obwohl ich dafür schon fast zu alt war.
Ich mochte auch die Fahrten vom Flughafen in die Kleinstadt, in der mein Vater lebte. Hinaus aus Chicago, entlang an den Vororten, die wie Geschwüre in die Landschaft hinein wucherten. Schweigend saßen wir dann in einem alten Chevy, fuhren vorbei an den Höfen von Gebrauchtwagenhandlungen, über denen silbrige und blaue Wimpel flatterten und an Fast-Food-Lokalen, in denen man sein Essen vom Auto aus bestellen konnte. Schließlich bogen wir in eine baumbestandene Straße mit niedrigen Holzhäusern ein, von denen jedes eine eigene Fahnenstange für die amerikanische Flagge im Vorgarten stehen hatte. Damit begann der unangenehmere Teil. Die Tage bei meinem Vater, Cathy und Vanessa saß ich ab wie eine milde Gefängnisstrafe. Und das lag nicht nur an der fremden Sprache.

Es machte Spaß, meinen Vater im Haus zu beobachten. Er konnte mit einer Bohrmaschine umgehen und Campingtische reparieren, und wenn er die Muskeln in seinen Unterarmen anspannte, traten die Adern hervor. Meine Mutter rief sogar einen Handwerker an, wenn sie eine neue Lampe aufhängen musste. Am liebsten hätte ich Rob den ganzen Tag nur zugesehen. Aber er warf lieber draußen mit Bällen nach mir, die blaue Flecken auf meiner Haut hinterließen, und erläuterte mir komplizierte Regeln für Spiele, die ich nicht verstand.

Cathy war eine rundliche, kleine Frau mit einer Vorliebe für rosa und mintgrün. Ein pudriger Duft umwehte sie, sogar wenn sie über einem Beet kauerte und den Boden mit einer Gartenkralle lockerte, Erde unter den genoppten Gummisohlen ihrer Freizeitschuhe. Stundenlang konnte sie über Pflanzenzwiebeln, Lichtverhältnisse und Unkrautbekämpfungsmittel reden. In ihrem Garten hatte alles seine Ordnung. Sie knipste ihr unterbissiges Lächeln an, wenn sie mit mir redete, und knipste es wieder aus, sobald ich mich abwandte.

Am liebsten hätte sie es wohl gehabt, wenn ich das hellgelbe Holzhaus überhaupt nicht verlassen hätte. Vor meiner Ankunft füllte sie den Familienkühlschrank mit Gallonen voll Orangensaft und Milch, Tupperwaren voller kalter Hähnchenschenkel und großer Käsestücke und ermutigte mich, jederzeit zuzugreifen. Auf den Nachttisch im Gästezimmer legte sie eine Fernsehzeitschrift und vergaß nie zu betonen, dass es in den USA über 30 verschiedene Programme gab. Wenn es regnete und ich den ganzen Tag vor dem Gerät saß, summte sie in der Küche vor sich hin.

Sie duldete, dass ich ihr bei der Gartenarbeit half, denn der Garten war von einer Hecke umgeben, und die Nachbarn konnten nicht hineinsehen. Dass Rob mir draußen den

Umgang mit Ball und Schlagstock beibrachte, ging auch noch in Ordnung. Aber wenn ich mit Vanessa auf der Veranda spielen wollte, wurde sie nervös. Wenn ich die Kleine auf den hölzernen Brettern Purzelbäume schlagen ließ, behauptete Cathy, es sehe aus, als wolle ich ihr Kind umbringen.

Einmal betrat mein Vater genau in dem Moment die Veranda, als ein roter Straßenkreuzer vor dem Haus hielt und hupte. Eine lockige Frau mit Doppelkinn hatte das Beifahrerfenster heruntergekurbelt und winkte. Rob winkte zurück, lief dann mit federnden Schritten die Treppe hinunter und krempelte sich im Gehen die Ärmel seines Karohemdes hinunter. Ich hörte, wie er sich am Autofenster mit der Frau unterhielt. Es war ein einfaches Gespräch, ich verstand jedes Wort.

Na, fragte die Frau, wen habt ihr denn da? Besuch?

Ja, antwortete mein Vater, das ist Lola.

Wer ist das denn, eine Verwandte?

Das, wiederholte mein Vater, ist Lola. Meine Lola.

Oh, sagte die Frau. Aus dem Fond des Wagens fragte eine Kinderstimme: Mummy, was heißt meine Lola?

Also dann, sagte meine Vater eilig, habt noch einen schönen Abend.

Ja, antwortete die Frau, und Gruß an die Familie.

Aber davon erzählte ich nichts, wenn ich von den USA-Reisen wieder nach Hause kam. Stattdessen sprach ich von den kurz berockten Cheerleadern bei Footballspielen, von Maiskolben, Truthähnen und dem ausgehöhlten Kürbis, den mein Vater zu Halloween auf dem Kopf getragen hatte. Meine Mutter saß auf dem Sofa und hörte zu. Später saß sie während meiner Erzählungen dann Arm in Arm mit Barbara.

Rob, sagte Barbara, mein Gott, allein schon der Name.
Ich weiß auch nicht, sagte meine Mutter, was hat mich da bloß geritten?

.

14

Die Bäume entlang der Schwaighofstraße steckten die Kronen zusammen und bildeten einen Tunnel aus Herbstlaub. Hinter hohen Hecken standen alte Villen. Efeubewachsene Palisaden säumten die Terrassen, und durch die schmiedeeisernen Gartentore waren die Abdeckplanen von Swimmingpools zu erkennen. Es war so still, dass ich hören konnte, wenn ein welkes Ahornblatt durch die Luft kreiselte und schließlich mit einem zarten Geräusch auf dem Katzenkopfpflaster landete.

Ich hatte angenommen, Anton würde in einem Mietshaus wohnen, mit klebrigen Mülltonnen im Hinterhof und einer ausgetretenen Holztreppe. Doch im Gegenteil: Seine Villa gehörte zu den elegantesten von allen. Eine Freitreppe führte zur Eingangstür, wettergeschützt von einem Vordach auf klassizistischen Säulen, unter dem eine schmiedeeiserne Laterne hing. Im oberen Stockwerk des Hauses brannte Licht, hinter Fensterkreuzen konnte ich Vorhänge erahnen, und einmal schien es mir, dass sich etwas dort bewegte. Als ich die Stufen hochstieg, schaltete sich die Laterne wie von Geisterhand an. Im Lichtkegel wirkte das Gras im Vorgarten unnatürlich grün, beinahe wie Kunstrasen. Ich fragte mich, ob Anton reich war. Und warum ein Schriftsteller, der noch nie ein Buch veröffentlicht hatte, in einem solchen Haus leben konnte.

Ich machte mir sonst nie Gedanken über Geld. Natürlich

wusste ich, dass manche Familien in den Sommerferien mit dem Bus an den Lago Maggiore fuhren und andere in die Karibik flogen, dass manche in 3-Zimmer-Apartments lebten und andere in Häusern mit eleganten, offenen Wohnbereichen und Kamin. Aber das nahm ich hin, als wäre es ein Naturgesetz. Ich hatte keine Ahnung, was man als Angestellter verdienen und wie viel man sparen konnte, das Konzept von Wertpapieren war mir fremd, und ich hatte mich nie dafür interessiert, ob Leute ihre Wohnungen und Häuser gemietet oder gekauft hatten. Das Einzige, das ich sicher wusste, war, dass man Geld nicht essen konnte. Auf jeder zweiten Auto-Heckscheibe klebte dieser Spruch unter einem bunten Totem. Die Reichen, so viel war klar, waren die Bösen. Ich war froh, dass wir nicht dazugehörten.

Während ich unter dem Eingangsbaldachin stand, fragte ich mich, ob es unter den Wohlhabenden nicht doch auch gute Menschen geben konnte. Das Laternenlicht zog seltsame Bahnen in dem bunten Glasfenster, das in die Haustür eingelassen war. Neben dem Klingelknopf stand *A. OLBRICHT*, in Großbuchstaben.

Die Klingel schrillte und hallte im Hausinneren. Unwillkürlich stellte ich mir vor, dass mir gleich ein Dienstmädchen mit weißem Häubchen die Tür öffnen würde, so wie in den Sonntagnachmittagsfilmen voller Oldtimer, Kiesauffahrten und Leichen in Mahagonibetten. Zuerst passierte gar nichts, nur das Klopfen meines Herzens wurde immer stärker, erschien mir schließlich beinahe so laut wie das Motorengeräusch eines Autos hinter mir auf der Straße. Dann hörte ich ein Knarzen und Knacken im Lautsprecher neben der Tür, schließlich Antons Stimme: Ja, hallo?

Ich bin's, sagte ich und kam mir im gleichen Moment vermessen vor, wie konnte ich glauben, dass er meine Stimme

erkennen würde, und darum sagte ich noch mal: Ich bin's, Lola.
Es blieb still.
Wenn ich mich beeilte, konnte ich in zwanzig Minuten bei Dani sein, oder in fünfundzwanzig bei Ulrike. Hallo, würde ich sagen, ich hab doch Geburtstag und ganz vergessen, dich einzuladen, kommst du mit?, und wenn ich Glück hätte, könnten wir so schnell bei mir zu Hause ankommen, dass meine Mutter gar keine Zeit haben würde, sich zu wundern, und keiner würde ...
He, sagte Anton, wo willst du denn so schnell hin?
Ich drehte mich um. Er stand im Eingang, eine Hand in den Türrahmen gestützt. Seine blonden Haare leuchteten im Schein der Laterne.
Komm ruhig rein, sagte er, ich beiße nicht.
Ich ging die Stufen wieder hinauf und stellte mir dabei vor, es wäre Sommer und der Stein von einer beruhigenden Kühle unter meinen nackten Fußsohlen.
Anton trug einen dunkelblauen Seidenmantel, bestickt mit verschiedenfarbigen Ornamenten, dazu graue Wollsocken.
Sorry, sagte er, ich hab ganz vergessen, dass du kommen wolltest, was für ein Tag.
Er schloss hinter mir die Tür, und ich stand in einer Eingangshalle mit einer weiteren imposanten Treppe. Wenn Anton zu den Reichen gehörte, entschied ich, dann war er eine moralische Ausnahme.
Er machte eine einladende Handbewegung, ich ging einen Schritt auf die Treppe zu und öffnete dabei den Reißverschluss meiner Jacke. An einem Garderobenständer aus dunklem Holz baumelte Antons Fellweste, gleich daneben hing ein mannshoher Spiegel an der Wand. Während ich meine Jacke auszog, versuchte ich, mir nicht ins Gesicht zu schauen. Ich wollte nichts sehen von meinen glühenden

Kinderwangen, schämte mich plötzlich für die Plastikspangen in Fischform, die mir die Haare aus dem Gesicht hielten. Doch was ich entdeckte, war schlimmer als Pausbacken oder Schweißperlen. Zwei rötliche Kreise schimmerten durch den weißen Stoff meiner Bluse. Meistens trug ich T-Shirts darunter, heute abend nicht. Schon wieder hatte ich vergessen, dass ich einen Busen hatte.
Ich verschränkte meine Arme fest vor der Brust und ging einen weiteren Schritt auf die Treppe zu, doch Anton griff nach meiner Schulter.
Hier entlang, Madame, sagte er, dirigierte mich geradeaus und öffnete eine Tür zu seiner Rechten. Sie führte in ein großes Zimmer mit Fischgrätparkett. An der einen Wand stand ein Sofa mit einem bunt bestickten Überwurf, davor ein Tisch, Glasplatte auf Korbgeflecht, und ein zerschlissener Sitzsack. An der anderen Wand, zwischen zwei Bücherregalen, saß eine beinahe lebensgroße Buddhafigur aus Marmor. Anton schaltete eine Stehlampe ein und wies mit einer angedeuteten Verbeugung auf das Sofa. Ich setzte mich, beugte mich nach vorne und zupfte an meiner Knopfleiste. Anton blieb stehen, fuhr dann mit zwei Fingern in den Ausschnitt seines Morgenmantels und kratzte sich. Es hörte sich an, als schabten Fingernägel über Haut, und ich fragte mich, was er unter dem Mantel trug.
Mein Gott, sagte er, ich bin total durch den Wind. Musst entschuldigen. Magst du rasch was trinken?
Ich hatte noch nie verstanden, warum sich Erwachsene immer als Erstes Getränke anboten. Sie schienen ständig Durst zu haben. Aber Antons Frage machte mich zu einer von ihnen, und das erfüllte mich mit Stolz.
Was er mit *rasch* meinte, wollte ich lieber nicht wissen.
Ja, wenn du einen Saft hast, und er fragte: Bio-Apfel? Egal, sagte ich, aber wir müssen anstoßen.

Er hob fragend die Augenbrauen.
Heute ist nämlich mein Geburtstag.
Er sah mich fragend an, dann fing er an zu lachen. Das glaubst du ja wohl selbst nicht, sagte er, warum solltest du denn an deinem Geburtstag nichts Besseres vorhaben, als mich zu besuchen?
Meine Schulter tat weh, mein Kopf auch, und dann merkte ich, dass ich wieder eine Haarsträhne zwischen den Fingern hatte. Außerdem achtete ich nicht mehr darauf, wie ich saß. Schnell verschränkte ich die Arme wieder.
Hey, sagte er, und ließ sich auf den Sitzsack vor mir fallen, seine Hände auf meinen Schultern. Ich konnte ihn riechen, eine Mischung aus Nivea, Zigarettenrauch und dieser seltsamen Süße.
Hey, was ist denn mit dir los, du schaust ja, als solltest du gleich geschlachtet werden.
Es ist nur, sagte ich, und er nickte, nickte mit dem Kopf, mit den blonden Wimpern, na komm, sag es mir, was hast du, und ich sagte, weißt du, jetzt bin ich 13, und seine Mundwinkel zuckten, sweet little thirteen, sagte er, aber das ist doch großartig, da hast du doch alles Schöne noch vor dir, und ich sagte, nein, eben nicht.
Einen Moment war es still im Raum. Mein Herz dröhnte in meinem Brustkorb.
Ich habe euch gehört, sagte ich.
Jetzt verschränkte er seine Arme.
Was hast du gehört? Wen?
Meine Mutter. Dich.
Sein Gesicht blieb regungslos, so, als sähe er fern.
Euch alle, fuhr ich fort. An Ostern, weißt du noch? Dass ihr darüber geredet habt, euch umzubringen?
Er stand auf, setzte sich neben mich auf das Sofa und legte einen Arm um mich. Ich hätte nur meinen Kopf ein wenig

beugen müssen, er hätte auf seiner harten, warmen Schulter gelegen.
Dann hoffe ich, sagte er, dass du auch gut zugehört hast. Kein Mensch will sich umbringen, so lange es noch Hoffnung gibt. Und es gibt immer Hoffnung.
Ich meine nur …
Es war nicht ganz einfach. Ich versuchte es mit sterbenden Tannen, mit Atompilzen, aber diese Bilder hatten mich noch nie zum Weinen gebracht. Sie machten mir zwar Angst, aber sie waren zu abstrakt, zu weit weg von dem, was ich kannte. Ich versuchte daran zu denken, wie wir vor ein paar Jahren meine Katze im Wald begraben hatten, ein schnurrendes, warmes Kissen, das sich von heute auf morgen in einen steifen Klumpen verwandelt hatte. Ich dachte daran, wie meine Mutter gewinkt hatte, als ich sieben Jahre alt war und sie mich vor dem Ferienlager abgesetzt hatte.
Lolachen, sagte er.
Und dann kamen die Tränen doch, im gleichen Moment, in dem meine Nase seine Halsbeuge berührte, da wo es pulsierte, warm und duftend, und er hielt meinen Kopf, hielt mich im Nacken wie ein Baby, und ich weinte und dachte gleichzeitig, dass ich diese Umarmung nicht verdient, dass ich sie mir erschlichen hatte.
Außerdem war es eine Umarmung unter falschen Vorzeichen. Er hielt mich, aber eher wie ein Vater, der sein Kind beschützt. Und überhaupt bezweifelte ich plötzlich, dass Tränen eine gute Idee waren. Jedenfalls machten sie hässlich. Nur in Filmen konnten Frauen so elegant weinen, dass ihre Augen vor dem Überquellen wie Kristalle funkelten und dann die Tränen als manierliche Tropfen über ihre Wangen liefen. Im wirklichen Leben schwollen Gesichter an, und Nasen wurden rot.

Ich überlegte, ob ich krank werden könnte, auf der Stelle, und zwar so schwer, dass ich nicht transportfähig wäre. Dann müsste Anton mich pflegen, bei mir sein, seine Hand auf meine Stirn legen, tage- oder sogar wochenlang, und meine Mutter könnte mich höchstens kurz besuchen, denn jede Aufregung wäre schädlich für mich. Ich hatte von psychosomatischen Krankheiten gehört, davon, dass der Körper schlappmachte, wenn die Seele einen Knacks hatte, und ich fand, ich hätte ein Recht auf eine solche Erkrankung. Angestrengt lauschte ich in mich hinein, suchte nach einem ungewohnten Schmerz, einem Herzschlag außerhalb der Reihe, selbst ein Kratzen im Hals hätte es zur Not getan. Aber da war nichts. Nicht einmal ein bisschen Übelkeit.

Ich merkte, wie die Tränen weniger wurden und hörte, wie die Dielen über mir knackten. Schließlich kam jemand die Treppe herunter. Anton ließ mich los, die Schritte kamen näher, und dann ging die Tür auf.

Ach, Lolli, sagte Insa, blieb im Türrahmen stehen und musterte mich.

Weiß deine Mutter, dass du hier bist?, fragte sie dann.

Sie trug den gleichen bestickten Mantel wie Anton. Unterhalb ihrer Schlüsselbeine zeichneten sich zwei symmetrische Hügel ab, mit kleinen, harten Kügelchen darauf.

Kein Zweifel: Sie war nackt unter dem Seidenstoff.

Es war, als liefe ich auf schwankenden Stegen durch einen nächtlichen Hafen. Rechts und links der Straße lagen die Häuser wie vertäute Schiffe, schlafend, nur das eine oder andere Fenster erleuchtet. Gelbes Laternenlicht spiegelte sich im Asphalt, es musste geregnet haben, doch ich hatte nichts davon mitbekommen. Wasser stob auf, wenn die Autos durch die große Pfütze in der Senke der Straße fuhren.

An der Lorettostraße hielt eine Straßenbahn neben mir. Sie war beinahe leer, nur ein einzelner Mann lehnte in einem hölzernen Sitz, den Kragen seiner Jacke hochgeschlagen. Die Türen öffneten sich ächzend, dann schlossen sie sich wieder. Die Bahn fuhr weiter. Ich hatte das Gefühl, dass die ganze Schwere meines Körpers nach unten gesackt war, in die Füße, die Zehen, die Zehennägel, und ich konnte mir nicht vorstellen, wie ich die steilen Treppenstufen hinter den hydraulischen Türen hätte hochkommen sollen.
Insa also. So war das.
Laufen, das ging. Nur nicht anhalten, vorbei an dem Zaun vor dem Biergarten mit seinen spitzigen Metallstäben, an dem Haus mit der Reinigung im Erdgeschoss, dessen Vordach von zwei mächtigen Steinfrauen getragen wurde, der Drogerie, dem Geschäft mit den schwedischen Holzregalen. Alles, was ich spürte, waren meine Füße. Das Brennen in den Augen. Unter meiner Jacke die harten Kanten des Buches, das Anton aus seinem Wohnzimmerregal gezogen und mir in die Hand gedrückt hatte. Moment, kein Geburtstag ohne Geschenk. Du liest doch gerne? Gut, dass ich das hier doppelt habe.
Erst zwei Straßen von seinem Haus entfernt hatte ich einen Blick auf den Schutzumschlag geworfen, in der unsinnigen Hoffnung, der Titel könnte so etwas sein wie eine Botschaft, etwas, das Anton in Insas Gegenwart nicht hatte aussprechen können. Doch wenn es eine Botschaft war, dann konnte ich sie nicht entziffern. Eine Jahreszahl, ein Datum in der nahen Zukunft.
1984 hieß das Buch.
Insa also.
Vielleicht hielt Insa sich ja mit anderen Besuchern im Obergeschoss des Hauses auf. Vielleicht beschrifteten sie Transparente für eine Demonstration, und sie trug das

Morgenmäntelchen, so wie ich als Kind einen Kittel getragen hatte, wenn ich mit Fingerfarben hantierte. Vielleicht hatte Insa Anton etwas vorbeigebracht, und dann war ihr plötzlich übel geworden, und Anton hatte ihr angeboten, sich hinzulegen. Insa war eingedöst, aufgewacht und hatte benommen nach einem Morgenmantel gegriffen, der ihr nicht gehörte. Es ist erstaunlich, zu welchen Verrenkungen das Gehirn in der Lage ist, wenn es das Offensichtliche nicht begreifen will.
Aber da war diese eine, kleine Geste gewesen, die jeden Erklärungsversuch ausradierte, jede Hoffnung vernichtete, es könne sich um ein Missverständnis handeln. Insa, die Anton mit dem Handrücken über die Wange strich. Flüchtig, so als wäre sein Gesicht ihr Territorium. Sie durfte sich darin aufhalten, ohne vorher um Erlaubnis zu bitten. Es war eine beinahe abwesende Zärtlichkeit, er lachte, danach sie. Zwischen dem Lachen und mir war die Haustür ins Schloss gefallen, ganz sachte.
Insa also.
Unter der Straßenbahnbrücke liefen die Geleise des Bahnhofs zusammen, Hochspannung, Vorsicht, Lebensgefahr.

Es war kurz nach neun Uhr, als ich vor dem Eingang des Hauses ankam, in dem wir lebten, Barbara, meine Mutter und ich. Zuhause, dachte ich, aber das Wort klang falsch. Hinter dieser Tür lauerten Fragen und Vorwürfe, hier warteten heruntergezogene Mundwinkel und hängende Haut am Hals, hier wohnten die Sorge und die Wut. Ich sah, dass im Badezimmer Licht brannte. Die brombeerfarbenen Wände leuchteten durch das Fenster zur Straße, ein bedrohliches Bullauge in der Nacht. Ich steckte meinen Schlüssel ins Schloss und lauschte. Drinnen war es still. Auf dem Treppenabsatz standen eine Kinderkarre und ein

Fahrrad, der Spion in der Wohnungstür war dunkel. Ich fingerte nach meinem Schlüssel und sperrte auf. Im gleichen Moment ging das Licht an.
Meine Mutter stand im Flur und hielt das Telefon in beiden Händen.
Zehn Minuten länger, sagte sie, und ich hätte die Polizei gerufen.
Dieses Wort hatte ich lange nicht mehr von ihr gehört. Seitdem sie mit Barbara zusammen war, hatte sie von den *Bullen* gesprochen.
Wieso denn, sagte ich, ich bin doch kein Baby mehr.
Sie setzte das Telefon ruckartig auf dem Boden ab. Die Klingel gab einen erstickten Ton von sich. Dann kam sie auf mich zu.
Sag mal, was glaubst du eigentlich, sagte sie sehr leise, glaubst du, du kannst hier auf einmal kommen und gehen wie im Hotel?
Ich versuchte, an ihr vorbei in mein Zimmer zu kommen. Sie hielt mich an der Schulter fest, ihre Finger gruben sich in mein Fleisch. Vorne auf ihrem Shirt war ein dunkler Fleck, der rötlich schimmerte.
Du sagst mir jetzt sofort, wo du gewesen bist.
Bei einem Freund, sagte ich. Meine Stimme klang körperlos und sehr erwachsen.
So, sagte sie, und hat der auch einen Namen, dieser Freund?
In der Stille konnte ich ihren Atem hören. Sie sog in kleinen Zügen Luft ein. Es war, als würde sie mich beschnuppern wie eine Tiermutter ihr Junges, als kontrollierte sie, ob mir ein fremder Geruch anhaftete.
Kennst du nicht, sagte ich.
Ich fühlte mich wie in einem Film, Sätze purzelten aus mir heraus wie sie vielleicht Fee gesagt hätte, und für einen

Moment war es, als wären die letzten anderthalb Stunden ausradiert. Als hätte es keine Insa gegeben, keine Hand an Antons Wange. Und nicht die Hochspannungsleitung über den Bahngeleisen, die Lichter unter mir. Vielleicht, dachte ich, vielleicht wirft Mami mich raus, und das Gefühl war wie ein elektrisches Sirren in meinem Körper. So schnell konnte ich mich in eines dieser Mädchen verwandeln, die nachts mit nichts als einer gepackten Tasche durch die Straßen streiften, allein und frei.
Natürlich wusste ich genau, wo ich hingehen konnte. In einer Stunde würde ich wieder vor Antons Tür stehen, wenn Insa sicherlich längst fort wäre. Sie wohnte bei einer Freundin, das hatte Fee ja erst neulich erzählt. Später würde ich auf der Couch im Wohnzimmer einschlafen, unter dem wachsamen Blick der Buddhafigur, und am nächsten Morgen würden Anton und ich frühstücken, Croissants und Kaffee. Regentropfen würden schräg über die Scheibe laufen, und irgendwann würde Anton zwischen zwei Bissen fragen: Sag mal: Schule?, und wir würden lachen wie zwei Kinder und uns rückwärts auf das Sofa fallen lassen.
Jetzt sei doch nicht so verdammt unentspannt, sagte Barbara hinter mir, dann hörte ich das Klirren ihrer Armreifen und das Knistern von brennendem Tabak und Zigarettenpapier.
Meine Mutter und ich wandten gleichzeitig die Köpfe. Barbara stand in der Tür ihres Zimmers, die Haare zerwühlt, in den blauen Bademantel meiner Mutter gehüllt. Barbara und ich sahen uns an.
Genau, sagte ich.
Meine Mutter blickte erst zu ihr, dann zu mir, und dann schüttelte sie den Kopf.
Das ist nicht fair, sagte sie leise, öffnete die Badezimmertür und verschwand dahinter. Einen Moment lang war es ganz

still. Dann knallte die Tür mit Gewalt ins Schloss, so als hätte meine Mutter sich mit ihrem ganzen Körpergewicht von innen dagegengeworfen.

15

EINIGE WOCHEN SPÄTER wurde wegen Wartungsarbeiten die Staumauer des Schluchsees geöffnet, der Wasserspiegel sank um dreißig Meter. Herr Scherzel hantierte im Physiksaal mit einer Folie auf dem Tageslichtprojektor, und die vielfach vergrößerten Schatten seiner Finger bewegten sich über die Wand wie die Beine einer Riesenspinne. Er erklärte, wie ein Wasserkraftwerk funktionierte und rechnete vor, welche Kräfte an der Staumauer wirkten, begeistert von Formeln, denen keiner so recht folgen konnte.
Aber weder die bunten Striche auf der Plastikfolie noch die körnigen Schwarzweißfotos auf den Lokalseiten der Zeitung hatten etwas zu tun mit den Bildern in meinem Kopf. Hier verwahrte ich das Gefühl von Antons Fingern auf meinem Nabel, den Geruch von Holz und Asche, die Lichtpunkte auf den Wellen. Erst als Scherzel ankündigte, wohin der diesjährige Klassenausflug führen sollte, spürte ich ein Ziehen, so als drohte der Anblick des leeren Sees auch meine eigenen Erinnerungen auszusaugen. Nichts würde bleiben, nichts als das Bild von Insa in einem kurzen Seidenmäntelchen, die spitzen Brüste auf mich gerichtet wie Mittelstreckenraketen.
Die Wirklichkeit war noch schlimmer als alle meine Befürchtungen. Der Schluchsee sah aus, als hätte man den Stöpsel aus einer Badewanne gezogen. Jenseits der Staumauer erstreckte sich eine Wüste aus graubraunen, aufge-

worfenen Lehmhaufen. Am Rand lagen ein paar begehbare Bretter. Pfosten versanken im Schlamm, dazwischen spannten sich Schnüre wie nutzlose Wäscheleinen. Achtung, warnte ein Schild, Betreten verboten.
Es war ein warmer Herbsttag, die Sonne eine Dusche aus Licht, das Gras nass vom Tau. Ich versuchte, hinter den anderen zurückzubleiben, ignorierte Scherzels halb mitleidige, halb ärgerliche Blicke. Trödelte. Als Danis vanillepuddingfarbener Blouson hinter einer Biegung verschwand und mit dem bunten Laub zu verschmelzen schien, konnte ich die Stimme endlich hören.
Wo bist du denn?
Anton ging neben mir, hielt meine Hand, und ich gab mich ganz der Berührung hin. Ich gestattete mir diese Vorstellung nur ganz selten, denn vom vielen Gebrauch war sie schon ganz verwaschen, so wie ein Lieblings-T-Shirt, das mit der Zeit seine Originalfarbe eingebüßt hatte. Aber ich brauchte Trost, brauchte etwas gegen das Schlammfeld zu meiner Rechten, ein Anblick wie der Bodensatz eines bösen Traumes.
Wo bist du denn, hörte ich es jetzt wieder, diesmal waren die Worte ganz deutlich, und dann kam auch schon Scherzel um die Wegbiegung zurückgelaufen.
Frollein Sellin, brauchst du wieder ’ne Extraeinladung?
Ich blieb weiter zurück, so gut es ging. Die Jungen schubsten einander nach rechts und links ins Unterholz oder ließen ein Computerspiel im Taschenformat herumgehen. Ziel war es, kleine Affen eine Liane hoch zu treiben. Das war gar nicht so einfach, denn die Affen wurden durch herabstürzende Felsen von oben und Stromschläge von unten gleichzeitig bedroht. Wer richtig gut war, konnte sogar im Gehen die Tasten bedienen.
Die Mädchen waren in Zweier- und Dreiergrüppchen un-

terwegs, gingen leicht x-beinig und schlenkerten bei jedem Schritt mit den Händen. Beim Wandertag vergangenes Jahr hatten viele von ihnen noch Plastikdosen mit Zahnspangen um den Hals getragen, manche sogar Rucksäcke, aus denen Kuscheltiere schauten. Jetzt hatten sie Matchsäcke über die Schulter geworfen, Zeigefinger in Trageriemen eingehakt, und ihre Blousons leuchteten in Eiscremefarben. Ich schwitzte in meinem tarnfarbenen Parka.
Nach einer guten Stunde ließ Scherzel uns anhalten und deutete auf eine kleine Kiesbucht rechts vom Weg. Na, sagte er, wie sieht's aus, Picknick gefällig? Zusammen mit ein paar Jungen schichtete er Steine zu einem kreisförmigen Wall auf, schüttete Grillkohle in den Innenraum und legte einen angekokelten Rost darüber. Ein paar andere drängelten sich vor und hielten dem Lehrer rotweiß karierte, längliche Päckchen mit Würsten hin. Das Picknick hatte Metzger Tröndle gesponsert, dessen Tochter Sonja in der Bankreihe hinter mir saß. Ein aussichtsloser Bestechungsversuch, denn Sonja hatte nicht einmal Beschützerinnen wie Dani und Ulrike. Solange sie blaue Kinderschnürschuhe trug, hätte ihr Vater sämtlichen Mitschülern ein lebenslanges Wurstwarenabo schenken können, ohne dass sich Sonjas Position dadurch verbessert hätte.
Die Thüringer und Wiener zischten, als ihre Haut auf den heißen Blechrost traf. Boah, voll die Schwänze!, schrie einer der Jungen, ich glaube, es war Carsten, dann hörte ich, wie Dani sagte: Mann, die sind heute wieder echt versaut. Sie klang dabei nicht angewidert, eher schwang in ihrer Stimme etwas wie Bewunderung mit. Ich sah zu ihr hinüber. Hinter vorgehaltener Hand tuschelte sie mit Aiko. Auf der Bahnfahrt an den Schluchsee hatte sie mich nicht neben sich sitzen lassen. Nein, hatte sie gesagt und mit der Hand auf den Kunststoffbezug des Sitzes geklopft, der

Platz ist für meine Freundin. Eigentlich hatte ich gedacht, dass sie damit Ulrike meinte. Aber die stand jetzt ihrerseits bei Claudia und Sandra, hielt den Trageriemen ihres hellgrünen Matchsackes zwischen Daumen und Zeigefinger und ließ ihn schwingen, als wollte sie etwas auspendeln. Sie lachte übertrieben laut, wenn Claudia oder Sandra etwas sagten. Vielleicht hatte sie sich auch wieder mit Hilfe ihres Walkmans in den Zustand der Halbtaubheit begeben, ich konnte es nicht genau erkennen. Statt schwarzer Bügel über dem Kopf trug man neuerdings kleine Knöpfe im Ohr, die unter langen Mädchenhaaren kaum zu sehen waren.

Ich spürte Antons Berührung noch immer. Vorhin im Wald war die Erinnerung so intensiv gewesen, dass sie beinahe an das Original herangereicht hatte. Ich versuchte, mir sein Gesicht vorzustellen, aber es gelang mir nicht. Ich konnte immer nur Details scharfstellen, die Kieferknochen, die Augen, die widerspenstigen Locken. Es war, als stände ich zu nah vor einem Bild, als könnte ich jeden Farbsprenkel wahrnehmen, aber nicht, was es im Ganzen darstellte. Nach unseren Begegnungen dauerte es immer eine Weile, bis das Bild sich wieder zusammenfügte. Seit meinem Besuch bei Anton war es aufs Neue in Einzelteile zersplittert.

Vielleicht würde es mir leichter fallen, dachte ich, wenn ich noch einmal an der gleichen Stelle stand, an der wir uns nah gewesen waren. Insas und Werners Haus konnte nicht weit von hier sein, einmal schräg über die kleine Ausbuchtung des Sees. Wenn ich mich nah am Ufer hielt, würde mir wohl nichts passieren.

Der Schlamm quietschte und schmatzte beim Gehen. Der Geruch des Grillfeuers mischte sich mit einem leicht modrigen Aroma. Wenn ich die Augen schloss, konnte ich mir beinahe einbilden, ich stünde im Wohnzimmer des Schluchseehauses. Ich kletterte über eines der Absperrseile und war überrascht, wie fest der Boden sich anfühlte. Es dauerte keine fünf Minuten, und ich war am anderen Ufer angekommen. Ich rieb meine Sohlen an gelblichen Grasbüscheln ab, dann hielt ich Ausschau nach der Reihe von Birken und dem Schindeldach des Hauses auf dem Hang darüber. Aber keiner der Bäume kam mir bekannt vor. Und ein Dach war von hier aus nicht zu sehen.

Auf dem schmalen Kiesstrand lag ein Boot mit abgeblättertem Lack. Zwei Mädchen saßen darin, stumm und voneinander abgewandt, und blickten auf den schlammigen Grund des Sees. Die kleinere musste genau in dem Alter sein, in dem die Brustwarzen sich zu wölben begannen. Der letzte Sommer ohne Scham lag hinter ihr, der letzte Sommer der Kindheit, und sie ahnte nicht einmal, was auf sie zukam. Auf einmal schien es mir, als wären alle Farben verblasst, die Rinde der Bäume, das Gras unter meinen Füßen, und ich wandte mich ab, fluchtartig, als könnten die Mädchen mich auslachen, wenn ich näher kam.

Es hätte wohl keiner meiner Klassenkameraden etwas von meinem Privatausflug mitbekommen, hätte ich nicht ein paar Meter jenseits des Absperrseils kurz vor dem Grillplatz einen Schritt ins Bodenlose getan. Der Schlamm machte ein gurgelndes Geräusch und gab dann einfach nach, erst wie Wasser, dann war es, als schnappte etwas nach mir. Meine Hände bekamen einen Stein zu fassen. Ich lag und umarmte den Felsklotz. Jenseits meines Nabels war mein Körper wie ausradiert. Es ging viel zu schnell, um zu erschrecken.

Der Schlamm war warm. Ich fragte mich, wie lange es dauern würde, bis er mir bis zum Hals stehen würde, wenn ich den Stein losließe. Die Vorstellung war nicht unangenehm.

Ich sah mich einsinken, immer tiefer, immer wärmer, sah den Schlamm in meine Körperöffnungen eindringen, bis er überall war, außen, innen, dazwischen nur noch eine bedeutungslose Grenze aus Haut. Ich wollte einfach liegen bleiben, den Stein umarmen, die Wange an seine Oberfläche legen, die kühl war und glatt wie Haut.

Der Himmel über mir war blau, durchzogen von lang gestreckten Wolkenfetzen und Kondensstreifen. Die Welt stand Kopf. In Wirklichkeit, so stellte ich mir vor, saß ich selbst in einem Flugzeug und schaute durch die Wolken hindurch auf den wahren See, seine endlose, blaue Oberfläche, die Fahrrinnen der Schiffe wie lang gezogene weiße Sprenkel darin.

Ich stellte mir meine Beerdigung vor. Als ich kleiner war, waren Dani und ich oft auf dem Friedhof gewesen und hatten uns Gesichter zu den in Stein gemeißelten Namen vorgestellt. Manchmal hatten wir Kleider aus dem Schrank ihrer Eltern angezogen, sie am liebsten das Hochzeitskleid ihrer Mutter und ich den Hochzeitsanzug ihres Vaters. In dieser Aufmachung waren wir auf den Kieswegen spazieren gegangen, beäugt von Frauen mit Regenhütchen auf dem Kopf und Gießkannen in der Hand. Bald würde ich selbst dort liegen, und die Eichhörnchen würden über meinen Grabstein huschen. Ich sah Anton und meine Mutter mit reglosen Gesichtern vor dem Erdloch stehen. Ich sah Dani und Ulrike, mit gesenkten Köpfen und in die viel zu großen schwarzen Jacken ihrer Mütter gehüllt. Schließlich würden selbst meine Klassenkameraden kaum in pastellfarbenen Blousons zu einer Beerdigung gehen. Plötzlich begann einer von ihnen zu kichern. Ey, voll in die Scheiße! Die Worte klangen ziemlich echt, und ich wandte den Kopf. Carsten und Joachim standen etwa zehn Meter von mir entfernt und zeigten auf mich. Dann sah ich Dani

neben dem Feuer stehen und aus einer Coladose trinken, und Ulrike, die unseren Physiklehrer mit einem Finger antippte: He, Herr Scherzel, schaue Se emol.
Er ließ die Grillzange fallen und kam mit langen Schritten auf die Absperrung zu. Als er über das Seil kletterte, schüttelte er leicht den Kopf und streckte mir eine Hand hin. Kannst du nicht lesen, oder was?, fragte er, und es klang, als müsste er ein Lachen unterdrücken. Die Hand war warm, rau, schwielig; eine Hand, die ich vielleicht sogar gerne angefasst hätte, wenn sie mich nicht Zentimeter für Zentimeter aus dem Dreck hätte ziehen müssen. Mit einem schmatzenden Geräusch ließ der Schlamm mich gehen. Es war einfacher, als ich erwartet hatte.
Ich stand auf und stakste in meiner lehmverschmierten Hose zum Ufer zurück, die Augen auf den Grill gerichtet, auf dem ein paar Würste verkohlten. Alle sahen mich an, bis auf Sonja Tröndle, die etwas abseits im Gras hockte und auf einen Teller mit schwarz verbranntem Fleisch starrte.
Hast du was zum Wechseln dabei?, fragte Herr Scherzel. Ich schüttelte stumm den Kopf. He, Leute, rief er, wer kann Lola mal was Trockenes leihen?
Die geht mir nicht an die Hose, hörte ich Joachim sagen, dann Carstens meckerndes Lachen.
Carsten, du hattest doch noch eine Shorts dabei?
Und so kam es, dass ich in der abgeschnittenen Jeans eines Jungen nach Hause gehen musste. Den Reißverschluss bekam ich nur mit Gewalt zu, der Bund schnitt so in meinen Bauch ein, dass ich nicht hätte sitzen können.
Doch das war das kleinste Problem. Es hätte mir ja ohnehin niemand einen Platz freigehalten, auf der Hinfahrt schon nicht, und jetzt natürlich erst recht nicht mehr.

16

Ein Sonderzug brachte die Freiburger Demonstranten zur Menschenkette gegen den NATO-Doppelbeschluss nach Plochingen. Barbara und ich stiegen am Hauptbahnhof zu, direkt hinter einer christlichen Friedensgruppe. Man erkannte sie sofort an ihren violetten Halstüchern vom letzten Kirchentag. Darauf war eine Karikatur abgebildet, ein Pfarrer im Talar, der im Eingang einer Kirche stand und freundlich, aber bestimmt einem Mann mit einer Rakete unter dem Arm die Tür wies. *Umkehr zum Leben*, stand darüber, *es ist Zeit für ein Nein ohne jedes Ja zu Massen- und Vernichtungswaffen.*

Oh Gott, sagte Barbara, die fangen bestimmt gleich an zu singen. Sie ging weiter, und ich trottete hinter ihr her in den nächsten Waggon. Sie setzte sich auf eine freie Bank, ich nahm gegenüber Platz. Von nebenan hörten wir die Friedensgruppe lachen. Ich sah aus dem Fenster. Die Sonne schien, Licht brach sich in Fensterscheiben und ließ die reifen Kastanien an den Bäumen rechts vom Bahndamm aufblitzen. Am Wiehrebahnhof drängten mehrere Familien in unseren Waggon, gefolgt von einer Geruchsmischung aus feuchter Wolle, vollen Windeln und Apfelkompott. Ein Baby weinte in auf- und abschwellenden Klagelauten, die Mutter setzte sich und entblößte eine große, weiße Brust, die von bläulichen Adern durchzogen war. Sie tat das sehr sachlich, so, als wickelte sie ein Brötchen aus.

Was starrst du denn so?, fragte mich Barbara.
Schließlich ging die Tür noch einmal auf, und zwei kurzhaarige Frauen kamen herein. Eine war groß, dünn, bebrillt und trug zwei hölzerne Rahmen unter dem Arm, die mit Stoff bespannt waren. Die andere hatte eine grasgrüne Latzhose an und umfasste mit beiden Händen eine Thermoskanne.
Hi, Barbara, sagte sie, wo hast du denn deine Frau gelassen?
Das sind Geli und Nele, sagte Barbara zu mir, die bringen die Sandwiches mit.
Geli, das musste die mit der Latzhose sein, ließ sich breitbeinig in den Sitz fallen, stellte ihre Kanne auf dem Boden ab und hielt sich dann demonstrativ die Nase zu. Scheiß Muttertiere, sagte sie, hättest du nicht woanders besetzen können?
Da drüben, sagte Barbara und deutete mit dem Daumen in Richtung des Nachbarwaggons, da sitzt die Lila-Tuch-Fraktion. Wolltest du lieber mit denen zusammenhocken?
Wie aufs Stichwort ging die Schiebetür auf, und jetzt konnte man die Friedensgruppe tatsächlich singen hören. Sie hatten einen Kanon umgetextet, den sie vermutlich früher im Freizeitchor geprobt hatten.
Wehrt euch, leistet Widerstand, gegen die Raketen hier im Land, schließt euch fest zusammen …
Du heilige Scheiße, sagte Nele.
Auf dem Bahnsteig drängelten sich noch immer Menschen. Eine Frau mit einem großen Hut und einer Sonnenblume in der Hand lief vor dem Zugfenster vorbei, ihr Gang kam mir bekannt vor, aber ihr Gesicht war nicht zu erkennen. Weiter hinten entdeckte ich Herrn Scherzel mit einer blonden Frau, beide in die gleichen Windjacken gekleidet. Auch er hatte eine Sonnenblume mitgebracht und hielt sie aufrecht wie ein Schwert.

Barbara war auffallend still, dafür redeten Geli und Nele umso mehr. Geli schrieb gerade an ihrer Dissertation über feministische Linguistik, und Nele beklagte sich, dass Geli sie seitdem als Hausfrau missbrauchen würde.
Aber das bist du doch, sagte Geli und zerzauste Neles Haar, meine kleine Hausfrau.
Scheiß Macho, sagte Nele.
Ich musste an meine Mutter denken und an den merkwürdigen Blick, den sie uns heute morgen zugeworfen hatte. Nein, hatte sie gesagt, als Barbara sie ein letztes Mal bat, mitzukommen. Der ganze Friedenskram kann mir wirklich gestohlen bleiben.
Sie hatte Barbara dabei angesehen, aber gleichzeitig war es, als wäre sie gar nicht da, als könnte sie durch Barbara hindurchblicken und als würde sie etwas in weiter Ferne erkennen, das ihre ganze Aufmerksamkeit fesselte.
Aber du liebst mich doch, hatte Barbara leise gesagt, und meine Mutter hatte ihr die Hand auf den Kopf gelegt. Was fragst du, Dummerchen.
So hatte sie manchmal mich genannt, als ich klein war. Zu Barbara hatte sie das meines Wissens noch nie gesagt.

Nach zwei Stunden fuhr der Zug in Plochingen ein. Der Bahnsteig war leer bis auf einen einsamen Polizisten, der in der Sonne stand und gähnte, ohne sich die Hand vor den Mund zu halten. Beim Aussteigen stieß ich im Gang beinahe mit Frau Eberlein zusammen. Obwohl ich sie täglich in der Schule sah, brauchte ich einen Moment, um sie zu erkennen. Sie hatte ein lila Tuch um den Hals gewickelt und sah auch sonst anders aus als wenn sie im Biosaal halblaut fluchend mit dem Videorekorder hantierte, den sie nie ohne fremde Hilfe in Betrieb nehmen konnte. Im Klassenzimmer trug sie Faltenröcke, heute Jeans und zwei

bunte Strickpullover übereinander. Lola, das finde ich aber fein, dass du auch hier bist, sagte sie, und in ihren Mundwinkeln bildeten sich Spuckebläschen.
Daneben stand ein Junge, der aussah wie Frau Eberlein mit Schnurrbart und Pickeln. Frau Eberleins Sohn musste in die Zehnte gehen, aber er war keiner von denen, mit denen Dani und Ulrike sich in der Raucherecke trafen. Mit einem Strauß welker Rosen in der Hand balancierte er die Trittstufen hinunter, dann sah ich, wie er auf den Polizisten auf dem Bahnsteig zuging.
Friede sei mit dir, sagte Frau Eberleins Sohn lächelnd und drückte ihm eine Rose in die Hand. Der Uniformierte griff reflexhaft zu, hielt die Blume dann auf Armlänge von sich entfernt und musterte sie. Schließlich schüttelte er stumm den Kopf und ließ sie fallen. Einen Augenblick später war der erste Demonstrant draufgetreten, und Frau Eberleins Sohn stand noch immer am gleichen Fleck und blickte auf die verbliebenen Rosen in seiner Hand.
Auf dem Plochinger Marktplatz war ein Podium aufgebaut, aus großen Lautsprecherboxen dröhnte Musik. Neben dem Podium drehte sich eine Frau im langen Samtkleid mit einem kleinen Mädchen im Kreis. Sie lächelte selig und nickte im Takt. Das Kind sah sehr konzentriert aus und versuchte, nicht mit seinen Schuhspitzen zwischen den Pflastersteinen hängen zu bleiben. Rund um den Platz standen Fachwerkhäuser, und in manchen Fenstern lehnten Frauen in geblümten Kitteln.
Geli schraubte ihre Thermoskanne auf. Die Flüssigkeit darin roch wie frisch gemähtes Gras. Grüntee, will jemand?, fragte sie, und alle schüttelten den Kopf. Sie nahm selbst einen Schluck aus dem Schraubdeckel, dann drückte sie Nele die Kanne in die Hand und verteilte die Transparente, von denen ich gelernt hatte, dass sie Sandwiches hießen.

Was möchtest du haben, fragte sie mich, *Sonne statt Reagan* oder *Frauen, entrüstet euch!?*
Das mit der Sonne, sagte ich.
Eigentlich, sagte Barbara, war der Spruch aber meine Idee.
Gar nicht wahr, sagte Nele, das ist von Beuys.
Wieder standen wir in der Nähe der christlichen Friedensdemonstranten. Sie hatten einen Kreis gebildet und aßen belegte Brote. Einmal bauten sich zwei bärtige Männer vor ihnen auf, skandierten mehrmals: Frieden schaffen ohne Pfaffen!, gingen dann aber schulterzuckend wieder davon, als keiner aus der Gruppe reagierte.
Das darf doch wohl nicht wahr sein, sagte Nele plötzlich.
Was?, fragte Barbara.
Hörst du das denn nicht?
Barbara sah Geli an, die zuckte die Schultern, und dann blickten beide Nele nach, die sich einen Weg durch die Menge bahnte. Beinahe sah es aus, als schwämme sie, als wären die anderen Demonstranten aus Wasser, das sie mit kräftigen Zügen verdrängte. Für kurze Zeit war sie verschwunden, Minuten später schallte auf einmal ihre Stimme über den Marktplatz. Sie musste auf das Podium geklettert sein und sich das Mikrophon geschnappt haben. Das ist ja wohl nicht wahr!, rief sie noch einmal. Das Mikrophon gab ein Rückkopplungspfeifen von sich, aber Nele ließ sich nicht davon beirren.
Dieses Lied, ja? Was hier gespielt wird? *Under my thumb*, das heißt auf Deutsch unter meinem Daumen. Unter meinem Daumen windet sich eine Hündin. Und damit ist eine Frau gemeint. Ich find das ganz schlimm, dass ein so sexistisches, frauenfeindliches Lied auf einer Friedenskundgebung gespielt wird!
Die Gemeindegruppe applaudierte, hörte aber rasch wieder auf, als niemand in das Klatschen einfiel. Andere pfif-

fen auf zwei Fingern. Wohl schlecht gefickt, hörte ich jemanden sagen. Die tanzende Frau mit dem Kind hielt in der Bewegung inne, ließ eine Hand los und rieb sich die Augen. Die Musik spielte weiter.

Jetzt ging alles sehr schnell. Ein langhaariger Mann mit einer Lederjacke griff nach dem Mikrophon, Nele überließ es ihm widerstandslos. Er ging mit keinem Wort auf den Vorfall ein, er gab nur durch, in welche Richtung wir uns aufzustellen hatten, um die Kette zu schließen. Das meiste, was er sagte, war organisatorisch. Ich fühlte mich wie auf einem Schulausflug, wenn die Lehrer ihre Klasse antreten ließen, um durchzuzählen. Dabei hatte ich mindestens so eine Rede erwartet wie die, deren Anfangssätze auf dem Poster neben meinem Schreibtisch standen. *I have a dream.*

Wir trabten durch die Fußgängerzone von Plochingen, vorbei an Boutiquen mit Drehständern vor der Tür (*Freizeitblusen stark reduziert!*) und Bäckereien, aus denen es nach frischen Brezeln duftete. *Hallo, Mütter*, stand auf einem handgeschriebenen Schild vor einem Hauseingang, *hier könnt ihr eure Kinder wickeln*!

Schließlich kamen wir ans Ortsende. Dort, auf der Landstraße, sollten wir mit den anderen Demonstranten die Kette schließen. Neben uns skandierten Eltern mit ihren Kindern Parolen, eine nach der anderen, als müssten sie eine Liste abarbeiten. *Hopp, hopp, hopp, Atomraketen stopp. Ene mene miste, Raketen in die Kiste, ene mene trallala, Kiste nach Amerika.* Ein Vater hatte das Kleinste im Palästinensertuch vor die Brust gebunden und hüpfte auf und ab, der Kopf des Kindes wippte im Takt wie eine schlaffe Blüte auf einem Stängel. Gesund sah das nicht aus. Und auf einmal, ohne jede Vorwarnung, schob sich von hinten eine Männerhand in meine.

Hallola, sagte Anton, du bist ja auch hier.
Das war zu viel des Guten. Ich muss ihn angestarrt haben wie eine Erscheinung, denn er zog fragend die Augenbrauen hoch und lachte. Ich musste mir größte Mühe geben, die Fassung zu wahren. Mindestens eine Viertelstunde lang würde ich seine Finger in meinen halten, konnte mir jede Unebenheit, jede einzelne Rille in einem der Fingernägel einprägen. Ein Geschenk, so überwältigend wie unerwartet.
Ja, echote ich, ich bin auch hier.
Ich tastete mit meinem Daumen über seinen, langsam und millimeterweise, so dass er glauben würde, es sei eine unabsichtliche Bewegung. Und dann schloss ich die Augen und atmete ganz tief ein, aber ich roch nur das feuchte Gras der Wiese hinter mir und von fern den Rauch eines Feuers, so wie sie im Herbst in Kleingärten angezündet werden.
Das Glück dauerte keine fünf Sekunden.
Sieh an, sagte Barbara und ergriff meine andere Hand, der Anton.
Na so was, sagte Insa auf Antons anderer Seite, das ist ja ein Zufall. Der Filzhut auf ihrem Kopf wippte leicht.
Schscht, zischte die Frau neben ihr, wir sollen doch schweigen.
Und in der langsam eintretenden Stille, die nur von einer fernen Polizeisirene unterbrochen wurde, verstand ich, dass auch Insa ihn in den nächsten Minuten an der Hand halten würde. Und sogar noch länger. Dass sie so schnell nicht wieder ablassen würde von ihm, und dass die Zeit gar nicht für mich arbeitete, sondern im Gegenteil: Dass meine Liebe auf dieser Welt keinen Platz hatte, egal, ob sie weiterexistieren würde oder nicht. Diese Welt. Und diese Liebe.

Ich verstand, dass mir nichts blieb als dieses große, dieses übergroße Wort, weil wir ja beim besten Willen keine *Beziehung* hatten, Anton und ich.
Vielleicht wäre alles anders gekommen, wenn Insa Antons Hand nach dem Ende der Demonstration wenigstens für einen Moment losgelassen hätte. Doch sie hielt ihn weiter fest und fing auch sofort an weiterzureden, als säßen die beiden am Frühstückstisch und hätten ihr Gespräch dabei nur so lange unterbrochen, wie es brauchte, um aufzustehen und frischen Kaffee zu kochen.
Hör mal, sagte sie zu ihm, ich hab mir überlegt, wir könnten auch zuerst nach Colmar fahren und dann in Straßburg übernachten, ich kenne da ein ganz süßes kleines Hotel, die haben Croissants, ein Traum.
Er ließ sie los, aber nur, um seine Finger unter ihren Haaren zu vergraben und sie zu küssen. Mich hatte er einfach so aus der Hand gelegt, wie einen gebrauchten Teller oder eine ausgelesene Zeitung.
Ich bohrte meine Daumen in die Hosentaschen und fragte: Wollt ihr verreisen?
Ja, sagte Anton und lächelte mich an, ein paar Tage ins Elsass, wunderschön dort, schon mal da gewesen?
Ich presste meine Fingerkuppen so hart gegen den Jeansstoff, dass sie sich ganz taub anfühlten. Und dann hörte ich mich diese Worte sagen, von denen ich nicht geahnt hatte, dass sie in meinem Kopf steckten, bereit, sofort hervorzuspringen, wenn ich nicht auf meinen Mund achtete.
Ich, sagte ich, ich würde auch gerne einmal mit dir wegfahren.
Dieser Moment. Abspringen vom Fünf-Meter-Brett, wenn man genau weiß, das Becken ist leer.
Sie sahen mich an. Sie lachten nicht, sie runzelten nicht die Stirn, sie sagten nichts. Sie schauten einfach nur. Und alles

begann sich zu drehen, die Wiese, die Worte vor meiner Brust, Frauen, entrüstet euch!, die Gesichter über lila Halstüchern.
Also, sagte ich, ich meine nicht jetzt, aber vielleicht später mal.
Später?, fragte Insa.
Na ja, sagte ich. Wenn ich so siebzehn, achtzehn bin.
Im freien Fall, und dann keine Wahl mehr haben.
Wehrt euch, leistet Widerstand, sang die Gemeindegruppe.
Insa warf den Kopf in den Nacken und lachte. Süß, sagte sie zu Anton, ist sie nicht süß, deine kleine Verehrerin?
Anton ließ seine Hand hart auf meine Schulter sausen, eher ein Schlag als eine freundliche Geste. Na, sagte er, da reden wir dann noch mal drüber, wenn du siebzehn bist, was?
Als ich mich umdrehte, meinte ich, Insa hinter mir lachen zu hören, angestrengt und ein bisschen zu hoch. Ich fühlte mich, als hielte mich nur das Sandwich im Holzrahmen zusammen, als könnte ich in winzigste Teile zerstäuben, wenn man es mir abnahm.
Nele und Geli hatten die Plakate weggestellt und hielten sich umarmt. Sie wiegten einander, und Neles Kopf lag auf Gelis Busen. Neben den beiden stand Barbara, breitbeinig und mit einer brennenden Zigarette in der Hand. Na, sagte sie und zog daran, tiefe Krater in ihren Wangen.
Ich muss dir etwas sagen.
Barbara hob fragend die Augenbrauen.
Es ist wegen Anton, fuhr ich fort, er und Gerri haben …
Nein, sagte sie und schüttelte heftig den Kopf, die Zigarette noch im Mund. Asche flog nach beiden Seiten, dann fiel die Zigarette auf den Boden.
Nein, nicht das. Ich will es gar nicht hören.
Während ich nickte, sehr langsam und beherrscht, hatte ich das Gefühl, dass der Boden unter mir sich wieder

schloss. Der Holzrahmen drückte auf meine Schlüsselbeine, und die Haut hinter meinem Ohr juckte. Barbara hob den Fuß und trat nach ihrer Zigarette, als wollte sie ein kleines Tier totmachen.
Doch, sagte ich. Gerri hat mit Anton geschlafen.
Die Worte hallten in meinem Kopf nach, sie klangen erwachsen, und am liebsten hätte ich sie gleich noch einmal gesagt. Gerri hat mit Anton geschlafen. Gerrihatmitantongeschlafen, Gerri.hat.mit.Anton.geschlafen.
Auf der gegenüberliegenden Straßenseite stand Frau Eberleins Sohn und starrte auf eine welke Rose in seiner Hand. Später im Zug sah ich ihn allein auf einem Fensterplatz sitzen. Mit dem Zeigefinger malte er etwas in die staubige Scheibe, das wie ein Buchstabe aussah. Ein großes B? Als er meinen Blick bemerkte, nahm er rasch seine Handfläche und löschte aus, was immer dort gestanden haben mochte.

17

Ich hatte erwartet, dass etwas zu Bruch gehen würde, mit einem großen Knall, Blut und Scherben. Täglich fieberte ich der Zerstörung entgegen. Barbara und meiner Mutter sollte es auch nicht besser gehen als mir. Aber die Explosion blieb aus. Die Atmosphäre veränderte sich beinahe unmerklich, es war wie ein sanftes Hinabgleiten, wie ein Blatt, das durch die Luft trudelt, eine unaufhaltsame Abwärtsbewegung. Am Abend nach unserer Rückkehr aus Plochingen nahm Barbara wortlos das Kissen meiner Mutter aus ihrem Bett und brachte es in deren Schlafzimmer. Was sonst zwischen den beiden passierte, blieb mir verborgen.

Trotzdem war klar, dass meine Mutter Bescheid wusste. Tagelang redete sie nur das Nötigste mit mir. Eines Nachmittags betrat sie schließlich mein Zimmer, schloss die Tür hinter sich und baute sich vor mir auf, so als fürchtete sie, ich könnte ihr weglaufen. Ich lag auf dem Bett und las. Als sie kam, klemmte ich einen Finger in mein Buch und richtete mich halb auf.

Du hörst mir jetzt mal zu, begann sie, obwohl ich gar nichts gesagt hatte. Es sei ihr eigenes Leben, fuhr sie fort, und sie habe das Recht auf ihr eigenes Tempo. Es könne nicht angehen, dass ich mich in Entscheidungsprozesse einmische, die nur sie und Barbara etwas angingen.

Und was ist mit Anton, fragte ich, und sie schüttelte den Kopf, als wollte sie eine Fliege vertreiben.

Anton steht hier überhaupt nicht zur Debatte, sagte sie.
Sie sprach noch eine ganze Weile weiter, es fielen Worte wie Verrat und Familie, und irgendwann hörte ich nicht mehr zu. Ich beobachtete die Falten zwischen ihrer Nase und ihren Mundwinkeln, die sich beim Sprechen strafften und zusammenzogen, und in diesem Moment wusste ich, wie meine Mutter als alte Frau aussehen würde. Es war, als ginge sie gebeugter, als schimmerte ihre Kopfhaut durch schütteres Haar hindurch, als hinge ein durchsichtiger Tropfen an ihrer Nasenspitze.
Irgendwann muss sie gemerkt haben, dass ich mich nicht mehr auf ihre Worte konzentrierte. Sie unterbrach sich mitten im Satz.
Und schau mich gefälligst nicht so an, wenn ich mit dir rede!
Im Liegen schlug ich die Beine übereinander und stützte die obere Hand in meine Hüfte. Ich stellte mir vor, wie das aussah, zugleich lässig und stark. Und dann fiel mir auf, dass es gar nicht mein Körper war, den ich vor meinem inneren Auge hatte, sondern der von Insa. Insa in der gleichen Haltung, die ich jetzt einnahm, Insa, die meine Mutter spöttisch musterte, während diese mit jedem Wort um drei Jahre älter wurde.
Schließlich machte meine Mutter einen großen Schritt auf mich zu, zerrte an meinem Buch, in das ich noch immer einen Finger geklemmt hatte, und warf es auf den Boden. Der Rücken knackte und brach.
Unerträglich, sagte sie, du bist unerträglich. Ich weiß gar nicht, wie ich noch mit dir leben soll.

Barbara und ich verstanden uns besser denn je. Wir gingen an der Dreisam spazieren, kickten Kastanien vor uns her, saßen auf Parkbänken und sahen dem metallisch schim-

mernden Wasser zu. Sie erzählte davon, wie sie in meinem Alter gewesen war, und von einer unglücklichen Liebe zu einer Mitschülerin, die davon nichts wissen durfte. Ich ersetzte den Namen des Mädchens in Gedanken durch einen anderen, kratzte mit dem Fingernagel Lack von der Parkbank, nickte und sagte: Ich weiß genau, was du meinst. Ich glaubte, dass Barbara mir verschlüsselte Botschaften zukommen ließ. Mit ihren Geschichten wollte sie mich ermutigen, weiter zu fühlen und weiter zu warten. Und ich hörte weg, als sie schließlich erzählte, wie sie die Mitschülerin nach Jahren im *Café Schmidt* wiedergesehen hatte.
Die sah genauso aus wie die anderen Kaffeetanten, sagte Barbara. Als hätte sie einen Schutzanzug aus Fett an, damit nichts mehr an sie rankommt. Unglaublich, dass die mich mal um den Schlaf gebracht hat.

Es wurde November. Den ganzen Spätherbst über war das Wetter strahlend, die tief stehende Sonne tauchte den Fluss, die Wiesen und die Altstadthäuser in warmes Licht. Meine Mutter trug ein neues Kostüm aus schwarzem Leinen mit braunen Jackenaufschlägen. Den Job in der Frauenteestube gab sie auf. Ihr rotes Haar wurde stumpf, wie Kupfer, das man nicht putzt, und als die ersten blonden Haaransätze nachwuchsen, ging sie zum Friseur und ließ sich eine Tönung in ihrer Naturfarbe machen.
Es dauerte nicht lang und sie hatte eine neue Stelle als Chefsekretärin, diesmal in einem Ingenieurbüro. Wenn sie nach Hause kam, roch sie manchmal nach Ammoniak. Das waren die Tage, an denen sie im Keller stehen und Lichtpausen von technischen Plänen anfertigen musste. An wieder anderen Tagen hatte sie eine Fahne. Dann, so erklärte sie ungefragt, hatte einer der Kollegen Geburtstag gehabt, oder wieder eine andere Abteilung hatte ein Weih-

nachtsfest ausgerichtet. Ihrem Atem nach zu schließen musste es eine sehr große Firma sein. Im Dezember wurde das Herbstleuchten zu einem undurchdringlichen Grau, die Schneeflocken verwandelten sich am Boden sofort in schmutzigen Matsch, und meine Mutter teilte mir mit, dass sie eine neue Wohnung für uns gefunden hatte.

Barbara blieb einige Male über Nacht fort. Wenn sie zu Hause war, war sie mir gegenüber unvermindert herzlich. Je näher der Umzug rückte, desto seltsamer erschien es mir, dass ausgerechnet meine Mutter und ich ausziehen würden, die beiden Menschen in der Wohnung, die am allerwenigsten miteinander redeten. Barbara und sie besprachen immerhin noch, wie die ausstehenden Nebenkosten mit der Kaution zu verrechnen seien, sehr sachlich und ohne laut zu werden. Ich dachte manchmal an Fee und ihre WG. Aber so wenig mich meine Mutter zu dieser Zeit mochte, sie hätte wohl kaum zugelassen, dass ich mit dreizehn Jahren bei ihr auszog. Und der Gedanke an Hundefutter mit Nudeln war auch nicht gerade verlockend.

Nach Weihnachten packte meine Mutter einige Kisten, und eines Morgens parkte Werner einen orangefarbenen VW-Bus auf dem Bürgersteig vor Barbaras Wohnung. Beim Einladen vermied er es, Barbara oder mich anzusehen. Er versteckte sich hinter seinem Bart, der länger und verfilzter aussah als im Sommer, und arbeitete wortlos vor sich hin.

Barbara setzte sich auf ein plastikverpacktes Sofa auf dem Bürgersteig, an den Füßen hochhackige Stiefel, die ich noch nie an ihr gesehen hatte. Sie rauchte mehrere Zigaretten nacheinander, wobei sie jeweils die nächste an der Glut der letzten ansteckte. Ihr schmaler Mund glänzte rot, auch das war neu, und der Lippenstift hinterließ Ränder an den Kippen, die aussahen wie getrocknetes Blut. Irgendetwas fehlte, wenn sie sich bewegte, und erst nach einer Weile verstand ich. Die marokkanischen Armreifen waren fort. Sie stand erst wieder auf, als Werner und meine Mutter an die Schmalseiten des Sofas traten, um es hochzuheben und im Laderaum zu verstauen. Also dann, sagte sie zu Werner, und zu meiner Mutter: Mach's gut, Gerhild. Mich nahm sie in den Arm, drückte mich, bis ich ihre Rippen an meinen spürte. Dann sagte sie leise: Du bist jederzeit willkommen, das weißt du. Aber ich wusste genau, dass ich sie niemals besuchen würde. Ihre Mohairstrickjacke fusselte, und noch Tage später hafteten blaue Fädchen an meiner Winterjacke.

Die blassgelbe Mietskaserne lag am oberen Ende der Kartäuserstraße, nicht mehr ganz in der Wiehre und noch nicht ganz in Littenweiler. Im Treppenhaus hingen auf Pappe aufgezogene Aquarelle von Primeln, Sumpfdotterblumen und Seerosen. Unsere neue Wohnung, dritter Stock links, hatte braungrauen Teppichboden. Bäder und Toiletten waren von der gleichen ungesunden Farbe wie die Außenwände. Das ganze Haus wirkte provisorisch und schlecht verarbeitet.
In unserer ersten Silvesternacht in dieser Wohnung saßen wir nebeneinander auf dem neuen Kunstledersofa, das noch immer in durchsichtige Plastikfolie verpackt war. Es war cremefarben und hatte statt eines Rückenpolsters eine durchgehende Kopfstütze, getragen von matt schimmernden Metallstangen. Aus demselben Material waren auch die Armlehnen.
Von draußen konnte man das Sirren der Raketen auf dem nahen Schlossberg hören, Klirren von Glas, Stimmen, Aufheulen von Motoren. Drinnen war es still bis auf das Quietschen, wenn sich eine von uns beiden bewegte, ihr

Gewicht von einer auf die andere Pobacke verlagerte, ein Bein über das andere schlug. Ich trank Apfelsaft. Meine Mutter trank Sekt, und als sie die erste Flasche geleert hatte, war es noch immer 1983.
Um Mitternacht ging ich alleine auf den Balkon. Gegenüber konnte ich hinter kahlen Bäumen das beleuchtete Ausflugslokal auf dem Schlossberg erahnen, und dort stiegen auch die meisten Raketen in die Höhe. Sie starteten energisch, explodierten bunt, verpufften in Rauchwölkchen. Ich fragte mich, ob Anton und Insa dort oben waren, mit glühenden Gesichtern, auf denen sich die Farben der Silvesterböller wie ein Privatfeuerwerk abzeichneten. Oder ob sie auf dem Balkon von Antons Villa standen, das Kopfsteinpflaster der Schwaighofstraße in das Licht der Straßenlaternen getaucht. In ihren Zwillingsmorgenmänteln und auf dicken Socken, Hand in Hand, stumm. So stumm wie meine Mutter und ich, aber aus anderen Gründen.
Es wird kalt, hörte ich meine Mutter schließlich, der erste Satz, den sie im neuen Jahr zu mir sagte. Ich klemmte einen Fingernagel zwischen die Glasscheibe und die schmutziggraue Gummidichtung und zog die Balkontür von außen zu, so gut es ging.
Lola, hörte ich schließlich ihre gedämpfte Stimme. Aus ein paar Metern Entfernung sah meine Mutter klein und verloren aus. Plötzlich dachte ich, es könnte alles wieder gut sein, wenn wir jetzt gemeinsam den Bezug von den Sofapolstern entfernen würden und ich meinen Kopf in ihren Schoß legen könnte. So wie früher. Lange vor Barbara. Lange vor Anton. Aber kaum dachte ich diesen Namen, war das Gefühl auch schon wieder verschwunden. Und überhaupt war ich mir nicht sicher, ob das neue Sofa zum Liegen nicht zu unbequem war.

Ich drückte die Balkontür wieder auf, sagte: Gutes neues Jahr, übrigens, und verschwand dann in einem Zimmer, das meines werden sollte.

18

Die Clique meiner Mutter war zerfallen, zerstäubt, verweht. Das Zentralgestirn war implodiert, die Rudelführer waren der Herde abhanden gekommen, und es gab niemanden, der den Rest hätte zusammenhalten können. Nachdem Werner beim Umzug geholfen hatte, hatte ich keinen von ihnen mehr gesehen. Weder Anton und Insa noch Rosalie tauchten an den Plätzen auf, an denen sich Freiburg traf. Keiner von ihnen saß Mittwoch nachmittags im *Altstadtcafé*, keiner kaufte samstags um elf Marktgemüse beim Biobauern aus dem Kinzigtal, keiner ging sonntags im Sternwald spazieren. An Rosalies Galerie hing seit Wochen ein Schild mit der Aufschrift *Vorübergehend geschlossen*, und auf der Innenseite der Glastür türmten sich Speisekarten vom Pizzadienst, Supermarktprospekte und Briefe, die der Postbote unter dem Schlitz am Boden durchgeschoben hatte.

Einmal kam ich an einem Freitagabend an der Gruppe der schweigenden Friedensdemonstranten vorbei. Sie standen Hand in Hand zwischen dem winterlich abgedeckten Brunnen und dem Eiscafé *Lazzarin* und ließen sich von einem älteren Mann im Lodenmantel als Kommunisten beschimpfen. Mit den Atemwölkchen vor ihren Gesichtern erinnerten sie mich an Kutschpferde in Wintersportorten, die in stoischer Ruhe mit den Hufen scharrten. Kein bekanntes Gesicht darunter, nicht einmal das von Barbara.

Nur Fee sah ich gelegentlich auf den Steintreppen vor *Männer Moden Müller* sitzen, den Kopf auf die dünnen Knie gelegt, die Augen umschattet. Sie trug gestreifte Hosen, die weißen Streifen ähnlich ungesund verfärbt wie die schwarzen, und ein Hundehalsband. In der Sonntagsbeilage der *Badenpost* hatte ich eine Fotoreportage über Londoner Punks gesehen, und seitdem wirkte Fee auf mich noch stärker fehl am Platz, wie aus einer Weltmetropole ausgeschnitten und auf die Treppen vor einem Herrenbekleidungsgeschäft einer süddeutschen Provinzstadt geklebt. Manchmal sah sie in meine Richtung, aber sie blickte durch mich hindurch, als würde sie mich nicht erkennen, und ich wagte es nicht, sie anzusprechen. Noch weniger wagte ich es, die Telefonnummer des Hauses zu wählen, in dem Werner jetzt ganz allein leben musste, so wie man sich scheut, bei einer Familie anzurufen, in der es einen Trauerfall gegeben hat. Deshalb kam es mir vor wie eine Nachricht aus einer anderen, besseren Zeit, als ich Ende Februar das kleine Plakat entdeckte. Es klebte auf Hundepinkelhöhe an einer Litfaßsäule und war mit bräunlichen Flecken gesprenkelt. *AngstTriebe*, stand in Schreibschrift darauf, mit einem irritierenden Großbuchstaben mitten im Wort, darunter der Name, Anton Olbricht. Sein Prosaminiaturenband war im Verlag Annette Schäfer erschienen, auf ungebleichtem Papier gedruckt, kostete neun D-Mark und sollte am 6. März im *Café Stechpalme* im Stühlinger vorgestellt werden. Die Titelseite des Buches war ebenfalls abgebildet, ein orangefarbener Einband mit einem kahlen Baum darauf, der aussah wie eine Kinderzeichnung. Der Eintritt zur Lesung war frei, dafür sollten Spenden zugunsten einer *interessengruppe autoren für den frieden* gesammelt werden.
Ich überlegte lange, wie ich meiner Mutter beibringen sollte, dass ich unbedingt zu dieser Lesung musste. Je nach

Tagesform waren meine Argumente mal von vorgeschobener Sachlichkeit (ich konnte behaupten, dass wir für ein Referat einen Freiburger Autor interviewen sollten), mal glatt gelogen (der 6. März war Faschingsdienstag, da konnte Dani möglicherweise eine Fete veranstalten) und mal von unverhohlener Theatralik (versteh doch, ich muss ihn wiedersehen, der Mann ist mein Leben!). Das Datum rückte immer näher. Ich sagte gar nichts.
Am Nachmittag des 6. März war mir immer noch keine Lösung eingefallen. Es war einer dieser vorweggenommenen Frühlingstage, die Sonne brannte, als hätte sie sich in der Jahreszeit geirrt. In den Arkaden der Kaiser-Joseph-Straße stand ein Verkaufswagen mit der Aufschrift *Eis-Neger* und dem Bild einer Eis essenden Witzfigur mit Bastrock und Wulstlippen. Einige Passanten gingen verkleidet und sahen aus, als wären sie seit dem Rosenmontagsumzug nicht mehr zu Hause gewesen. An einem Wurststand auf dem Münsterplatz drängte sich ein Grüppchen Hexen, in der linken Hand ihre Reisigbesen, die hölzernen Masken mit den Hakennasen und den Warzen im Mundwinkel auf den Kopf geschoben. Es war kein Geheimnis, dass ausschließlich Männer in den Kostümen steckten. Schließlich brauchte es Kraft, nicht nur, um die schweren Masken zu tragen, sondern auch, um beim Umzug hübsche Zuschauerinnen aus der ersten Reihe zu ergreifen, in den Bollerwagen zu packen und quer durch die Stadt zu verschleppen. Früher hatte ich mich jedes Jahr vor den Hexen gefürchtet und gleichzeitig doch gehofft, sie würden mich mit ihren behaarten Händen hochheben und auf ihren Karren werfen. Aber an kleinen Mädchen vergriffen sie sich nicht, und jetzt ging ich nicht mehr zum Rosenmontagsumzug. Wahrscheinlich wäre ich ihnen auch nicht attraktiv genug gewesen. Ich kaufte mir einen *Eisneger* mit Streuseln und grü-

belte den ganzen Heimweg über ein Alibi für den Abend nach.
In letzter Minute kam mir der Zufall zu Hilfe. Um zehn Minuten nach sieben, meine Mutter und ich saßen gerade beim Abendessen, klingelte das Telefon. Sie stand auf, ich wandte meinen Blick von der Cornflakes-Packung ab, auf der ich gerade etwa zum zwölften Mal die Teilnahmebedingungen für ein *Tolles Gewinnspiel!* gelesen hatte, und griff nach einer weiteren Scheibe Weißbrot. Seit wir nicht mehr mit Barbara zusammenlebten, gab es wieder dieses weiche, widerstandslose Essen, das Baguette, das fast nur aus Luftlöchern bestand, den Fertigpudding mit dem Sahnehäubchen. Auch die Kartoffeln kamen wieder mit Sauce auf den Tisch.
Während ich mir eine Schicht Doppelrahmfrischkäse aufs Brot schmierte, hörte ich meine Mutter im Gang telefonieren. Ihre Stimme machte Berg- und Talfahrten, klang mal hoch und aufgeregt wie die eines Mädchens, dann wieder rau und tief. Nein, hörte ich sie sagen, aber es klang wie ja; und dann fielen seltsame Worte, du schlimmer Junge, nein, du wirst doch wohl nicht, und schließlich: Du bist ja wahnsinnig. Ich hörte sie auflegen. Dann kam sie zurück in die Küche. Sie stellte eine Packung Nudeln von einer Seite der Arbeitsplatte auf die andere und wischte mit einem Lappen über das Spülbecken, obwohl es gar nicht dreckig war.
So, sagte sie schließlich, ich geh dann mal.
Wohin denn?, fragte ich. Wenn ich nicht gefragt hätte, hätte sie möglicherweise einen Verdacht geschöpft.
Ein Bekannter, sagte sie, wir treffen uns nur kurz auf ein Viertele.
Im Hinausgehen drehte sie sich noch einmal um. Hast du noch etwas für die Schule zu tun?, fragte sie kumpelhaft

und künstlich, in einem Ton, als wäre ihr plötzlich eingefallen, dass ich ihre Tochter war. Ich schüttelte den Kopf und vertiefte mich wieder in die Schmalseite der Cornflakespackung. Jedes Wort weniger brachte mich näher zu Anton. In einen hohen Raum mit Stuckdecke, so stellte ich mir vor, bis zum Bersten gefüllt mit schwarz gekleideten Menschen, die rauchten, Weingläser mit grünen, geriffelten Stielen schwenkten und bei jedem von Antons Sätzen wissend nickten. Ich war schon so gut wie da.

Als ich in der *Stechpalme* ankam, hatte die Lesung bereits angefangen. Ungefähr zwanzig Zuhörer verteilten sich in dem niedrigen, verqualmten Raum. Über dem Tresen baumelten ein paar Faschingsgirlanden, die mich an Fliegenfänger erinnerten. Auf den Holztischen lagen handgeschriebene Speisekarten, die einzelnen Seiten auf farbige Blätter kopiert und in Klarsichthüllen gesteckt. Dazwischen standen Aschenbecher mit der Aufschrift *Reval*, Biergläser und Teebecher, aus denen Bindfäden mit bunten Etiketten lappten. Am Tisch ganz links saßen zwei Frauen und ein Mann, die alle drei strickten. Die beiden Frauen bewegten ihre Finger wie automatisch und blickten dabei zu Anton, der etwas erhöht auf einem hölzernen Podest saß. Der Mann sah nur gelegentlich auf. Er hatte einen Ausriss aus einer Zeitschrift vor sich liegen, nach dem ein kompliziertes Zopfmuster entstand.

Rechts neben der Eingangstür und links von der Bühne hatten sich zwei einzelne Frauen postiert wie ungleiche Säulenheilige. Die eine davon war dicklich, mit kurz geschnittenen Haaren, aus denen eine einzelne Strähne auf ihren Rücken herunterhing. Sie kauerte hinter einem Tisch mit einem Stapel Bücher und einer zerkratzten Blechkasse. Möglicherweise die Verlegerin. Die andere war schwarz gekleidet und hatte eine bunt bestickte Stola um die Schultern geschlungen. Von ihrem linken Ohrläppchen baumelte ein grünes Dreieck, das auf ihrer Schulter aufstieß, wenn sie den Kopf bewegte. Immer wieder sah Anton hoch und zu ihr hin, als wäre sie es, die ihm seine Sätze eingab, und nicht die bedruckten Seiten vor ihm auf dem Tisch. Insa.

Antons Geschichte kam mir bekannt vor. Wie damals, bei seiner improvisierten Lesung am Schluchsee, ging es um die Begegnung eines Jungen und eines Hirschen im Wald. Anton war schwer zu verstehen, denn der Klangteppich aus klappernden Nadeln, Biergläsern, die am Tresen ins Spülbecken getaucht wurden und Stuhlbeinen, die quietschend über den Holzboden schrammten, schluckte ganze Halbsätze. Der Mann aus der Strickrunde legte schließlich seine Nadeln beiseite, stützte sich auf dem Tisch auf und trank dabei immer wieder aus einem kleinen Glas, ohne dabei den Ellenbogen anzuheben.

Du, unterbrach er Anton irgendwann mitten im Satz, ich finde, du kannst nicht einfach so einseitig eine solche Geschichte schreiben und das Thema Artenvielfalt total ausklammern.

Mensch, Rüdiger, mahnte die Frau hinter dem Büchertisch, in der Diskussion nach der Lesung kannst du dich einbringen, aber ich finde es echt respektlos, wie du hier dem Autor ins Wort fällst.

Scheiße, Netti, gab der Mann zurück, das hat so was Unspontanes.

Anton las noch ein paar Worte, brach dann plötzlich ab und blickte auf. Sein Mund stand offen, seine Unterlippe glänzte feucht. Langsam wandte er seinen Blick dem Zwischenrufer zu, und mir wurde klar, dass er mich gleich sehen würde, wenn er den Kopf nur noch ein Stückchen

weiter drehte. Ich hatte Angst, Angst, dass sein Blick sich nicht verändern würde, dass er mich genauso anblicken würde wie den Stricker. Wie in dem Moment, als seine Hand hart auf meine Schulter gefallen war, na, da reden wir noch mal drüber, wenn du siebzehn bist, was?
Hastig steuerte ich auf den nächsten freien Platz zu, den Blick auf den Kragen eines karierten Hemdes geheftet und auf die Pickel darüber. Sie waren angeordnet wie ein Sternbild, dessen Name mir gerade nicht einfiel. Ich setzte mich.
Hi Lola, flüsterte jemand. Die Worte rochen nach Kaugummi.
Der Junge im Karohemd war Frau Eberleins Sohn.
Statt zu antworten, blickte ich ängstlich in Antons Richtung. Aber der fixierte noch immer stumm den Zwischenrufer, und dann klappte er das Buch zu. Eine Geste, die würdevoll gewirkt hätte, wäre das Buch nicht nur halb so groß wie ein Din-A-5-Schulheft gewesen und hätte es keinen ockerfarbenen Einband mit der Zeichnung eines kahlen Baumes gehabt.
So nicht, sagte Anton und betonte jedes Wort. Ich kann so nicht lesen.
Dann erhob er sich halb. Aber er tat es ganz langsam, als wollte er der Frau hinter dem Büchertisch Zeit geben, die Situation zu entschärfen.
Die zwirbelte ihre lange Haarsträhne zwischen Daumen und Zeigefinger und blickte zu Boden.
Der Text ist halt auch arg kontrovers, sagte sie zu Anton, ich schlage vor, du liest was aus dem zweiten Teil. Zum Beispiel die Geschichte mit der Küchenschabe.
Anton ließ sich seufzend in den Stuhl zurückfallen und blätterte. Okay, sagte er schließlich gedehnt, dann eben was ganz anderes. Und er blickte in eine undefinierbare Ferne, schien etwas zu sehen, was sonst keiner sah, und

sagte dann ein einziges Wort, das der Titel seiner nächsten Geschichte zu sein schien.
Kind.
Die nächste Viertelstunde war wie ein seltsamer Traum. Ein Vortrag in einer fremden Sprache, ein Labyrinth aus unbekannten Worten, in dem man immer wieder meinte, einen vertrauten Weg zu erkennen. Ich sah die Fanta des Eberlein-Sohnes auf dem Tisch stehen, mit dem verwischten Abdruck eines Daumens auf der beschlagenen Glaswand. Ich hörte die Geräusche der Feuerzeugrädchen, roch den Geruch von verbranntem Käse, der in regelmäßigen Abständen aus der Kneipenküche drang. Ich hörte Anton zu und verstand nichts.
Es ging um eine weibliche Person, so viel war klar. Aber immer wenn ich meinte, sie identifiziert zu haben, entzog sie sich. Mal glaubte ich, dass Anton über meine Mutter geschrieben hatte, die Gier, mit der sie ein Rotweinglas leer trank, nur um sich schneller ein neues einschenken zu können. Mal meinte ich, mich selbst zu erkennen, das wenig schmeichelhafte Porträt eines verpuppten Insekts, einer plumpen Raupe, die noch nichts von ihrer zukünftigen Gestalt ahnt. Hilflos sah ich zu, wie sich Anton bei Menschen und Ereignissen bediente, die mir vage vertraut vorkamen, wie er sie für seine Zwecke sezierte, sie ausbluten ließ und die Einzelteile zu eigenen Geschöpfen zusammenflickte.
Nach einer weiteren halben Stunde war die Lesung vorbei, aber nun wollte die Diskussion nicht mehr recht in Gang kommen. Die Verlegerin machte zwar selbst einige Versuche, fragte nach, ob Anton mit der Hand schrieb, mit der Schreibmaschine oder gar mit einem Computer, morgens oder abends, ob er einer bestimmten politischen Partei nahestehe und ob er sich jetzt doch noch zum Thema Artenschutz äußern wolle. Aber Anton blieb einsilbig, so, als

trainierte er schon dafür, vor der Weltpresse den menschenscheuen Autoren zu geben. Nur bei der Frage nach einem Computer lachte er freudlos auf und sagte, bevor ihm so ein Ding ins Haus käme, könnte er ja auch gleich ein privates Atomkraftwerk im Garten installieren. Er klang beleidigt. Möglich, dass nicht nur ich mir den Raum größer, das Publikum intellektueller und die Atmosphäre konzentrierter vorgestellt hatte.
Schließlich gab die Verlegerin auf, versicherte noch einmal, die Texte hätten sie sehr betroffen gemacht, und verschanzte sich dann hinter ihrem Berg aus Büchern, von denen keines verkauft worden war. Die Leute an den Tischen blieben sitzen, unterhielten sich halblaut und erhoben ihre Stimmen erst wieder, als sich ein dünnes Mädchen in Jeans hinter der Theke hervorschälte und einen Block zückte, um Bestellungen aufzunehmen.
In meiner Tasche waren nur zwei Mark. Damit würde ich wahrscheinlich kein Getränk bezahlen können. Frau Eberleins Sohn versuchte, mich in ein Gespräch zu verwickeln. Aber ich war damit beschäftigt, von der Kellnerin übersehen zu werden.
Also, sagte Frau Eberleins Sohn, ich hätte mir das politischer vorgestellt. Engagierter. Ich meine, die Welt hat doch andere Probleme.
Ein Schatten fiel auf den Tisch und zog nicht weiter. Mineralwasser, dachte ich, vielleicht geht das. Langsam hob ich den Kopf.
Aber es war nicht die Bedienung.
Sieh an, sagte Insa, wenn das mal nicht Gerris Tochter ist. Und sie warf sich mit einer geübten Geste das eine Ende der Stola über die Schulter. Der Ohrring baumelte wild.
Ja, hörte ich mich sagen, ich dachte, ich komm mal vorbei. So als wäre ich jeden Abend in den Kneipen im Stühlinger

unterwegs und hätte nicht vorhin mehr als zwanzig Minuten vor dem Eingang gestanden, besorgt, dass der Wirt mich hinauswerfen würde. Mich, ein dreizehnjähriges Kind, das um diese Zeit längst ins Bett gehörte.

Und du bist ganz allein hier?, fragte Insa, die gezupften Augenbrauen leicht angehoben.

Ich schüttelte den Kopf. Und dann tat ich etwas, das ich noch nie getan hatte. Ich nahm die Hand eines Jungen. Wahrscheinlich, weil sie einfach so auf dem Tisch lag, wie herrenlos, weil es sich so anbot, sich ihrer zu bedienen wie eines nützlichen Gegenstandes. Ich fuhr sogar mit dem Daumen leicht über den Handrücken von Frau Eberleins Sohn, so dass er verwundert zurückzuckte. Nein, sagte ich, ich bin mit ihm hier.

Insa lächelte, beinahe herzlich, beinahe mütterlich, und sagte: Na, dann wünsch ich euch beiden noch einen schönen Abend.

Worte, die sie auch zu einer erwachsenen Frau hätte sagen können. Und das machte beinahe alles wett. Sogar den Umstand, dass ich hier mit einem pickligen Jungen saß, der Fanta trank, während Insa mit Anton in einem elsässischen Landgasthof aufwachen und im Bett Croissants frühstücken durfte. Nachdem sie wasweißich in der Nacht miteinander getan hatten.

Und grüß den Anton, sagte ich, so, als hätte ich sie auf der Straße getroffen. Dabei stand er keine zehn Meter von mir entfernt in der Ecke, hatte die Arme verschränkt und musterte den Mann mit dem Strickzeug.

Kaum hatte Insa sich entfernt, ließ ich die Jungenhand los.

Entschuldigung, sagte ich, musste gerade sein.

Frau Eberleins Sohn biss sich schief auf die Unterlippe.

Äh, ja, sagte er dann, bei schönen Frauen hab ich da nichts dagegen.

Ich war nicht sicher, was das bedeuten sollte. War ich eine schöne Frau und deshalb mein Überfall willkommen, oder wollte er mir damit sagen, dass er durchaus etwas dagegen hatte, wenn ausgerechnet ich ihn anfasste? Und war ich das überhaupt: eine Frau?
Entschuldigung, sagte ich noch mal, ich muss dann auch.
Und stand auf, damit er nicht sah, wie ich rot wurde.
Warte doch mal, rief er mir hinterher, wir haben uns ja noch gar nicht richtig unterhalten.
Erst im Gehen fiel mir ein, dass ich nicht wusste, wie er hieß. Ich hatte gerade eben zum ersten Mal mit einem Jungen Händchen gehalten und kannte nicht einmal seinen Namen. Und das Buch hatte ich auch nicht gekauft. Aber das war nicht schlimm, ich hätte ohnehin nicht gewagt, es von Anton signieren zu lassen. Morgen würde ich es bei *Rombach* besorgen.
Im Windfang stieß ich beinahe mit einer Frau in einer schwarzen Kapuzenjacke zusammen. Sie hatte den Kopf gesenkt. Bunte Konfetti mit Buchstabenresten klebten in ihrem Haar, die aussahen, als kämen sie aus einem Bürolocher. Ich wollte sie darauf aufmerksam machen, aber alles ging viel zu schnell.
Pass doch auf, hörte ich sie sagen, und dann war ich schon vor der Tür, ohne zu wissen, woher ich die Stimme kannte.
Erst an der Straßenbahnhaltestelle fiel es mir wieder ein.
Und ich musste an dieses Märchen denken, bei dem alle Feen zur Geburt eines Königskindes eingeladen werden und ihm Gaben mitbringen, nur die dreizehnte Fee darf nicht kommen, und dann erscheint sie doch und verflucht das Neugeborene ganz fürchterlich. Ich kam nicht drauf, was für ein Märchen es war.
Die Frau jedenfalls war Rosalie.

19

SEIT DER LESUNG in der *Stechpalme* schlich Frau Eberleins Sohn um mich herum. Mal tippte er mir von hinten auf die Schulter, wenn ich in der großen Pause in der Schlange am Bäckerstand wartete, benebelt vom Geruch nach frischem Teig und verschmortem Käse. Mal saß er morgens mit einer halben Pobacke auf der Tischtennisplatte am Schulhofeingang und musterte die Gesichter derer, die von der Straßenbahn ausgespuckt wurden oder ihre Fahrräder anschlossen, die Schultern dampfend in der regensatten Luft. Wenn er mich sah, blickte er zur Seite, nur um im letzten Moment den Kopf wieder zu wenden und so zu tun, als hätte er mich gerade erst entdeckt. Dann hob er seine Hand, was wohl lässig aussehen sollte, aber immer ein wenig ruckartig geschah, und nickte mir zu. Manchmal trug er sein lila Abrüstungstuch, und ich hatte den Eindruck, er hielt es für eine Art Erkennungszeichen. Ich nickte ihm im Vorbeigehen zu, blieb aber nie bei ihm stehen.

An einem Mittwoch Anfang Juni passte er mich auf dem Nachhauseweg in der Wallstraße ab. Sein knallrotes Fahrrad mit dem verwitterten *Stopt-Strauß!*-Aufkleber über dem Vorderlicht schoss aus einer Seitenstraße, so dass ich vor Schreck mit aller Kraft auf die Rücktrittbremse trat und beinahe einen Auffahrunfall verursacht hätte. Die Fahrer hinter mir klingelten und schimpften beim Überho-

len. Ich rollte vom Radweg auf den Bürgersteig und stieg ab. Frau Eberleins Sohn strahlte mich an.
Na, sagte ich und musterte ihn. Er hatte eine sehr merkwürdige Hose an, mit Bügelfalte und Schlag. Solche Hosen trugen sonst nur Lehrer. Und unser neuer Nachbar, Herr Friedle, der allein lebte und so laut mit den Fischen in seinem Aquarium redete, dass man es durch die Wand hörte.
Was machst du denn gerade so, fragte Frau Eberleins Sohn und fummelte an seinem Schnurrbart.
Nach Hause fahren, wieso?
Ich wollte dich nämlich mal was fragen.
Ich sah ihn an und schwieg.
Wegen neulich, nämlich, fing er wieder an, du warst so schnell weg.
Ich muss um neun zu Hause sein, behauptete ich.
Ich meine, wir können ja vielleicht mal was machen, sagte er und blickte zu Boden.
Wie, fragte ich betont begriffsstutzig, wie, machen?
Na ja, mal spazieren gehen. Oder so. Also, wenn du nichts anderes vorhast.
Ich überlegte. Vielleicht konnte ich ihm etwas vorschlagen, das ihn nicht interessierte. Dann waren wir beide aus dem Schneider. Etwas mit Kultur. Das war mit Sicherheit nichts für Jungen. Noch dazu an einem Tag, an dem nachmittags Fußballspiele im Radio übertragen wurden und abends die Sportschau lief.
Am Samstagnachmittag ist eine Vernissage, sagte ich, in dieser Galerie da, wenn man Richtung Realschule geht.
Im Vorbeigehen hatte ich gesehen, dass Rosalie wieder da war und eine neue Ausstellung vorbereitete. Die Plakate hingen seit vorgestern im Fenster, das Schwarzweißfoto einer Madonna, der eine große, schwarze Träne die Wange hinabkullerte, darüber der Titel, MariaBilder.

Kunst also, sagte Frau Eberleins Sohn, und mir wurde klar, dass ich zu kurz gedacht hatte. Ein Sechzehnjähriger, der zu Lesungen ging, würde sich wahrscheinlich auch Schwarzweißfotos von Madonnen anschauen.
Wann wolltest du denn da hingehen?, fragte er.
Weiß noch nicht so genau. So um vier, fünf.
Okay, dann treffen wir uns halt um halb fünf dort.
Er hob grüßend die Hand, stieg wieder in den Sattel und radelte so schnell los, dass mir keine Zeit für eine Antwort blieb.

Als Frau Eberleins Sohn am Samstagnachmittag vor der Galerie von seinem Rad stieg, trug er schon wieder eine von den Hosen mit Bügelfalte und Schlag, und über der Schulter eine bunt gewebte Wolltasche mit Fransen. Er kam mir die letzten Schritte entgegen, verzog den linken Mundwinkel zu einem Lächeln und biss sich dann schief auf die Unterlippe. Auf seinem Kinn waren mehrere schorfige Stellen zu sehen, und ich fragte mich, ob er sich rasiert hatte oder ob das aufgekratzte Pickel waren.
Bevor ich's vergesse, sagte er, ich hab da noch was für dich.
Er zog ein Exemplar des Buches aus der Tasche, das ich seit Wochen in einer Schreibtischschublade aufbewahrte, unter einer Mappe mit Pferdezeichnungen und einer Pappschachtel mit bunten Reißzwecken. Antons Buch. Bei *Rombach* bestellt, nachdem die Buchhändlerin diesmal auf Anhieb seinen Namen in ihrem VLB-Katalog gefunden hatte.
Stumm nahm ich es entgegen und schlug die erste Seite auf. Zur Erinnerung an unseren ersten gemeinsamen Abend, Stefan, stand dort in einer Zweitklässlerschrift, darüber ein Yin- und Yang-Zeichen, mit blauem Kuli gemalt. Ich wusste nicht, was ich sagen sollte. Es kam mir unrecht vor, dass ein Mensch wie Frau Eberleins Sohn zwischen densel-

ben zwei Buchdeckeln Worte hinterlassen durfte, zwischen denen sich Antons Texte befanden. Und ich fand auch nicht, dass es ein gemeinsamer Abend gewesen war. Aber immerhin wusste ich jetzt, dass Frau Eberleins Sohn Stefan hieß.

Das hab ich schon, sagte ich.

Stefan fing an, mit zwei Fingern an einer verschorften Stelle auf seinem Kinn zu pulen. Plötzlich tat er mir leid.

Macht nichts, sagte ich, ich kann's ja verschenken. Das ohne Widmung, meine ich.

Er nickte erleichtert, dann betraten wir die Galerie. Als Stefan die Tür öffnete und schloss, sandte er eine kleine Duftwolke in meine Richtung. Er roch nicht unangenehm, nach einem Deo oder Duschgel, künstlich, aber frisch.

Lustige Hose, sagte ich.

Findest du?, fragte er ungläubig.

Na ja, sagte ich, mal was anderes.

Meine Mutter bringt mir die immer vom Aldi mit, erklärte er. Ist echt praktisch.

Die Galeriefenster waren von innen beschlagen, und eine Menge Menschen drängte sich zwischen den Schwarzweißfotos an den Wänden. Manche Besucher trugen kalkfleckige Wassergläser mit einer roten Flüssigkeit darin, vermutlich Wein. Eine Frau blieb stehen, musterte die Fotos und legte mit Kennermiene zwei Finger an die Lippen. In der Ecke saß ein weiß gekleideter, bärtiger Mann und zupfte auf einem Saiteninstrument mit einem enorm langen Hals und einem gedrungenen Körper, der an eine Bocksbeutelflasche erinnerte.

Die Madonnenbilder hatten nichts mit den gotischen Statuen gemeinsam, die ich aus dem Münster kannte, oder den groben Holzschnitten, die in der evangelischen Kirche standen. Die Gesichter waren ausdrucksvoll, obwohl man

nicht immer sagen konnte, ob vor Trauer, Lust oder Lachen, die Wangen waren bemalt mit Tränen, Sternen oder Sonnen. Eine der Madonnen war halbnackt und saß auf einem Pferd. Ihre Gesichtszüge erinnerten mich an die Indianerinnen aus den Karl-May-Filmen, die immer am zweiten Weihnachtstag im Fernsehen liefen.
Ich hab's dir doch gesagt, hörte ich plötzlich eine vertraute Frauenstimme. Die Dinger spiegeln, egal wie man sich hinstellt.
Also, mich stört das nicht. Ich find sogar, das gibt dem Ganzen noch eine ganz andere Dimension, wenn das eigene Gesicht da reinspielt. Wie eine extra Ebene.
Rosalie stand mit Werner hinter dem Tapeziertisch mit der Metallkasse und runzelte ihre Stirn. Werner hatte die Augen niedergeschlagen.
Nächstes Mal besorg ich die Rahmen wieder selbst, setzte Rosalie nach. Werner hob seinen Arm und legte ihr behutsam die Hand auf den Rücken.
Wie du meinst, Schatz, sagte er, und sie trat einen Schritt vor, als würde sie ein aufdringliches Insekt abwehren.
Fünf Jahre Analyse und drei Familienaufstellungen, sagte sie, aber scheinbar bin ich immer noch nicht in der Lage, meine Bedürfnisse zu kommunizieren.
Werner seufzte. Die Szene kam mir bekannt vor. Nur, dass ich sie das letzte Mal in einer anderen Besetzung gesehen hatte.
Gerade wollte ich zu Werner gehen und ihn begrüßen, da trat Rosalie hinter dem Tisch hervor und klatschte in die Hände. Die Gesichter wandten sich ihr zu, das Gemurmel wurde leiser, der Zupfinstrumentspieler verstummte. Mit einer forschen Geste winkte Rosalie eine Frau zu sich heran, die bisher allein am Rand gestanden hatte, unauffällig wie eine Zimmerpflanze.

Liebe Gäste, sagte Rosalie, ich will die Gelegenheit nutzen, euch die Künstlerin vorzustellen. Viele von euch kennen Martha ja schon von ihrer letzten Ausstellung, und ihre Porträts von verwelkten Blumen auf dem Bergäckerfriedhof haben auf mich damals einen ganz besonderen Reiz ausgeübt.
Sie hielt inne, wartete, bis alle schwiegen, dann fuhr sie fort.
Wie ihr wisst, hat Martha diesmal eine längere Reise gemacht und Bilder aus Süd- und Mittelamerika mitgebracht. Was ihr vielleicht nicht wisst, ist, dass durch die spanische Eroberung – sie malte mit den Händen zwei Anführungsstriche in die Luft – eine Reihe ganz eigener, teilweise stark matriarchalisch geprägter Kulturen zerstört wurden. Aber das Spannende ist: sie haben die letzten fünfhundert Jahre sozusagen im Untergrund überlebt. Die sogenannten heidnischen Muttergottheiten, die von den Ureinwohnern verehrt wurden, sind nicht tot.
Sie machte eine effektvolle Pause, sah sich um, legte die Hände ineinander und wippte kurz auf ihren Ballen. Dann sprach sie weiter.
Das Christentum, sagte sie, ist nur so etwas wie ein Deckmantel, unter dem die uralten Kulte weiter gepflegt werden. Erscheinungsformen wie die Madonna oder katholische Heiligenfiguren dienen nur als Verkleidung für Fruchtbarkeitsgöttinnen. So konnten die Menschen ihrem ursprünglichen Glauben treu bleiben, ohne dafür bestraft zu werden. Auf Marthas Bildern könnt ihr einige besonders eindrucksvolle Exemplare sehen.
Werner stand hinter dem Tisch und verfolgte Rosalies Worte andächtig. So wie sie dastand, den Kopf schief gelegt, und sich durch ihre kleine Ansprache tastete, erinnerte sie mich mehr und mehr an die Marienfiguren auf

den Fotos. Ihre Augen hinter den Brillengläsern wirkten unnatürlich groß.
Ich blickte auf Stefans Rücken, seine Haarkrause und den braunen Hosenboden. Vielleicht, wenn ich meine Augen fest genug schloss, konnte ich mir vorstellen, dass es Anton war, der mich umarmen wollte. Stefan hatte nicht schlecht gerochen vorhin, als wir die Galerie betreten hatten. Und meine Mutter würde sich sicher freuen, wenn ich endlich einen gleichaltrigen Freund präsentieren konnte.

In den nächsten Wochen lernte ich Frau Eberleins Sohn gründlich kennen. Stefan tat alles sehr präzise, egal, worum es sich handelte. Wenn er ein Brötchen aß, pickte er hinterher die heruntergefallenen Krümel und Körner mit der angefeuchteten Fingerkuppe auf und schob sie sich in den Mund. Sein Rad schloss er immer auf die gleiche Weise an, die lange Drahtschlinge zwei mal zwischen den Speichen des Hinterrades und den Metallstreben des Fahrradständers durchgefädelt. Und als er mir sein Leben erzählte, begann er chronologisch mit seinen frühesten Kindheitserinnerungen. Seine Mutter hatte ihn in einer Karre über Kopfsteinpflaster geschoben, und er hatte gesummt, erstaunt, wie die Vibration seines Körpers sich bis in seine Stimme fortsetzte.
Ich versuchte, mir Stefan als niedliches Kind vorzustellen und seine Mutter als hübsche junge Frau. Aber ich konnte sie mir nicht ohne die Spuckebläschen in den Mundwinkeln denken, vor denen sich die erste Reihe im Biosaal so fürchtete. Wenn ich ihr in der Wohnung in der Glümerstraße begegnete, grüßte sie mich knapp. Möglicherweise war es ihr unangenehm, dass eine ihrer Schülerinnen sehen konnte, welche Sportzeitschriften ihr Mann auf dem Klo las und dass die Kacheln über ihrem Herd von alten Fettspritzern

verkrustet waren. Mir war ihre Zurückhaltung recht. Ich hatte nicht vor, mich von ihr adoptieren zu lassen.
Das Leben mit meiner Mutter war jetzt wieder fast so wie in der Zeit vor Barbara. Vor Anton. Allerdings sprachen wir nach wie vor nur das Nötigste miteinander. Ich wartete auf einen günstigen Zeitpunkt, um ihr Stefan vorzustellen, ohne genau zu wissen, was ich mir darunter vorstellte. Aber der richtige Moment kam einfach nicht. Häufig wurde meine Mutter jetzt abends vom Fahrer eines roten Golfes abgeholt, den ich allerdings nie zu Gesicht bekam.
Ich fragte mich, ob sie ihn vor mir versteckte oder mich vor ihm.

Genauso gewissenhaft, wie Stefan alles andere tat, küsste er auch. Er ließ seine Zunge erst ein paar Mal links, dann ein paar Mal rechts um meine Zunge herum rotieren und gab mir zum Abschluss einen trocken knallenden Schmatz auf die Lippen. Meine Zähne berührte er nicht mit seiner Zunge, wahrscheinlich fürchtete er sich vor den scharfen Drahtplättchen, und ich konnte es ihm nicht verdenken. Küssen war ein Ritual, das bald zu unseren Spaziergängen im Stadtgarten und den Nachmittagen in seinem Zimmer gehörte, wo im Hintergrund immer *Genesis* im Kassettenrekorder lief. Ein Ritual, das ich akzeptierte, so wie man sich den Gewohnheiten eines Eingeborenenstammes anpassen würde, wäre man nach einem Schiffbruch allein auf einer Insel gelandet.
Das Ganze war bei weitem nicht so ekelhaft, wie ich es mir vorgestellt hatte. Immerhin nahm er vorher seinen Kaugummi aus dem Mund, und das Bärtchen kitzelte weniger, als ich befürchtet hatte. Und wenn ich ihm so nah war, konnte ich auch seine Pickel und die aufgekratzten Stellen nicht mehr sehen. Mit seiner Zunge in mei-

nem Mund konnte ich mir leicht vorstellen, er sei ein anderer.

An manchen Nachmittagen küsste ich ihn sogar gerne. Stefan besaß ein enormes Wissen über die Welt und ihren katastrophalen Zustand, und je mehr er davon an mich weitergab, desto bereitwilliger öffnete ich meinen Mund. Ich küsste ihn, weil McDonald's durch die Rinderzucht in Südamerika die Vernichtung der Regenwälder beschleunigte; ich küsste ihn, weil bereits der Anflug eines Vogelschwarms fälschlicherweise den atomaren Erstschlag auslösen konnte, da die Radarschirme im Pentagon Vögel nicht von Waffen unterscheiden konnten; und ich küsste ihn, weil sich herausstellte, dass Leichen so viele Umweltgifte enthielten, dass man sie eigentlich nicht im Sarg hätte beerdigen dürfen.

Die haben jetzt herausgefunden, so formulierte es Stefan, dass Tote ein Fall für die Sondermülldeponie sind.

Ich küsste ihn nicht, als er mit mir über Antons Buch reden wollte, das er zu unpolitisch fand. Lieber verlor ich mich in Andeutungen darüber, dass ich den Autor kannte, dass mich etwas Spezielles mit ihm verband, ich aber nicht darüber reden wollte und konnte.

Dafür küsste ich ihn wieder, als er mich fragte, ob ich mit seiner katholischen Jugendfriedensgruppe an einer Mahnwache vor der Deutschen Bank teilnehmen würde. Die Bank, so klärte er mich auf, unterstützte das Apartheidsregime in Südafrika mit Krediten. Von dem Geld wurden wiederum Waffen angeschafft, mit denen Nelson Mandelas Gesinnungsgenossen umgebracht wurden.

Ich hatte gehört, dass südafrikanische Paare auf offener Straße verhaftet wurden, wenn einer von beiden weiß war und der andere schwarz. Überall auf der Welt gab es Gesetze, geschriebene und ungeschriebene, die das Glück verhinderten. Und so sagte ich Ja, weil ich ein Zeichen setzen wollte für die Liebe, die sich Konventionen und Regeln entzieht. Ich sah mich mit einem Transparent vor der Deutschen Bank stehen, *An eurem Geld klebt Blut*, und ernst und stumm von einem Leid zehren, das geheim bleiben musste.

Die Wirklichkeit war weniger heroisch. Ursprünglich hatten drei Jungen aus Stefans Friedensgruppe mit dabei sein wollen, aber der eine sagte ab, weil er am nächsten Tag eine Französischklausur schrieb, der zweite hatte eine Mandelentzündung, und der dritte tauchte einfach nicht auf. Wir standen etwas verloren an unserem Treffpunkt am Martinstor, zusammengeklappte Holzständer mit Transparenten unter dem Arm, und warteten stumm. Ich hoffte, dass mich niemand aus meiner Klasse sehen würde und lehnte meinen Holzständer schließlich gegen ein angeschlossenes Fahrrad. Neben uns spielte eine vierköpfige Flötengruppe ein Jazzstück. Vor ihnen auf dem Bürgersteig stand ein aufgeklappter Geigenkasten, in den Passanten ab und zu Pfennigmünzen warfen. In die Flötenetuis hätte wohl nicht genügend hineingepasst.
Könnt ihr mir Geld geben?, fragte uns ein Zwei-Meter-Mann mit rötlich verfilztem Bart und langem Lodenmantel. Jeder in Freiburg kannte den Mann, er stand seit Jahren im selben Mantel an derselben Stelle und stellte dieselbe Frage, bis er genügend für einen Cappuccino zusammen hatte. Dann machte er eine halbe Stunde Pause im *Café Domino*, wo der Cappuccino mit echter aufgeschäumter Milch zubereitet wurde und mit 2,80 Mark fast doppelt so viel kostete wie im *Stadtcafé*, wo er mit gewöhnlicher Sprühsahne verziert war.
Der Mann war kein gewöhnlicher Penner, er hatte Stil. Fragte man ihn, warum er nicht arbeiten ging, erklärte er

ernsthaft, er sei Wandersmann. Das stellte die meisten zufrieden, auch wenn sich seine Wanderungen auf die anderthalb Kilometer zwischen Martinstor und Konviktstraße beschränkten, wo das *Café Domino* lag. Stefan drückte ihm fünfzig Pfennig in die Hand, und der Bärtige musterte ihn von oben herab, so dass ich mich nicht gewundert hätte, wenn er eine ironische Bemerkung über Stefans Hose gemacht hätte. Aber dann bedankte er sich nur mit einem aristokratischen Kopfnicken.

Um Viertel nach drei zogen wir schließlich die Doppelplakate über unsere Köpfe und suchten uns einen Platz vor dem Haupteingang der Bank. Das war gar nicht so einfach, denn der Bürgersteig war an dieser Stelle sehr schmal. Ständig beschimpften uns Hausfrauen mit Einkaufsrollern und radelnde Studenten auf dem Weg zur Uni, weil wir ihnen im Weg standen. Stefan entschuldigte sich bei jedem, ich blieb irgendwann einfach stehen und ließ den Strom der Entgegenkommenden um mich herumfließen.

Es fiel mir schwer, mich auf meine Mission zu konzentrieren. Zu sehr erinnerte mich das Tragen des Transparents an die Demonstration im letzten Herbst, an den Tag in Plochingen. An Antons Blick, diesen Ausdruck eines Menschen, der äußerst genervt ist, seine Stimmung aber zu verbergen versucht. Irgendwann kam eine Gruppe Azubis aus der Bank, mit dunkelblauen Mokassins an den Füßen und Jacketts mit dynamisch aufgekrempelten Ärmeln, so dass man das glänzende Polyesterfutter sehen konnte. Einer von ihnen strich sich im Heraustreten eine Locke aus der Stirn. Ich ging einen Schritt von Stefan weg. Man hätte glauben können, dass wir nur zusammen gegen den militärisch-industriellen Komplex demonstrierten und uns nie in seinem Kinderzimmer zu einer leiernden Ballade vom Band geküsst hatten.

Hast du mal ’ne Zigarette, hörte ich im nächsten Augenblick eine näselnde Stimme hinter mir, dann spürte ich eine Hand auf meiner Schulter.
Ich drehte mich um und blickte in das Gesicht eines Mädchens mit stumpf gefärbten schwarzen Haaren. Neben ihr stand Fee. Schwer zu sagen, wer von uns beiden überraschter war.
Hey, sagte Fee verdattert, du bist das? Sie sah noch ein bisschen dünner aus als vor einigen Monaten und hatte eine Schmutzkruste auf der Wange, rötlich ausgefranst und von der gleichen Farbe wie die Haare auf ihrem Kopf. In ihrer linken Hand trug sie einen Riesenwecker. Soweit ich sehen konnte, zeigte er die korrekte Uhrzeit an. In ihrer rechten Armbeuge bewegte sich etwas hektisch, dann konnte ich ein Schnäuzchen erkennen und Schnurrbarthaare. Schließlich drückte Fee ihrer Freundin den Wecker in die Hand, packte die Ratte um den haarigen Bauch und hielt sie mir hin.
Das ist Chaos, sagte Fee zu dem Tier, guck mal, Chaos, die heißt Lolli.
Hallo, Chaos, sagte ich und hoffte, dass Fee mich nicht mit Frau Eberleins Sohn in Verbindung brachte. Aber das blasse Mädchen neben ihr deutete schon auf ihn.
Hat der da vielleicht ’ne Kippe?, fragte sie mich. Ihre Augenlider hingen tief, es war schwer zu sagen, ob sie müde war oder krank oder was sie sonst mit ihrem Körper angestellt hatte.
Stefan starrte mich mit offenem Mund an, unsicher, ob er mir zur Seite springen sollte.
Wir rauchen nicht, sagte ich und merkte im gleichen Moment, dass ich einen Fehler gemacht hatte.
Wie geht es dir denn, sagte ich schnell zu Fee, wo wohnst du denn jetzt?

Na, in der WG, von der ich dir erzählt hab, sagte sie genervt. Im Viertel.

Ich fragte lieber nicht, was Das Viertel war.

Tschüß, Lola, sagte Fee mit künstlicher Piepsstimme. Dabei nahm sie Chaos' Pfote in die Hand und bewegte sie, als winkte sie mir.

Und damit hätte diese Begegnung sogar ein halbwegs würdevolles Ende gehabt, wenn nicht im gleichen Moment noch zwei Menschen aufgetaucht wären. Die eine war Frau Eberlein, die mit einer Bäckereitüte in der Hand die Straße überquerte und uns vor der Bank stehen sah. Der andere war Danis Vater, der sein Auto direkt neben uns im Halteverbot abstellte, ausstieg und breitbeinig auf uns zukam. Herr Laible trug seine grüne Polizeiuniform.

Fee und ihre Freundin wechselten die Straßenseite. Die Freundin trug noch immer den Wecker, einen Finger in die Metallöse über der Klingel gehakt, und hatte ihn sich über die Schulter geworfen wie eine Handtasche. Dann setzten sie sich auf den Bürgersteig unter dem orangefarbenen Wirtshausschild von *Ole's Tenne* und beobachteten aus sicherer Entfernung, was passierte.

Frau Eberleins Gesichtsausdruck glich sehr dem ihres Sohnes. Mit offenem Mund blickte sie zwischen uns und Herrn Laible hin und her.

Mensch Kinners, sagte sie, was wird denn das, wenn's fertig ist?

Herr Laible fuhr sich mit der flachen Hand über den Mund, als müsste er ein Grinsen verbergen. Seine Wangen waren mit geplatzten Äderchen übersät. Das Muster erinnerte mich an eine topographische Landkarte.

Ja, sagte er, das wüsste ich allerdings auch gern.

Die Deutsche Bank unterstützt Südafrika mit Militärkre-

diten, hörte ich mich etwas gepresst sagen, das müssen wir anprangern.
Es ist eine Demonstration, sprang Stefan ein.
Herr Laible verlagerte sein Gewicht von einem Fuß auf den anderen und stützte eine Hand in seine Hüfte, dort, wo der Gürtel seinen kleinen Bauch in zwei Hälften teilte.
Was Sie nicht sagen, seufzte er, und wo ist Ihre Genehmigung?
Stefan starrte ihn an. Ich meinte, Fee und ihre Freundin von fern kichern zu hören. Aber vielleicht täuschte ich mich auch. In Sekundenschnelle hatte sich eine kleine Gruppe von Neugierigen um uns gebildet, und ich war froh, dass sie wenigstens den beiden Punkmädchen die Sicht versperrten.
Mensch, Kinners, sagte Frau Eberlein noch einmal und zupfte an ihrem grünen Häkelpullover, das könnt ihr doch nicht einfach so machen.
Darf ich mal Ihre Ausweise sehen?, fragte Herr Laible.
Nicht dabei, sagte Stefan.
Ich besaß nicht mal einen. Irgendwo im Schreibtisch meiner Mutter musste ein abgegriffenes Heftchen liegen, mit einem Foto, das kurz nach meinem zehnten Geburtstag aufgenommen worden war. Zuletzt hatte ich den Kinderausweis vor zwei Jahren in der Hand gehabt, als wir mit Barbara nach Basel gefahren waren, um ein autonomes Frauenzentrum zu besuchen.
Das ist mein Sohn, Stefan Eberlein, sagte Frau Eberlein, ich kann das bezeugen. Und das ist Lola Sellin, meine Schülerin. Ich unterrichte Biologie und Religion am Gymnasium dort drüben.
Sie zeigte hinter sich.
Ach, sagte Herr Laible, dann kennen Sie ja vielleicht auch meine Tochter Daniela.

Ja, natürlich, sagte Frau Eberlein mit übertriebener Emphase, und Ihre Frau ist ja ganz aktiv in unserem Schüleraustauschprogramm mit Besançon. Wenn mich nicht alles täuscht, haben Sie doch häufig Mitglieder des Jugendorchesters bei sich zu Gast?
Für einen Moment sah es so aus, als hätte Herr Laible uns ganz vergessen. Aber ich hatte mich getäuscht.
Er nickte Frau Eberlein freundlich zu, nahm die Hand aus der Hüfte und setzte ein ernstes Gesicht auf.
Wenn ich das richtig sehe, sagte er zu uns, sind Sie beide noch nicht einmal volljährig und außerdem im Begriff, eine rechtswidrige Demonstration abzuhalten. Ich fordere Sie hiermit auf, sofort die Transparente abzulegen, und ich werde Ihre Personalien aufnehmen. Bei dem jungen Herrn hier kann ich die Zeugenschaft seiner Mutter akzeptieren, aber dich – und dabei sah er mich durchdringend an – dich muss ich mit auf die Wache nehmen und deine Eltern informieren.
Es war Jahre her, dass ich zuletzt auf einem Kindergeburtstag bei Dani eingeladen gewesen war. Ihr Vater erkannte mich nicht wieder.

Als mich meine Mutter zwei Stunden später im Auto von der Polizeiwache an der Johanniskirche abholte, musste ich ihr zweierlei versprechen. Zum einen, dass ich nie wieder an einer unangemeldeten Demonstration teilnehmen würde. Zum anderen, dass ich ihr den jungen Mann (sie sagte das wirklich so!) einmal vorstellen würde, der mit mir zusammen aufgegriffen worden war. Den passenden Moment für dieses Gespräch hatte ich mir anders vorgestellt. Aber nun war er eben da.
Umgekehrt musste sie mir versprechen, dass sie mit ihrem persönlichen Kundenberater bei der Deutschen Bank einen

Termin ausmachen würde. Und ihn bezüglich der Südafrikapolitik seines Geldinstitutes zur Rede stellen.
In der Schule wussten am nächsten Tag alle Bescheid. Herr Laible, so schien es, hatte am Abendbrottisch geplaudert. Erstaunlicherweise war unsere politische Mission kein Thema. Dani richtete zum ersten Mal seit der Klassenreise wieder das Wort an mich.
Geh'sch jetzt mit'm Stefan?, fragte sie und akzeptierte mein Achselzucken als Antwort.

20

1984 ENDETE, ohne dass die Welt untergegangen, explodiert oder zu einem einzigen totalitären Überwachungsstaat verschmolzen wäre. Insgesamt war es ein eher farbloses Jahr, ein Jahr ohne Eigengeruch, das einfach so durchschlüpfte.
Die *Unendliche Geschichte* verlor auf der Kinoleinwand ihren Schrecken und ihre Schönheit. Das Nichts sah aus wie der Frühnebel auf der A 8 um Ulm herum, der Glücksdrache hatte das Gesicht einer Promenadenmischung auf dem Körper eines Schoßhundes.
Auf *SWF 3* lief stündlich dieselbe Rockballade, in der es hieß, die atomare Zerstörung sei vermeidbar, wenn die Russen ihre Kinder genauso liebten wie wir unsere. Frau Schnieder nahm *Russians* zum Anlass für eine Hör- und Verstehübung. In Deutsch lasen wir *Unterm Rad*, und ich wunderte mich, dass der Held ausgerechnet an der Erwachsenenwelt zerbrach. Hesse hatte eben nie mit vierzehnjährigen aus der 8 b zu tun gehabt.
Immerhin zog mir seit dem neuen Schuljahr niemand mehr im letzten Augenblick den Stuhl weg, wenn ich mich hinsetzen wollte. Vielleicht waren solche Streiche uncool geworden, vielleicht lag es auch an meiner Beziehung zu Stefan. Seine Erzählungen von missgebildeten Säuglingen in der Nähe eines Atomtest-Areals im Pazifik und von den Foltermethoden südamerikanischer Militärdiktatoren be-

lohnte ich nach wie vor mit einem Kuss, gelegentlich ließ ich mir sogar widerstrebend an den Busen fassen. Stefan war mir wegen meiner Zurückhaltung nicht böse, im Gegenteil. Er hielt mich für besonders sensibel, und ich ließ ihn in dem Glauben. Du musst mir sagen, wenn du was nicht magst, das war sein immer wiederkehrendes Mantra, wenn er nach dem Häkchen meines BHs tastete oder versuchte, eine Hand unter meinen Hosenbund zu schieben. Manchmal hatte ich das Gefühl, er wartete regelrecht darauf, dass ich ihn stoppte. Irgendwann verkündete er, ich sei frühestens mit fünfzehn reif genug, mit ihm zu schlafen. Ich glaube, er war mindestens so dankbar für die Fristverlängerung wie ich.

Die *Badenpost* brachte in ihrer Rubrik *Kultur aus der Region* eine Randspaltenrezension von Antons Buch. Der Kritiker warf ihm Eskapismus und eine falsch verstandene Sehnsucht nach der Blauen Blume im Zeitalter des Atompilzes vor. Ich wartete vergeblich, dass Insa einen Leserbrief schreiben und gleichzeitig ihr Abonnement kündigen würde. Als nach drei Wochen immer noch keiner gedruckt worden war, schickte ich meinen eigenen auch nicht ab.

Kurze Zeit später explodierte in Bhopal ein riesiger Tank, Tausende von Menschen starben in einer Giftgaswolke, Hunderttausende wurden schwer verletzt.

Mein Vater schickte eine Karte, auf der ein Mistelzweig und ein Rentier mit roter Nase abgebildet waren, und schrieb, wir sollten uns doch unbedingt einmal wieder sehen. Ich nahm mir vor, ihm zurückzuschreiben, vergaß es dann und hörte monatelang nichts mehr von ihm.

Am 27. Dezember erschien in der *Badenpost* eine Todesanzeige mit einem Nachnamen, der mir bekannt vorkam. Professor Sauer, *nach einem arbeitsamen und erfüllten Leben von uns gegangen*, hatte tatsächlich eine Tochter

namens Rosalie. Außerdem bedankten sich noch eine Wilhelmine und ein Fritz für die Anteilnahme beim Heimgang ihres lieben Verstorbenen.
Kein Weg führt zum Vater als durch mich, stand in einer winzigen Kursivschrift in der linken oberen Ecke der Anzeige.
Silvester verbrachte ich mit Stefan und seinen Freunden im Partykeller der Katholischen Jugendgemeinde. Um Mitternacht stand ich allein auf der Waschbeton-Kirchentreppe und schrieb mit einer Wunderkerze den Namen Anton in die Luft.
Darüber reden wir noch einmal, wenn du siebzehn bist.
Zwei Jahre und neun Monate musste die Welt noch durchhalten.

Wieder wurde es Frühling. Freiburg trug Rosa. Die Frauen kamen daher wie lebende Erdbeereistüten, mit glänzenden pinkfarbenen Tops und Turnschuhen. Sogar modebewusste Männer trugen rosa Sweatshirts, deren Bündchen sie in ihre engen Hosen stopften. Nur die Punks am Bertholdsbrunnen blieben bei Schwarz. Manchmal zogen sie ihre Stiefel aus, wateten mit hochgezogenen Hosen durch die knöchelhohen, mittelalterlichen Wasserkanäle entlang der Kaiser-Joseph-Straße und spritzten sich gegenseitig nass. Manchmal zielten sie mit Ganter-Dosen auf die Wartenden an den Bus- und Straßenbahnhaltestellen. Natürlich nicht mit vollen, dazu waren sie viel zu geizig. Aber es war immer noch ein Pfützchen in der Dose, das hässliche Flecken auf pastellfarbenen Stoffen hinterließ. Manchmal meinte ich, in ihrer Gruppe Fee zu erkennen.
Bald nach Ostern ging ich zum Friseur und ließ mir einen Stufenschnitt machen, mit dem ich zu Hause nicht zurechtkam. Dafür wusch ich mir die Haare jetzt jeden zweiten

Tag. Meine Mutter fuhr samstags zum *Oldie-Schwof* in eine Disco namens *Heustadel* und hatte eine neue Freundin. Helga Linsenbold schminkte sich die Wimpern stahlblau, sie fuhr einen silberfarbenen Mitsubishi Colt mit der Buchstabenfolge FR-AU im Kennzeichen, und ihre Fragen begann sie grundsätzlich mit den Worten *Ja halt emol.*

Meine anfänglichen Befürchtungen waren unbegründet. Helga blieb nie über Nacht, und ich hörte keine merkwürdigen Laute aus dem Schlafzimmer. Die Geräusche, die sie machte, waren eindeutiger und lauter: das Klappern ihrer Pfennigabsätze im Treppenhaus, das Ploppen eines Sektkorkens. Zur Begrüßung küsste sie meine Mutter mit gespitzten Lippen auf den Mund, zum Geburtstag schenkte sie ihr herzförmige Kissen mit Bezügen aus falschem Leopardenfell. Sie rauchte überlange Zigaretten, *Marlboro 100.* Oft vergaß sie eine davon im Aschenbecher, und die qualmte dann vor sich hin, bis es in der ganzen Wohnung nach Zimmerbrand roch. Währenddessen hatte sich Helga in der Küche schon längst eine neue angesteckt.

Es war nicht klar, ob die Welt den Atem anhielt oder ob sie einfach apokalypsemüde geworden war. Hessens erster grüner Minister trug Turnschuhe zu seiner Vereidigung. Die Sowjetunion hatte einen neuen Staats- und Parteivorsitzenden, den damals noch niemand Gorbi nannte, den aber alle sympathisch fanden bis auf unseren Gemeinschaftskundelehrer. Der war als junger Mann durch die Berliner U-Bahn in die Bundesrepublik geflüchtet und traute seit dieser Zeit keinem Russen mehr über den Weg. Eineinhalb Milliarden Zuschauer sahen die Übertragung des Londoner *Live-Aid*-Konzertes zugunsten der Dritten Welt.

Ende Juli fuhr meine Mutter mit Helga an den Gardasee, und ich langweilte mich auf einer Kirchenfreizeit im

Schwarzwald. Nach meiner Rückkehr lag auf der Flurkommode eine Karte, auf der Rosalie und Werner zu ihrer Hauseinweihungsparty einluden. Getränke vorhanden, Grillgut (auch vegetarisch) mitzubringen. Die beiden waren nach Herdern gezogen, in die Nachbarschaft von Anwälten, Zahnärzten und Bauunternehmern. Vor zwei Jahren am Schluchsee hatte Werner noch dafür plädiert, dass die Freiburger Hausbesetzer sich dort in einer leer stehenden Villa einnisten sollten statt in den Bruchbuden südlich des Hauptbahnhofes. Was auch immer mit der Welt los war, ich verstand sie nicht mehr.

Im Herbst kam ich in die neunte Klasse, und meine Mutter kochte vier Wochen lang nach der *Brigitte*-Diät. Danach durfte ich mir eine schwarze Jeans und einen Nietengürtel aussuchen. Die Hose war so eng, dass ich keine Luft mehr bekam, wenn ich im Sitzen nach einer Schüssel auf dem Esstisch greifen wollte. Anton wäre entsetzt gewesen. Dani und Ulrike fanden sie cool. Stefan fiel weder auf, dass ich vier Kilo abgenommen hatte, noch, dass ich etwas Neues zum Anziehen hatte. Weil die Hose so eng war, kam er mit seiner Hand auch nicht so leicht unter den Bund wie bei meinen alten Klamotten. Dafür machte seine Mutter mir Komplimente und, schlimmer noch, zwinkerte mir zu, als wir in Biologie den Fettstoffwechsel durchnahmen.

Ich dachte daran, mir gegen den Rat meines Kieferorthopäden die Zahnspange entfernen zu lassen und mir dann einen anderen Freund zu suchen. Es war, wie wenn man überlegt, das Fitnessstudio oder die Shampoomarke zu wechseln. Einen Freund zu haben war eine Überlebenstaktik, Tarnung, genauso wie die richtige Hose oder die richtige Frisur. Außerdem lief die Frist bis zu meinem fünfzehnten Geburtstag ab. Den Sommer über waren Stefans Umarmungen drängender geworden. Zwar ließ er sich immer noch ohne Gegenwehr stoppen, wenn ich die magischen Worte *du, ich mag das nicht* aussprach. Aber dennoch war immer schwerer zu ignorieren, was sich gegen meine Beine presste, wenn er mich auf seinen Schoß zog. Mit einem neuen Freund, so dachte ich, könnte ich Zeit gewinnen.

Bei all diesen Überlegungen zog ich nie in Betracht, ich könnte mich verlieben. Mein Leben war ein Transitbereich. Jede Ballade, die nachts bei *SWF 3 – Lollipop* lief, war Anton und mir gewidmet. Ein Begleiter war Mittel zum Zweck, und wenn mein eigener Marktwert stieg, so überlegte ich, dann konnte ich mir auch einen besseren Jungen aussuchen. Wenigstens einen, der besser aussah.

Wenn Anton und Insa durch die Fußgängerzone schlenderten, wechselte ich die Straßenseite. Anton hätte alles von mir haben können, aber meine Tagträume durfte er nicht zerstören.

Zum Geburtstag schenkte mir meine Mutter einen rosa Rucksack. Von Frau Eberlein bekam ich einen Kinogutschein für zwei, während Stefan nur versprach, dass er mir demnächst eine Pizza backen würde. Vielleicht hatte er sein eigenes Ultimatum vergessen. Mein Vater schickte eine Karte. Es stand fast wörtlich dasselbe darauf wie in seiner letzten Weihnachtspost, und wieder vergaß ich, zu antworten.

Manchmal kaufte ich am Kiosk eine *Mädchen* und studierte sie wie ethnologische Basisliteratur. Ich bezog daraus nicht nur meine Informationen für Pausengespräche auf dem Schulhof, sondern auch über das, was sich zwischen den Geschlechtern abspielte. Mit mir selbst hatte es allerdings wenig zu tun. Die *Boys* in den Geschichten waren sehnig und pickellos, die *Girls* hatten schmale Hüften, voluminöse Frisuren und glänzende Ohrclips. Manch-

mal trugen sie nur ihre Unterwäsche, und dann sah man ihre flachen Bäuche und ihre Hüftknochen. Bäuche, die Leidenschaft verdient hatten und große Gefühle, Tränen, die auf Kopfsteinpflaster vergossen und Steinchen, die nachts an Balkontüren geworfen wurden. Ich war keine von ihnen, auch wenn ich cremefarbene Pullover über der Jacke drapierte oder mir die Wimpern grün tuschte. Gegen manche Dinge half alle Verkleidung nichts.
Ich war nicht einmal in der Lage, mich selbst anzufassen, eine Idee, auf die mich ein Artikel aus der Rubrik *Du und dein Körper* gebracht hatte. Vor jenem Teil, in dem laut *Mädchen* die Lust wohnte, lag ein hartnäckiges Röllchen Bauchspeck. Meine Versuche endeten stets damit, dass ich mit Daumen und Zeigefinger an dem Röllchen zupfte, als müsste ich es abreißen. Weiter südlich kam ich nicht.
Mit Stefan wusste ich immerhin, woran ich war. Manchmal versuchte ich sogar, mich in liebevolle Stimmung zu bringen. Dann zählte ich in Gedanken alle seine guten Eigenschaften auf, während ich in die Pedale meines Fahrrades trat. Bei jeden Tritt ein neues Argument. Ernsthaft. Man kann gut mit ihm reden. Hört zu. Man kann sich auf ihn verlassen. Treu.
Das Letzte war kein echter Pluspunkt. Stefan hatte keine andere Wahl.

Wenn meine Mutter nicht mit Helga in der Küche saß, traf sie sich weiterhin mit ihren unbekannten Verehrern. Oder war es nur ein einzelner Liebhaber? Sie erzählte nicht, und ich fragte nicht. Sie war häufig nervös, der kleinste Anlass reichte, dass sie ihre Beine wieder blutig kratzte. Wenn ich Stefan ein paar Tage lang nicht sah, erkundigte sie sich ängstlich, ob wir gestritten hatten. Bekam sie beim Abendessen nichts hinunter, konnte ich wetten, dass später der

rote Golf vor der Tür stehen würde. Nie stieg der Fahrer aus. Er hatte ein Autotelefon.
In den Nächten kam sie spät, und wenn ich am frühen Morgen aufs Klo musste, fand ich manchmal eine fast ausgetrunkene Flasche Rotwein auf dem Küchentisch. Ich nahm dann einen Schluck und sah den nassen Ästen vor dem Küchenfenster zu, die an die Scheibe trommelten wie geisterhafte Finger. Der Wein war schwer und warm im Magen, und er zählte nicht. Genauso wenig, wie es zählte, wenn ich mit den Fingern kalt gewordene Fleischstücke aus einem Topf auf dem Herd klaubte. Was keiner sah, hatte auch kein Gewicht, keine Kalorien, keinen Alkohol. Rotwein wurde unser Nachtgetränk. Unser Alleingetränk. Mal brachte sie die Flaschen zum Altglascontainer, mal ich.

21

Zum Anderthalbjährigen schenkte mir Stefan eine Mixkassette. Er hatte sich viel Mühe damit gemacht. Ich konnte mir vorstellen, wie er auf dem Perserteppich vor der Stereoanlage seiner Eltern kniete und immer wieder vorsichtig den Tonarm auf eine der glänzenden Rillen der LPs schob, während er mit der anderen Hand den Pausenknopf des Kassettendecks gedrückt hielt. Zwischen den Stücken hatte er sogar einzelne Geräusche aufgenommen, Weckerklingeln oder einen Dialog aus der *Rocky Horror Picture Show*.

Hey, Janet! Yes, Brad?

Wenn du die Kassette abends im Bett hörst, das ist ein bisschen wie die ganze Nacht bei dir sein, sagte Stefan.

Manchmal riss mich das manische Lachen aus *Welcome to the Pleasuredome* aus dem plüschigen Vorzimmer des Schlafes.

Bei manchen Liedern dachte ich tatsächlich an Stefan, vor allem bei Stücken der Dire Straits. Dann sah ich ihn wieder vor mir, wie er bei der letzten Fete der Katholischen Jugendgemeinde in dem schmucklosen Kellerraum herumgehüpft war und Luftgitarre gespielt hatte. Er hatte nicht gerade sexy ausgesehen, eher ausgelassen wie ein kleiner Junge. Wahrscheinlich hätten Dani oder Aiko sich kopfschüttelnd abgewandt. Aber es war ja keine von ihnen dabei, und schließlich hatte Stefans gute Laune mich angesteckt. Gemeinsam waren wir durch den Raum gewirbelt, bis Stefan mich schließlich ansah und laut zu lachen begann. Das, was du da machst, sagte er, sieht aus wie Hampelmann. So haben wir uns in der Fünften immer aufwärmen müssen, beim Sport.

Seitdem übte ich das Tanzen heimlich vor dem Schrankspiegel meiner Mutter. Wenn sogar Stefan auffiel, dass ich keine Übung hatte, musste ich dringend an meinem Stil arbeiten. Immer von einem Fuß auf den anderen, Hacke, Spitze, Hacke, Spitze. Und bloß nicht vornüber beugen wie beim Pogo. Das machten nur die aus der 9 a.

Auf der Mixkassette gab es auch Stücke, bei denen ich nie an Stefan dachte. Eines davon war vom letzten Jahr und hieß *Dancing with Tears in My Eyes*. In einer alten *Bravo*, die ich zufällig unter meiner Schulbank gefunden hatte, war ich auf eine Übersetzung des Textes gestoßen, und seitdem hatte ich immer das gleiche, ganz private Musikvideo dazu im Kopf: Anton, der durch die verstopften Straßen Freiburgs irrte, panische Menschen zur Seite schob auf seinem letzten Weg, seinem Weg zu mir. Kurz vor dem Ende würde er verstehen, dass ich bestimmt war, sein Schicksal zu teilen. Mit ihm zu tanzen und zu trinken, in Erwartung eines Sturmes, der alles Leben auf dem Planeten hinwegfegen würde, und dazu immer wieder unser Lieblingslied zu hören, genau so, wie es im Text hieß. Mit einem solchen Mann hatte ein Atomangriff möglicherweise auch seine romantischen Seiten.

In meiner Vorstellung war immer Anton derjenige, der sich auf den Weg zu mir machte, nicht umgekehrt. Trotzdem tanzten wir in seinem Wohnzimmer, barfuß auf Parkett. Der Teppichboden in meinem Kinderzimmer schien mir für diesen Anlass zu schäbig. Und in einem solchen Moment musste alles stimmen. Natürlich war auch die Art des

Tanzens eine ganz andere. Sich festhalten und nur leise von einem Fuß auf den anderen wiegen, das beherrschte ich. Schließlich waren so auch die Umarmungen der anderen Erwachsenen gewesen, in der Zeit mit Barbara.

Eines Mittags war Stefan seltsam aufgekratzt. Wenn wir nach der Schule zu ihm gingen, schob er normalerweise mit der rechten Hand sein Fahrrad und legte den linken Arm auf meine Schulter. Aber an diesem Tag konnte er seine Finger gar nicht stillhalten und trommelte auf meinem Oberarm herum. Er ging schneller als sonst, drängelte sich rücksichtslos durch eine Clique von Siebtklässlern, die an der Straßenbahnhaltestelle warteten und in ihren neonfarbenen Daunenjacken aussahen wie Textmarker auf Beinen.
Wirst schon sehen, sagte er, ich hab da was, das wird dir gefallen. Als wir die Wohnung betraten, schob er mich sofort in sein Zimmer. Und?, fragte er.
Ich sah mich um, konnte aber nichts Unvertrautes entdecken. Der schwarze Furnierholzschreibtisch, das an die Wand geklappte Bett, das Poster mit dem stürzenden Soldaten unter dem *Why?*-Schriftzug – alles wie immer.
Mensch, da!, sagte Stefan und machte mit ausgestrecktem Zeigefinger ein paar schnelle Handbewegungen in Richtung Zimmerecke, als wollte er eine Morsezeichen-Nachricht in die Luft tippen. Endlich bemerkte ich den schwarzen Kasten.
Ein CD-Player, sagte ich.
Das ist ein unglaublicher Sound, sagte Stefan. Bei einem Stück von den Dire Straits kann man sogar hören, wie ein Vogel gegen die Scheibe im Tonstudio pickt!
Echt jetzt?, fragte ich.
Er nickte enthusiastisch. So einer CD entgeht nichts!, bekräftigte er. Dagegen kannst du Platten echt wegschmeißen.

Willst du das wirklich machen?, fragte ich.
Es kam mir unrecht vor. Schließlich hatte die Musik ihn jahrelang begleitet, auch wenn er sich nicht so viel daraus machte wie andere Jungen. Die schwarzen Scheiben hatten es nicht verdient, auf dem Müll zu landen.
Nee, sagte Stefan, so mein ich das nicht. Ich kann mir ja nicht alles neu kaufen. Nur das Wichtigste.
Ich bückte mich zu einem kleinen CD-Stapel, der neben der Anlage auf dem Boden lag. Stefan bückte sich ebenfalls, setzte sich im Schneidersitz hinter mich und schob mir eine Hand unter den Pullover.
Genesis, sagte ich, klar.
Stefan zerrte an meinem T-Shirt darunter, das im Bund meiner pinkfarbenen Cordhose feststeckte.
Asia, sagte ich, das haben wir doch neulich bei der Kirchenfete auch gehört.
Stefan nestelte am Verschluss meines BHs. Ich stutzte, als ich die unterste CD aus dem Stapel zog.
Nena, sagte ich. Wem gehört die denn?
Stefan ließ seine Hand liegen.
Na mir, sagte er schließlich heiser. Willste hören?
Ich nickte.
Er ließ von mir ab, nahm die Silberscheibe behutsam zwischen zwei Finger und legte sie in den jungfräulichen CD-Schacht. Nena nölte los, ein Schlagzeug setzte ein. Als Stefan mir den Pullover hochschob, mich zu Boden drückte und meinen Bauch küsste, hatte ich eine Gänsehaut. Die Musik erinnerte mich an etwas. Mein Rücken schubberte auf dem rauen Teppichboden.
Liebe wird aus Mut gemacht.
Stefan sah auf und räusperte sich. Du zitterst ja, sagte er. Musst sagen, wenn du was nicht magst.
Ich schüttelte den Kopf. Denn was Stefan tat, gefiel mir. Er

zog sich selbst das Hemd aus der Hose, sein Bauch berührte meinen. Manchmal, wenn ich nach solchen Nachmittagen nach Hause kam, roch mein T-Shirt nach ihm, fast als hätte er es getragen.
Stefan fragte nicht mehr, sondern nestelte an meinem Reißverschluss. Ich wusste, dass ich jetzt etwas sagen musste.
Ich hatte ja keine Ahnung, dass du gern Nena hörst, flüsterte ich.
Er hielt die Lasche des Reißverschlusses noch immer zwischen zwei Fingern, sah mich an und seufzte.
Erinnert mich an was, sagte er schließlich und setzte sich auf.
Wie jetzt?, fragte ich. Ich konnte mich nicht entscheiden, ob ich liegen bleiben sollte oder mich ebenfalls aufsetzen.
Stefan lehnte sich an sein Bücherregal, das aus dem gleichen Furnierholz war wie das Bett. Über seinem Kopf standen gelbe Reclambändchen und die unterschiedlich bunten Rücken von Suhrkamp-Taschenbüchern in einer Reihe.
Ich hab das nie erzählt, sagte er. Aber in dem Sommer, bevor ich dich kennen gelernt habe, war ich mit Beate zusammen. Beate Krüger.
Jeder an unserer Schule kannte Beate. Sie war Leiterin der Dritte-Welt-AG und trug den ganzen Sommer über keine Schuhe, nicht einmal zum Sport. Im August mussten ihre Sohlen hart wie Leder sein.
In die warst du verliebt?, fragte ich ungläubig. Ich konnte mich nicht erinnern, die beiden jemals auf dem Schulhof knutschen gesehen zu haben. Nicht, dass es mich damals besonders interessiert hätte. In diesem Schluchseesommer.
Stefan nickte. Ja, sagte er, und sie in mich. Fünfeinhalb Wochen waren wir zusammen. War echt eine schöne Beziehung. Aber nach den Sommerferien hatte sie dann einen anderen. So einen Studenten, der bei den Grünen ist.

Hat die denn Nena gehört?
Eigentlich auch nicht so, sagte Stefan. Aber da war dieser Abend bei ihren Eltern im Schrebergartenhäuschen, da gab's nur ein Radio, und …
Er unterbrach sich und winkte ab.
So genau willst du das gar nicht wissen, sagte er schließlich.
Ich war verwirrt. Noch nie hatte ich auch nur die Möglichkeit in Erwägung gezogen, dass es in Stefans Leben schon einmal ein anderes Mädchen gegeben hatte. Ich war ein bisschen gekränkt, dass er mir nie davon erzählt hatte. Gleichzeitig verwandelte sich Stefan vor meinen Augen. Es war, als bemerkte ich die Sehnen auf seinen Unterarmen, seine dunklen Augen, seine langen Wimpern zum ersten Mal. Dabei musste all das immer da gewesen sein, trotz der Pickel auf der Stirn und der merkwürdigen Hosen. Eigentlich sah er gar nicht so schlecht aus. Er rutschte ein bisschen hin und her und blieb dann so sitzen, dass die Reclambändchen direkt über seinem Kopf standen.
Irgendwie fängt irgendwann irgendwo die Zukunft an, sang Nena.
Ich stand auf, setzte mich auf Stefans Schoß und schob eine Hand unter seinen Pullover.
Ich kann den auch ganz ausziehen, schlug Stefan flüsternd vor, und ich nickte aufgeregt. Das hatten wir noch nie gemacht. Es war wie ein ungeschriebenes Gesetz, dass Hände zwar unter der Kleidung tasten durften, dabei aber kein Stück abgelegt wurde. Selbst, wenn man sich dabei fast das Handgelenk verrenkte. Ich schloss die Augen und fragte mich, an was Stefan dachte. Ein Raum in seinem Kopf, der für mich verschlossen war, und der Stefan eine ganz neue Aura verlieh, eine Aura, die mit Männlichkeit zu tun hatte und mit Erfahrung.

Vielleicht war nicht nur ich meiner wahren Religion treu geblieben. So wie die Mexikaner, die zu Maria beteten und eine Fruchtbarkeitsgöttin meinten. Der Gedanke tat ein kleines bisschen weh, genau so viel, dass er aufregend war. Ich schloss die Augen.

Musst sagen, wenn du was nicht magst, sagte Stefan mehrmals. Sein Flüstern klang immer flehentlicher. Schließlich stoppte ich seine Hand, bevor er einen Finger unter das Gummiband meiner Unterhose schieben konnte, und er zog sie zurück, fast erleichtert. Vielleicht hatte ich mir doch falsche Vorstellungen gemacht von dem, was zwischen ihm und Beate gelaufen war.

Später bot er mir Batida de Coco aus der Vitrine im Wohnzimmerschrank an, und wir hörten die Dire Straits. Als ich an diesem Abend nach Hause kam, zog ich mein T-Shirt nicht aus. Es roch noch immer nach Stefan. Ich lag wach und hörte seine Kassette. Nur als *Dancing with Tears in My Eyes* lief, tanzte ich wieder mit Anton.

22

An einem Mittwoch in der großen Pause teilte mir Dani am Bäckerstand mit, ich sei eigentlich doch ganz in Ordnung und dürfe folglich am kommenden Samstag mit ihr ins *Zorba the Buddha* kommen. Ich müsse mir nur einen gefälschten Ausweis besorgen, da die Türsteherin streng das Alter kontrolliere. Unter achtzehn gehe da eigentlich gar nichts. Nun hatte ich eine Verabredung für den wichtigsten Tag der Woche, und sie galt bis auf Widerruf.

Beim ersten Mal war ich nervös. Nicht wegen des Tanzens, das hatte ich lange genug vor dem Spiegel geübt. Die Ausweiskontrolle ließ mich die ganze Nacht davor nicht schlafen. Aber schon bald entwickelte ich eine gewisse Virtuosität darin, an der Türsteherin vorbeizukommen.

Ich hab den Perso im Auto, behauptete ich. Denn das implizierte, dass ich auch einen Führerschein besaß.

Wenn das nicht zog, lieh Dani, die locker für achtzehn durchging, die Papiere irgendeiner Discobesucherin aus. Danach kam sie durch den Hinterausgang wieder hinaus auf die Straße und drückte sie mir in die Hand. Ich lernte die wichtigsten Eckdaten auswendig – vor allem Namen und Geburtsdatum –, dann schob ich das graue Büchlein mit betont genervtem Gesichtsausdruck der Türsteherin zu und behauptete, das Foto sei mir zwar nicht ähnlich, aber mit achtzehn habe ich eben so scheiße ausgesehen. Spätes-

tens bei diesem Kraftausdruck sah ich ihr direkt in die Augen, ohne zu blinzeln. Das wirkte immer.
Manchmal, wenn ich mich in den gläsernen Tischchen rund um die Tanzfläche spiegelte, sah ich einen ganz normalen Teenager.

Nach wenigen Monaten war das *Zorba the Buddha* zu meinem zweiten Zuhause geworden. Hier fühlte ich mich sicher. Wenn ich die Treppe in den Kellerraum hinunterstieg, war es, als glitte ich in den Bauch der Stadt, an einen Ort, an dem es laut war, dunkel und warm und an dem es keine Tageszeiten gab. Die Disco war die perfekte Verkleidung für mein Alleinsein. Wenn ich wollte, konnte ich hier den ganzen Abend verbringen, ohne mit einem Menschen zu sprechen. Ich konnte denken, an wen ich wollte. Aber keiner wäre auf die Idee gekommen, ich könne nicht dazugehören.
Außerdem war ich hier sicher vor Überraschungen. Außer Dani wusste keiner der anderen Gäste, dass meine Mutter mit einer Frau geschlafen hatte und dass ich mich von einem Jungen anfassen ließ, der die falschen Hosen trug. Nicht einmal Dani ahnte, wen ich vor Augen hatte, wenn eine raue Stimme davon sang, Liebe zu machen bis in die frühen Morgenstunden. Auch wenn die Nachmittage in Stefans Zimmer mir gefielen, sie warfen nicht genug ab, um daraus neue Träume zu machen. Oder nur sehr selten.
Die Sicherheit endete an einem Samstagabend im Frühling, als wie aus dem Nichts auf einmal Insa die Tanzfläche betrat. Genau genommen war es nicht Insa allein, sondern Insa mit einem gewaltigen Schwangerschaftsbauch. Sie badete in Blicken, duschte unter Musik, schloss die Augen, öffnete die Arme, drehte sich im Kreis. Dort, wo bis vor kurzem eine Taille gewesen sein musste, trug sie eine bunte

Schärpe, die ihren Zustand noch betonte. Die Bewegungen ihrer nylonglänzenden Beine wurden von den halbhohen Spiegeln an den Stehtischen rundherum vervielfacht.
Wie auf ein geheimes Zeichen stürmten irgendwann zwei Rotgekleidete mit wehenden Medaillonketten an Insas Seite. Was sie dort taten, sah für meine Begriffe eher nach dynamischer Meditation als nach Tanzen aus. Der Mann hüpfte breitbeinig und schlug dabei die Hände über dem Kopf zusammen wie ein Hampelmann, die Frau ging in die Hocke und wirbelte im Kreis, wozu sie ekstatisch ihren Kopf hin und her warf. Der Anblick war so grotesk, dass Insa in ihrer Mitte noch attraktiver wirkte.
Ich flüchtete in Richtung Klo, kam aber nicht weit. In dem kleinen Gang, in dem seit neuestem ein Kondomautomat an der Wand hing, stand Anton. Weißes Hemd auf gebräunter Haut, ein geprägter Silberreif am Handgelenk.
Hallola, sagte er. Er klang überrascht, und ich fragte mich, ob es an meinem Anblick lag oder daran, dass er sich noch an sein drei Jahre altes Wortspiel erinnerte.
Er fasste mich an den Schultern und drehte mich zum Licht, so wie man ein Schmuckstück zwischen den Fingern betrachtet. Dabei strahlte er mich an.
Mein Herz leistete Schwerarbeit. Ich besaß keinen Notfallplan dafür, wie eine solche Begegnung mit ihm hätte ablaufen können. Aber Anton hatte alles im Griff.
Mensch, sagte er, du siehst aus, als würde es dir richtig gut gehen. Bist ja ganz erwachsen geworden.
Er ließ seinen Blick über meine Satinbluse wandern, über den langen, engen Rock mit dem Schlitz, meine Beine in den weißen Netzstrümpfen, die pinkfarbenen Pumps an meinen Füßen.
Ich nickte stumm. Gleich würde er fragen, ob ich denn auch schon einen Freund hätte. Dann fiel mir ein, dass ich

keine Spange mehr trug, und ich öffnete leicht den Mund, um meine Zähne zu zeigen. Alles merken, dachte ich, tief einatmen, riechen, kein Wort vergessen. Jetzt. Jetzt. Jetzt.

Und deine Mutter, fragte er, auch alles klar so weit?

Ich zuckte die Achseln.

Na denn, sagte er und tätschelte beiläufig meine Oberarme, ich geh dann mal nach meiner Liebsten gucken.

Bis vor dem Bruchteil einer Sekunde hatte ich noch Hoffnung gehabt, dass Insa vielleicht mit einem anderen Mann hier war, oder zumindest nicht von Anton schwanger. Er zerbrach die Hoffnung unwissend, dabei aber schnell und geschickt, so wie man einem kleinen Tier den Hals umdreht.

Ich stürzte in die Toilette, schloss mich in eine Kabine ein und beugte mich über die Schüssel, aber es kam nichts. Nur meine Stirn wurde feucht. Aus der Kabine nebenan hörte ich eine Frau weinen.

Ich versteh's einfach nicht, schluchzte sie, letzte Woche sagt er noch, ich bin sein Zuhause, und jetzt das.

Bist du ganz sicher?, antwortete eine andere weibliche Stimme.

Ja, schluchzte die erste, ich hab die Tussi doch gesehen.

Einen Moment war Stille. Dann ging das Geheule wieder los. Scheiße, hörte ich, und nicht mal ein Taschentuch.

Ich griff in meine Jackentasche, zog ein Tempo heraus und schob es unter der Trennwand durch. Am Boden erschienen Finger mit abgekautem hellrosa Lack, griffen danach, und dann hörte ich ein herzhaftes Schnäuzen. Danke, sagte die Frau. In dem Augenblick hätte ich gerne eine Freundin gehabt.

Für den Rest des Abends gehorchten mir meine Beine nicht mehr. Sie fühlten sich an, als hätte man mir die Knochen mit Eisen ausgegossen. Dani ließ sich zu Bailey's an der Bar einladen, mit Milch, ohne Eis. Ich wusste, sie würde am Ende des Abends betrunken sein. Kunststück, sie musste ihre Getränke auch nicht selbst bezahlen. Ich schleppte meistens heimlich eine Cola von McDonald's durch die Hintertür ein. Am Rand eines Beckens, in dem fahle Palmen aus einer Hydrokultur hervorwuchsen, blieb ich sitzen. Ich rieb einen der lehmfarbenen Krümel zwischen meinen Fingern und starrte in die Richtung, in der ich Insa und Anton zuletzt gesehen hatte. Manchmal schwebte sein Kopf über der Menge der Tanzenden, zwei oder drei Mal sah ich Insa zur Toilette oder an die Bar gehen.

Irgendwann trug sie ihre Schuhe in der Hand. Ihre Beine waren jetzt nackt, blonde Härchen glänzten im Licht der Discokugel. Sie stellte die Schuhe auf einem der Stehtische ab, direkt neben einem Cocktailglas, in dem ein Rührstäbchen mit einer pinkfarbenen Plastikwolke obendrauf lehnte. Dann bahnte sie sich barfuß einen Weg in die Mitte der Tanzfläche zurück. Immer mehr Menschen drängten sich um sie herum, ein Tier mit tausend Augen, Händen, spitzen Absätzen. Ich verlor Insa aus den Augen und blieb schließlich allein in einem Geruchsnebel aus Schweiß, *Poison* und *Opium*.

Kurz vor Mitternacht setzte sich ein Junge neben mich. Er sah aus, als wäre er noch keine zwanzig, hatte Pickel und einen fast kahl geschorenen Kopf. Schon als er mich aus glasigen Augen anblickte, wusste ich, was als Nächstes kommen würde. Tu es la plus belle ici, lallte er, und ich stand wortlos auf. Ein Gallier. Mit französischen Soldaten aus der Vauban-Kaserne ließ man sich nicht ein. Das taten nur die ganz hoffnungslosen Fälle. Mädchen wie Sonja Tröndle.

Um kurz vor halb eins stellte ich mich an der Garderobe an. Zehn Minuten später fuhren die letzten Busse vom

Bertholdsbrunnen ab, und entsprechend groß war das Gedränge. Ich spürte Ellenbogen in meinem Bauch, Atem an meinem Hals, Knochen an meinen Knochen.
Und eine Hand, die sich in den Schlitz meines Rockes schob und mit sicherem Griff mein rechtes Bein hochfuhr. Eine kalte, feuchte Hand in einem heißen Raum.
Ich glaubte nicht daran. Es konnte nicht sein. Es war ein Versehen, eine unabsichtliche Berührung in der Menge.
Die Hand fuhr unter den Bund meiner Strumpfhose. Ich versuchte, einen Schritt nach vorne zu gehen. Mein Vordermann sah mich wütend über die Schulter an. He, kann'sch net aufpasse?
Ein eisiger Finger schob sich zwischen meine Pobacken. Ich legte der Garderobenfrau meine Marke hin und bekam meine Jeansjacke.
Die Hand verschwand, als wäre sie nie da gewesen.
Ich drängte mich seitlich aus der Menge heraus. Zwei Männer standen jetzt direkt an der Theke und hielten ihre Garderobenmarken in den ausgestreckten Händen. Der eine hatte halblange graue Haare, die ihm ins Gesicht hingen. Der andere war jünger, vielleicht Ende zwanzig. Klein und gedrungen, in einem Lederblouson mit ausgeleierten Stoffbündchen.
Ich lief zu Fuß nach Hause, so, als könnte die feuchte Frühlingsluft alles abwaschen, die ekelhafte Berührung genauso wie die Bilder von Insa und Anton. Die beleuchteten Schaufenster um mich herum schienen unwirklich, wie verlassene Wohnungen und vollgestopfte Wandschränke, in denen jemand Festbeleuchtung angeknipst hatte. Eine Weile blieb ich vor einem Küchenstudio in der Wallstraße stehen.
Direkt vor unserem Haus parkte der rote Golf. Als ich mich auf die Motorhaube setzte, merkte ich, dass er noch

warm war. Auf der anderen Straßenseite stieg jemand in einen Renault und machte das Radio an, ehe er den Motor anließ. Er suchte lange nach einem Sender, und ich hörte mehrmals das sphärische Gedudel, wenn der Knopf des Radios bis zum Anschlag gedreht wurde.

Während ich auf der Motorhaube saß und den Zufallsmelodien lauschte, explodierte eine Kernplatte in Block vier eines russischen Atomkraftwerkes. Es war der schwerste Unfall in der Geschichte der zivilen Nutzung der Atomenergie.

Später in der Nacht hörte ich von meinem Bett aus, wie die Wohnungstür ins Schloss fiel. Am Morgen war der rote Golf verschwunden. Meine Mutter saß am Küchentisch und rauchte eine von Helgas *Marlboro 100*.

23

DREI TAGE NACH DEM UNFALL von Tschernobyl kam die Nachricht in der deutschen *Tagessschau* an. Noch einen Tag später hatte ich einen Termin zur Aknebehandlung bei Helga. Schon mehrmals hatte sie mir eine kostenlose Sitzung vorgeschlagen, wenn ich meine Wangen wieder mit einer dicken Schicht Abdeckstift überspachtelt hatte. Diesmal hatte meine Mutter mich einfach mit angemeldet.

Seitdem sie mit Helga befreundet war, pflegte sie ihre Haut, als wäre diese ein anspruchsvolles Haustier. Vielleicht lockte sie der Freundschaftspreis, vielleicht versetzte ihr bevorstehender einundvierzigster Geburtstag sie in Panik. Vielleicht wollte sie auch dem Fahrer des roten Golfs gefallen. Neulich hatte ich sie zum ersten Mal direkt nach ihm gefragt, aber sie hatte abgewinkt: Gib mir noch ein bisschen Zeit, ja?

Helga war zu einem späten Sektfrühstück bei meiner Mutter gewesen, und ich fand zwei leere Gläser in der Spüle, als ich von der Schule nach Hause kam. Jetzt lenkte Helga ihr Auto mit der linken Hand, in der rechten hielt sie ihre Zigarette und gestikulierte.

Fünfzig Jahre keine Pilze mehr, empörte sie sich, bis dahin bin i net emol mehr am Lebe.

Meine Mutter saß auf dem Beifahrersitz und nestelte am Kassettenschlitz herum.

I weiß auch net, fuhr Helga fort, hab ja den ganze grüne

Quatsch immer für Panikmache g'halte, aber jetzt, wenn so ebbes passiert …
Sie zog das letzte Wort des Satzes lang, um klarzumachen, dass er keiner Fortsetzung bedurfte.
Aber das kannst du ja nicht mit der Situation hier vergleichen, sagte meine Mutter und spulte eine Kassette zurück, das ist ja in der Sowjetunion.
Zigarettenasche regnete auf die Gangschaltung.
Ach übrigens, sagte ich, ich hab den Anton gesehen. Am Samstag, im *Zorba*.
Im Innenspiegel konnte ich sehen, dass sich die beiden Frauen einen Blick zuwarfen.
Und, sagte meine Mutter schließlich, was erzählt er so, der Anton?
Sie zupfte eine imaginäre Fluse von ihrem Blusenärmel.
Na ja, sagte ich, wie man's nimmt.
Meine Mutter zupfte noch immer.
Insa ist schwanger, sagte ich.
Die Finger meiner Mutter erstarrten.
Sieht toll aus, so mit Bauch, fügte ich hinzu.
Wir schwiegen alle drei. Linkerhand kamen die Sportplätze, dann das Freibad. Durch das Frühlingslaub der Hecke konnte man eine hellblaue Rutsche erkennen, die in ein wasserloses Becken führte.
Insa, sagte Helga und zündete sich eine neue Zigarette an. Wer war jetzt noch emol die Insa?
Eine Freundin von mir. Das heißt, sie war es mal. Ist lange her.
Sag noch mal g'schwind …
Na, die mit der Problemtochter. Hab ich dir doch erzählt.
Ja halt emol, fragte Helga, und die isch jetzt schwanger?
Warum nicht?, fragte ich.
Ich mein ja nur, sagte Helga, wie alt isch die denn?

Wie ich, antwortete meine Mutter, so um die 40.
Helga sah meine Mutter von der Seite an, die Falten neben ihren Mundwinkeln, die Fingerspitzen, die sich jetzt wieder in den Stoff der Bluse festkrallten, als suchten sie Halt.
E Vierzigjährige mit em Baby, sagte Helga schließlich, na, dann herzlichen Gruß ans Bindeg'webe.
Die Mundwinkel meiner Mutter hoben sich.
I mein, sagte Helga und setzte den Blinker, du sollt'sch des mal sehe, so e Bauchdecke in dem Alter nach einer Geburt. Kein schöner Anblick. Sieht aus, als hätt jemand e Stückle Stoff g'nomme und wild e Faden durchgezoge.
Meine Mutter lächelte versonnen.
Helga parkte vor einem zweistöckigen Haus unter der Felswand mit dem grünen Steinschlag-Drahtnetz. An der Fassade war ein rosa Schild angebracht, auf dem in einer imitierten Schreibschrift *Beautiful Day* stand.
Weiß nicht, sagte ich, also, die Insa sah auf jeden Fall super aus.
Meine Mutter ließ mit einem lauten Klack den Kassettenrekorder aufspringen. Helga zog die Handbremse an.
Als ich gerade auf der Rückbank vorrutschte, um auszusteigen, ließ meine Mutter die Lehne zurückschnappen. Die Kopfstütze prallte gegen meine Stirn.
Ach Gottle, sagte Helga.
Entschuldigung, sagte meine Mutter, war gerade in Gedanken.

Zehn Minuten später lag ich ausgestreckt auf einem türkisfarbenen Plastikbezug, der nach warmem Kunststoff roch und mich an meine Besuche beim Kieferorthopäden erinnerte. Ich hatte die Augen halb geschlossen, und Helga, die jetzt einen weißen Kittel trug wie eine Krankenschwester, hatte ein Gebläse auf mein Gesicht gerichtet.

Der Dampf war so dicht, dass er sich beinahe flüssig anfühlte. Ozon, sagte sie, des öffnet die Poren und bereitet die Haut auf die B'handlung vor.
Im Sessel neben mir lag meine Mutter. Wenn ich den Kopf in ihre Richtung drehte, konnte ich ihren Atem riechen. Mit den Wattepads auf den Augenlidern sah sie aus wie ein verkaterter Rockstar. Eigentlich gar nicht so übel.
Helga klopfte mit der flachen Hand leicht gegen mein Kinn.
Oha, sagte sie, da musch' aufpasse.
Wie, fragte ich, was aufpassen?
Du hasch' e Neigung zum Doppelkinn, sagte sie sachlich, aber des weischt du ja wohl selbscht.
Durch halb geschlossene Augenlider beobachtete ich, wie sie zu einer Regalwand mit Schubladen und Ablageflächen ging. Sie hantierte mit einem Spachtel und einer Paste in einer hellblauen Plastikschüssel. Im Radio las ein Sprecher die Nachrichten. Regentropfen prasselten gegen die Scheibe.
Ich sag dir eins, Helga, hörte ich meine Mutter sagen, ich bin froh, dass ich heute nicht mehr jung sein muss.
Helga beugte sich über den Behandlungsstuhl meiner Mutter und verteilte die cremige Paste in ihrem Gesicht.
Fünfzig Jahre keine Pilze, echote sie.
Aaah, sagte meine Mutter und seufzte, gut!
Ich hörte, wie Helga die Plastikschüssel abstellte. Sie schob das Gebläse über meinem Gesicht zur Seite. Zwei spitze Fingernägel berührten mein Kinn, dazwischen ein Kleenextuch.
Des könnt jetzt e wengele wehtun, sagte sie zu mir.
Horrornachrichten, wohin man auch schaut, sagte meine Mutter.
Helga drückte zu. Sofort schossen mir die Tränen in die Augen.
Nach einer neuen Studie im Auftrag des Bundesgesund-

heitsministeriums ist unter bestimmten Umständen auch eine Übertragung durch den Speichel möglich, hörte ich den Radiosprecher im Hintergrund. Ministerin Rita Süssmuth erklärte ...
Und das sowieso, sagte meine Mutter. Diese furchtbare Krankheit. Als hätten wir nicht früher genügend Angst gehabt, schwanger zu werden.
Helgas Kleenexfinger arbeiteten sich zu meiner rechten Wange hoch. Es fühlte sich an, als zöge sie mir zentimeterweise die Haut ab.
Aids, sagte sie, des isch's Grab.
Sie nahm ein frisches Kleenex und tupfte mir die Tränen trocken.
Die armen jungen Mädchen, sagte meine Mutter düster. Die lernen es ja gar nicht mehr anders kennen.
Ich hatte gedacht, die Wange wäre das Schlimmste. Aber jetzt waren Helgas spitze Nägel zwischen Augenbraue und Nasenwurzel angekommen. Sie drückte und wischte, konzentriert und rhythmisch wie eine Maschine.
Und was isch eigentlich mit ihr hier, sagte sie in Richtung meiner Mutter, wart ihr schon emol zusamme beim Frauenarzt?
Ich hörte meine Mutter lachen. Was, Lolli und ich?
Ja halt emol, sagte Helga und nahm sich eine Stelle über meiner Oberlippe vor. Du hasch' doch auch scho' e Freund, oder?
Ich konnte nicht antworten.
Ach ja, sagte meine Mutter. Der Stefan.
Sie lachte. Nach einer kurzen Pause lachte Helga mit.
So, sagte sie schließlich, jetzt mach i dir gleich noch e schönes Tages-Makeup, dann sieh'sch du aus wie neu.

Um halb fünf traf ich mich mit Stefan unter den Arkaden vor *Männer Moden Müller*.
Lolli, sagte er und starrte mich an, wie siehst du denn aus, hast du geweint?
Ich warf einen Blick in die Schaufensterscheibe. Die Nachwirkungen von Helgas Behandlung waren noch schlimmer, als sie sich anfühlten. Meine Augen waren klein und gerötet, mein Gesicht von roten Flecken übersät und geschwollen.
Nein, sagte ich, es ist nur …
Er nahm mich in den Arm und drückte mich an sich. Ich spürte, dass er sich in der Beschützerpose gefiel.
Ich weiß, sagte er, ich weiß. Es sind furchtbare Nachrichten.
Es begann wieder zu regnen. Und der Regen, so hatten Experten in Sondersendungen betont, war möglicherweise akut radioaktiv belastet.
Ganz Freiburg drängelte sich an diesem Nachmittag unter den Arkaden zusammen, die Punks und die Burschenschaftler, die Junglehrer mit ihren Fahrradklammern an den Hosenbeinen, die Boutiquenbesitzerinnen aus der Rathausgasse mit ihren rosa und hellblauen Strähnchen im Haar, die Nonnen aus dem Lioba-Kloster und die Studenten in ihren indischen Baumwollhemden. Ich sah zu, wie die Tropfen in den Pfützen auftrafen und Ringe bildeten. Stefan umarmte mich von hinten.
Wie gut, sagte er, wie gut, dass wir uns haben.
Nach dem Regen ging ich mit zu ihm. Mein Gesicht sah beinahe wieder normal aus. Aber das Spritzwasser aus den Pfützen hatte meine weiße Hose bis zu den Knien beschmutzt, und er bestand darauf, dass ich sie auszog.
Es war nur zu meinem Besten.

24

Anfang September erschien in der bedeutendsten deutschen Wochenzeitung eine ganzseitige Rezension des Romans *Vaterhaus*. Unter der Überschrift *Im Namen des Vaters* rief der Feuilletonchef den Autor Anton Olbricht zum Hoffnungsträger der jungen deutschen Literatur aus. Er nannte das Buch eine längst fällige Abrechnung mit dem ganz persönlichen Terror der NS-Zeit, in der die Durchdringung von Privatem und Politischem auf weit poetischere Weise sichtbar gemacht werde als in vergleichbaren Werken der so genannten Väterliteratur. Der renommierte Frankfurter Verlag, in dem das Buch erschienen sei, habe sich mit Olbricht einen Autor gesichert, an dem in den nächsten Jahren kein Literaturinteressent mehr vorbeikommen werde.
Wovon die Geschichte erzählte, wurde eher beiläufig erwähnt. Es ging um einen Ingenieur und Kaufmann, der während der NS-Zeit mit dem Bau von Kläranlagen zu Reichtum gekommen war. Dabei hatte er sich dank seiner guten Beziehungen zum örtlichen Gauleiter nicht nur die Villa einer enteigneten jüdischen Familie unter den Nagel gerissen, seine Nazi-Seilschaften hatten ihm auch nach dem Krieg Vorteile verschafft. Erzählt wurde aus der Perspektive des Sohnes, der an einer Stoffwechselkrankheit litt. Der Rezensent schwärmte von der ebenso drastischen wie poetischen Metaphorik der Kläranlagen-Kapitel, einer

ganz eigenen Bildersprache, die körperliche und gesellschaftliche Vorgänge auf eine Ebene bringe, wie es noch kaum ein Autor vor Olbricht geschafft habe.
Ein Buch über braune Kacke, sagte meine Mutter, wenn das die Rettung des Abendlandes ist, dann gute Nacht.
Ein paar Tage später hatte die Buchhandlung *Rombach* einen Extra-Verkaufstisch eingerichtet, gleich links neben dem Eingang, auf dem in großen Stapeln Antons Buch lag. Auf dem Titel war ein vergilbtes Foto zu sehen, ein Mann in Wehrmachtsuniform hinter einem Chefschreibtisch.
Am folgenden Wochenende griff die *Badenpost* das Thema auf. Als ich beim Frühstück die Kulturseite aufschlug, blickte mir Anton von einem Schwarzweißfoto entgegen. Er hatte eine Hand gegen eine Säule gelehnt, und ich erkannte das Vordach und die schmiedeeiserne Lampe über ihm sofort. Seine Augen waren auf einen Punkt in der Ferne gerichtet, weit hinter dem Fotografen.
Politisch und poetisch: der Freiburger Autor Anton Olbricht lautete die Bildunterschrift.
Neben einer Besprechung (*Olbrichts esoterische Naturromantik hat einer klaren, von eigenwilligem politischem Denken durchdrungenen Erzählhaltung Platz gemacht*) stand ein einspaltiges Interview unter der Überschrift *Vom Sohn zum Vater*. Darin erklärte Anton, seit der Geburt des kleinen Adrian hätten sich seine persönlichen Parameter stark verschoben. Heute sehe er als Vater eines Sohnes einiges anders als zur Entstehungszeit des Romans, als ihm die eigene Elternperspektive noch gefehlt habe. Dennoch stehe er zu seinem konsequenten Gestus. Der Nationalsozialismus sei möglicherweise psychoanalytisch erklärbar, entschuldbar aber nicht. Kunst ohne Haltung sei keine Kunst, da sehe er sich in der Tradition eines Heinrich Mann oder Heinrich Böll. Er wurde mit dem Satz *Es gibt*

kein richtiges Leben im falschen zitiert, der mich schwer beeindruckte. So etwas Ähnliches hatte Anton schon einmal gesagt, in jenem Erwachsenengespräch über Selbstmord, damals am Schluchsee.
Klugscheißer, sagte meine Mutter, tut wieder so, als hätte er sich die Formulierung selber ausgedacht. Ich wusste nicht, ob sie Anton meinte oder die Journalisten. Einige Zeit später bemerkte ich, dass sie den Boden unseres Pappkartons für Altpapier mit der Zeitungsseite ausgelegt hatte.

Die Buchpräsentation fand Anfang Oktober in einer Villa auf dem Lorettoberg statt. Sie gehörte einem alten Schulfreund des Verlegers. Nur hauseigene Autoren durften dort lesen, und die *Badenpost* bezeichnete den Ort liebevoll-spöttisch als *Badischen Elfenbeinturm*. Hinter dem schmiedeeisernen Tor lag ein Kiesweg, der an den Seiten von immergrünen Büschen gesäumt war. Eine Freitreppe führte zum Hauseingang, und rechts und links auf den Stufen standen acht gleich große, akkurat geschnittene Buchsbäume in Terrakottatöpfen. Beim Näherkommen stieg mir der Geruch nasser Herbstblätter in die Nase. In dieser Umgebung wirkte er wie ein kostbares Parfüm.
Betrat man die Villa, merkte man schnell, dass kein Gegenstand in ihrem Inneren einfach nur seinen Zweck erfüllte. Der Handlauf der Treppe stellte den Leib eines geflügelten Drachen dar, die Standuhren neben dem Lesepodium waren zugleich Stützen für Skulpturen antiker Götter, die Teppiche allegorische Darstellungen, und die Stuckkante trug einen Stuckkorb mit Stuckäpfeln. Die Stühle für den Autor, seinen Lektor und die Kulturredakteurin der *Badenpost* sahen aus wie zierliche, goldene Throne. An den handgeschriebenen Namensschildern auf dem Tischchen davor konnte man ablesen, wer wo sitzen würde: Anton

Olbricht in der Mitte, links von ihm Norbert Freygang, rechts Anneliese Bongers-Weidenbach, den Zeitungslesern unter ihrem Kürzel bow bekannt.
Nur die schwarzen Ikea-Klappstühle in den hinteren Reihen störten das Bild ein wenig. Aber der Andrang war so groß, dass sich die Besucher schon eine halbe Stunde vor Lesungsbeginn auf dem Treppenabsatz vor dem Saal stauten und ihren 84er Merdinger Bühl im Stehen trinken mussten. Stefan und ich hatten unsere Eintrittskarten bereits vor zwei Wochen bei *Rombach* gekauft, deswegen wies man uns zwei gepolsterte Stühle mit geflochtenen Lehnen zu.
In der ersten Reihe, ganz links außen, saß Insa und stillte ihr Kind. Es lag in einem rot-violett gestreiften Tragetuch, das Insa sich quer über den Oberkörper geschlungen hatte, und sein Köpfchen ragte aus ihrer Armbeuge hervor. Wenn sie es schaukelte, wippten die Fledermausärmel ihres Kleides mit. Je ruhiger es im Saal wurde, desto deutlicher konnte man das Schmatzen und Stöhnen des Babys hören.
Ist jetzt mal Schluss mit der Raubtierfütterung, flüsterte Stefan.
Ich stieß ihn mit dem Ellenbogen an. Nicht, sagte ich, das ist doch die Frau vom Olbricht.
Insa neigte hoheitsvoll den Kopf, die blonden Haare fielen nach vorne. Das gedämpfte Licht zeichnete die Erhebungen ihrer Halswirbelsäule nach. Dann drehte sie sich halb um. Dabei schien dem Kind die Brustwarze aus dem Mund zu rutschen, auf jeden Fall fing es ohne Vorwarnung an zu schreien. Schnell wandte Insa sich wieder dem Säugling zu und flüsterte auf ihn ein.
Als Anton durch den Mittelgang kam, sein Buch genauso an die Brust geschmiegt wie Insa in der ersten Reihe seinen Sohn, entstand plötzlich Bewegung an der Tür.

Mann, Alter, hörte ich eine Mädchenstimme, jetzt mach hier nicht so eine Welle.
Stuhlbeine quietschten synchron, als sich die Zuhörer in den hinteren Reihen umwandten. An der Tür stand Fee. Ein älterer Herr mit einem Namensschild am Revers hatte sie mit zwei Fingern am Ärmel ihres bodenlangen schwarzen Stoffmantels gepackt, und sie fuchtelte mit dem Arm, um sich seinem Griff zu entwinden. Der Mann hatte ein paar spärliche graue Haare über seine Glatze gekämmt, was einen seltsamen Kontrast zu Fees Frisur ergab, falls man dabei überhaupt von Frisur reden konnte. Ihre Haare waren bis auf ein paar Millimeter abrasiert, ihre Kopfhaut schimmerte hindurch, und die Silberringe in ihrer Ohrmuschel hatten sich sprunghaft vermehrt.
Und dieses Viech, der ältere Herr deutete auf Fees Manteltasche, kommt mir schon gleich gar nicht hier rein.
Ihre Tasche beulte sich aus und zuckte. Mann, sagte Fee noch einmal. Der Stoff machte ein reißendes Geräusch, als sie dem Ordner ihren Ärmel entzog. Dann war auch schon Anton bei ihr.
Mensch, sagte er, Mensch, Fee. Dass du daran gedacht hast. Er strahlte sie an und legte den Arm um sie.
Sie ließ die Umarmung geschehen, dann machte sie sich los und boxte ihn freundschaftlich gegen die Brust.
Kannst dich wieder einkriegen, sagte sie, wollte nur kurz Hallo sagen. Aber das Durchschnittsalter hier ist mir ein bisschen hoch.
Sie blickte erst Anton an, danach den Platzanweiser. Zum Schluss wandte sie den Kopf in Richtung ihrer Mutter. Ein schöner Kopf, wie von einem Künstler modelliert; ein Kinderkopf mit alten Augen. Aber Insa schien gar nicht mitbekommen zu haben, dass Fee gekommen war. Sie schaukelte ihr Baby und beruhigte es mit gurrenden Lauten.

Auch sonst hatte sich auf den vorderen Plätzen niemand umgewandt.
Schließlich hob Fee lässig eine Hand, grüßte in eine unbestimmte Richtung und drehte sich um. Ihre Springerstiefel hinterließen Abdrücke in dem weichen Teppich.
Noch einmal quietschten die Stühle, jetzt ein wenig zeitversetzt, als die Zuschauer in den hinteren Reihen sich wieder der Bühne zuwandten. Während Anton seinen Platz einnahm, standen noch zwei Menschen in der ersten Reihe auf und folgten ihm auf die Bühne. Anneliese Bongers-Weidenbach sprach ein paar einführende Worte zu Antons Werdegang und dem sensationellen Erfolg seines Buches. Jedes Mal, wenn sie den Kopf zu ihrem Redemanuskript senkte und wieder hob, wippten die graublonden Haare auf ihrem Kopf träge nach.
Danach begann Anton ohne weitere Vorrede zu lesen. Er saß breitbeinig an der Stuhlkante, die Ellenbogen lässig auf den Knien aufgestützt, und sein schwarzes Jackett öffnete sich über einem weißen T-Shirt. Im Raum war es still, nur ab und an schnäuzte sich jemand.
Ich wusste, dass es in seiner Geschichte wieder nicht um mich gehen würde, nicht um meine Mutter, nicht einmal um Insa. Trotzdem folgte ich jedem seiner Sätze mit Herzklopfen. Als er zwischendurch innehielt, eine Zigarette aus einem Päckchen in der Brusttasche klopfte und anzündete, atmete ich auf. Solange er rauchte, war ich in Sicherheit. Doch dann ließ er kurz seinen Blick über die Stuhlreihen schweifen, und ich bekam es wieder mit der Angst zu tun. Ich wollte in seiner Nähe sein; aber ich wollte nicht, dass er wusste, wie sehr ich es wollte. Ich beobachtete Stefan im Profil, die Aknenarben an seinen Wangen. Er wippte leicht auf seinem Stuhl, und es sah aus, als würde er zu jedem von Antons Worten mit dem Kopf nicken.

Aber das konnte auch an der Bewegung seines Oberkörpers liegen.
Der Applaus nach der Lesung fiel höflich, aber nicht allzu lang aus. Jetzt war Norbert Freygang an der Reihe. In seinem Norwegerpullover sah der Lektor von allen Anwesenden am ehesten so aus, als hätte er auch schon vor zweieinhalb Jahren bei der Lesung in der *Stechpalme* dabei sein können. Als aus dem Publikum keine Fragen kamen, machte er selbst den Anfang, erkundigte sich nach einer Passage über Terrorismus, lobte die erstaunliche Rollenprosa des Protagonisten und wollte wissen, was Anton dazu bewogen habe, von der durchgehenden Kleinschreibung früherer Texte abzurücken. Schließlich meldete sich ein älterer Herr mit einer schlecht entspiegelten Brille, und ich erkannte den Mitbewohner – oder Lebensgefährten? – meines Deutschlehrers.
Nun, sagte er und knetete seine behaarten Hände, ich sehe ja insgesamt drei große Unterschiede zu den klassischen Vater-Sohn-Geschichten, die man vor allem aus der russischen Literatur kennt. Dann hielt er einen längeren Vortrag, und ich wartete immer noch auf eine Frage. Aber der Brillenträger fuhr fort, Anton dessen Buch zu erklären.
Die ersten Zuhörer wurden unruhig, aus Richtung der Tür klang Gläserklirren, und Norbert Freygang sprach ein lang gezogenes Jaaa, so als wollte er damit das Ende des offiziellen Teils einleiten. Dann hob er den Blick und deutete in den Zuschauerraum. Oh, sagte er, ich sehe, da ist doch noch eine weitere Frage aus dem Publikum.
Ja, kam es von irgendwo aus der Mitte, die habe ich tatsächlich. Ich wüsste gern, was davon eigentlich autobiographisch ist.
Wieder wandten sich Köpfe. Ich musste mich nicht umdrehen. Ich hatte Rosalies Kinderstimme gleich erkannt.

Einige Zuhörer seufzten ungehalten. Eine ganze Weile sagte Anton nichts. Er sank ein wenig in sich zusammen, die Ellenbogen noch immer auf den Knien und stützte seine Stirn mit den Daumen ab. Schließlich schüttelte er leicht den Kopf.

Sein Lektor kam ihm zu Hilfe.

Das ist eine berechtigte Frage, sekundierte Norbert Freygang, aber ich glaube, sie führt uns hier nicht weiter, wenigstens nicht in literarischen Kategorien.

Die interessieren mich auch nicht besonders.

Anton hob den Kopf. Er sah gequält aus. Ja, sagte er schließlich leise, natürlich ist da die eine oder andere Erfahrung mit eingeflossen, man lebt ja schließlich nicht im luftleeren Raum.

So, was denn zum Beispiel?

Über Antons Nasenwurzel zeichnete sich eine steile Falte ab.

So eine persönliche Frage, begann er.

Genau im gleichen Augenblick begann Adrian zu schreien und schnitt seinem Vater das Wort ab. Ich fragte mich, was Insa mit dem Kind gemacht hatte. Die ganze Zeit war der Kleine so still gewesen, dass ich beinahe vergessen hatte, dass er da war. Jetzt war das Gebrüll ohrenbetäubend. Anton hob bedauernd die Schultern. Und dann standen auch schon die ersten Zuschauer auf, die nicht mehr länger auf ein neues Viertele Merdinger Bühl warten wollten. Auf dem Weg nach unten beobachtete ich noch, wie Rosalie mit einem Mann auf der Treppe stand, leise mit ihm redete und dabei immer wieder gehetzt aufblickte. Der Mann nickte und notierte etwas in einen Block. Ihn sah ich später noch am Getränkestand stehen. Rosalie aber war verschwunden.

Zwei Tage später erschien die *Badenpost* mit der Schlagzeile *Kanzler vergleicht Gorbatschow mit Goebbels*, und im Lokalteil stand ein Bericht über Anton unter der Überschrift *Himmelschreiende Selbstgerechtigkeit*. Die Galeristin Rosalie Sauer (34) warf dem Erfolgsautor Anton Olbricht (41) vor, auf perfide Weise selbst mit den Gräueln des Dritten Reiches Geld zu verdienen. Wie sie zuverlässig wisse, sei *Vaterhaus* bis ins Detail autobiographisch, und bei dem geschilderten Vater handle es sich um niemand anderen als Wilhelm Olbricht, der in den 50er Jahren eine gewisse Berühmtheit als Kläranlagen-King von Südbaden erreicht und dem örtlichen Rotary-Club vorgesessen habe. Es sei nur dem beträchtlichen Erbe seines Vaters inklusive jener Villa zu verdanken, dass Anton jahrelang als erfolgloser Autor auf großem Fuß gelebt, dabei aber gleichzeitig geregelte Arbeit bei seinen Freunden als unmoralisch gegeißelt habe.
In dem Artikel wurden noch ein ehemaliger zweiter Bürgermeister und der Vorsitzende der örtlichen IHK zitiert, die Wilhelm Olbricht als *ehrenwerten Kaufmann* beschrieben und seine *so genannten politischen Verstrickungen* während der *düstersten Zeit deutscher Geschichte* als *bedauerlich, aber leider unumgänglich* beurteilten. Aus heutiger Sicht ein solches Urteil zu sprechen, stehe der Galeristin nicht zu. Bei allem Respekt für ihren eigenen verstorbenen Vater, den geschätzten Chirurgiechef Dr. Sauer.
Der so gescholtene Autor und seine Lebensgefährtin, schrieb der Redakteur, seien für eine Stellungnahme nicht zu erreichen gewesen. Deshalb müsse auch ein weiterer Vorwurf der Galeristin unkommentiert bleiben.
Olbricht, behauptete Rosalie, heiße in Wirklichkeit auch überhaupt nicht Anton. Am 20. April 1945 sei er ins Freiburger Standesamtsregister eingetragen worden unter dem Nachnamen Olbricht und dem Vornamen Adolf.

25

In diesem Herbst sah es dann doch noch so aus, als würden sich die düsteren Prognosen über den Zustand der Welt endlich bewahrheiten. Zumindest, wenn man die Welt von Freiburg aus betrachtete. Zwar verhielten sich die Supermächte relativ friedlich, im Reich des Bösen regierten Glasnost und Perestroika, und Ronald Reagan legte sein Weltraumbewaffnungsprogramm SDI auf Eis. Dafür hielt sich die Umwelt ziemlich genau an das vorgegebene Zerstörungs-Szenario. Und das, obwohl in Freiburg kein Joghurtbecher mehr unabgewaschen in der Tonne landete und Kleinkinder ratlos mit Bananenschalen vor den verschiedenfarbigen Eimern im Schwimmbad standen, weil sie noch nicht lesen konnten, in welchen davon nasser Bio-Hausmüll gehörte.

Sechs Monate nach dem Reaktorunglück von Tschernobyl brannte eine Farbenfabrik des Schweizer Chemiekonzerns Sandoz, und gemeinsam mit dem Löschwasser gelangten hochgiftige Chemikalien in den Rhein. 150 000 tote Aale, so schrieben es die Zeitungen, wurden in den folgenden Tagen auf dem Flussabschnitt bis Karlsruhe aus dem Wasser gezogen. Andere Tiere starben noch Monate später.

Manchmal fragte ich mich, was eigentlich aus den Selbstmordplänen jener Leute geworden war, die drei Jahre zuvor noch die Vor- und Nachteile von Zyankali erörtert hatten. Möglich, dass es ihnen ging wie mir. Dass sie mit dem Gleichmut von Langzeitüberlebenden die Ereignisse registrierten und einfach zu erschöpft waren, um Angst zu haben. So, als hätte jeder nur ein bestimmtes Kontingent davon und als wäre das in den Erregungen früherer Jahre schon lange aufgebraucht worden. Vielleicht waren sie auch einfach zu sehr mit neuen, ganz privaten Befürchtungen beschäftigt. Die Wartezimmer der Hausärzte und der neu gegründeten Aids-Hilfe Freiburg waren voll mit in die Jahre gekommenen Pferdeschwanzträgern und Batikkleid-Frauen. Wenigstens eine Bedrohung, vor der ich mich sicher fühlen konnte. Um es mit Helmut Kohl zu sagen: Ich profitierte von der Gnade der späten Geburt.

Drei Tage nach dem Chemieunfall in Basel lagen Flyer quer über dem Schulhof verteilt, und der Hausmeister harkte sie grimmig mit den nassen Blättern der Kastanienbäume zusammen, wo sie sich auf Haufen kringelten wie feuchtes Schulklopapier. Die Demonstration war für ein paar Tage später angesetzt und sollte mit einer Auftaktkundgebung auf dem Rathausplatz beginnen. Ich wusste nicht, was ich anziehen sollte. Mit bunter Cordhose und Satinbluse hätte ich mich fehl am Platz gefühlt. Schließlich entdeckte ich eine schwarzweiß gemusterte Leggins und einen langen braunen Pullover in der hinteren Ecke meines Schrankes und war froh, dass ich beides bei der letzten Altkleidersammlung übersehen hatte.
Es war ein schöner Spätherbstnachmittag, windig und sonnig, und das Licht wurde durch gelbe Blätter gefiltert. Stefan und ich hielten uns etwas abseits von den Demonstranten. Wir standen näher an den weißbehelmten Polizisten, die sich vor der Statue von Berthold Schwarz postiert hatten und sich halblaut über Vor- und Nachteile des neuen Dreier-BMW unterhielten.

Einerseits fühlte ich mich verpflichtet, hier zu sein. Andererseits hatte ich Angst, jemand aus meiner Klasse könnte mich entdecken. Stefan hingegen wollte wahrscheinlich nicht mit seiner Mutter gesehen werden. Schon auf der Fahrt in der Straßenbahn hatte er sich von ihr weggesetzt. Ich konnte ihn gut verstehen. Frau Eberlein trug ein Sweatshirt, auf dessen Brust sie mit großen roten Buchstaben den Satz *Erst sterben die Fische, und dann ...?* geschrieben hatte. Noch schlimmer war die Rückseite, ein weinender Fisch, der dem Aufkleber mit dem christlichen Symbol auf dem Kofferraum ihres Passat Kombi glich. Jetzt stand sie ganz nah an der Rednertribüne neben dem Rathauseingang.
Ich entdeckte nur wenige bekannte Gesichter in der Menge. Ein paar Schüler aus der 10 a waren da, mit Palästinensertüchern um den Hals, an deren Zipfeln der Wind zerrte. Neben Frau Eberlein erkannte ich eine Frau, die damals auch bei der Menschenkette dabei gewesen war. Nele oder Geli. Ich konnte mich nicht erinnern, wie die Kleinere von beiden geheißen hatte.
Zwei Trommler auf der Tribüne bearbeiteten langsam und dumpf ihre Instrumente, davor stand ein Mann und schüttelte seine Rastalocken. Ich hatte ihn schon ein paar Mal im *Zorba the Buddha* gesehen. Er tanzte weniger, als dass er heftig mit dem Kopf wippte und dabei die Umstehenden in eine Geruchswolke von ranzigem Fett und Rauch hüllte. Beschwerte man sich, wenn man eines seiner verfilzten Zöpfchen ins Gesicht bekam, blickte er langsam auf, hob seine rechte Hand und sagte: Peace. Peace.
Schließlich standen die Trommler auf, schlurften von der Bühne und machten dem Vorsitzenden des Naturschutzverbandes Oberrhein e.V. Platz. Der Rastamann wippte unverdrossen weiter. Ich griff nach Stefans Hand. Er drückte sie

einmal kurz, ließ sie aber sofort wieder los. Ich blickte ihn verwundert an, aber er lauschte gebannt der Rede. Jedenfalls tat er so. Immerhin war der Naturschützer der Erste, der sich tatsächlich auf den Basler Chemieunfall bezog. Davor hatte eine Grauhaarige von den *Frauen Für Den Frieden* gesprochen, und ich hatte vergeblich darauf gewartet, dass sie den Bogen zu Sandoz schlagen würde. Aber sie hatte es nicht einmal versucht. Stattdessen hatte sie einen Vortrag darüber gehalten, dass der Unfrieden zwischen den Geschlechtern den bedrohten Weltfrieden bedingte.
Jetzt entstand an mehreren Stellen Unruhe in der Menge. Auch das Parallelklassengrüppchen war in Bewegung gekommen. Die Mädchen traten von einem Fuß auf den anderen und begannen schließlich zu hüpfen, als wäre ihnen kalt; die Jungen zeigten sich gegenseitig den Inhalt ihrer Armeerucksäcke, doch ich konnte nicht erkennen, was darin war. Als schließlich noch zwei ältere Herren auf die Bühne traten, die sich als katholischer Priester und evangelischer Pfarrer vorstellten und zweisprachig abwechselnd das Schöpfungsgebet eines nicaraguanischen Volksdichters vorlasen, war es mit der Aufmerksamkeit endgültig vorbei. Mehrere Kleingruppen machten sich bereits auf den Weg in Richtung Kaiser-Joseph-Straße. Einige entrollten Transparente, und gemeinsam begannen sie, etwas zu skandieren, das ich zuerst nicht verstand.
Haut die …? Die Worte Sandoz oder Chemie kamen jedenfalls nicht darin vor.
Das ist doch scheiße, sagte Stefan, als ob's darum geht.
Wieso, sagte ich, was meinst du denn?
Er starrte mich an, als hätte ich ihm gerade erklärt, wie sympathisch mir Bildungsminister Gerhard Mayer-Vorfelder war.
Spinnst du jetzt, oder was?, fragte er.

Ich zuckte die Achseln und war beinahe froh, als Stefan sich grußlos abwandte und in die Menge abtauchte, winkend und plötzlich lächelnd. Alles war angenehmer als neben ihm zu stehen, unsere Hände zwischen uns hängend wie totes Geflügel im Schaufenster von Metzger Tröndle. In dem Moment, als ich die Rufer an der Spitze endlich verstand, flog aus ihrer Mitte auch schon der erste Stein in die Reihe der Polizisten. Jetzt hallte der Satz aus vielen Kehlen wider.
Haut die Bullen platt wie Stullen.
Stefan hatte recht. Das war nicht der Grund, weshalb ich mich in dieser Menge bewegte. Ich folgte den Demonstranten noch ein Stück, während die ersten Steine in das Schaufenster des *Bequemschuh-Ladens* fielen, und fragte mich, was dessen Besitzer wohl mit der Basler Chemieproduktion zu tun hatte.
Auf der Höhe von *Männer Moden Müller* scherte ich aus und blieb unter der Markise eines Tabakgeschäftes stehen, verblüfft, wie einfach das ging. Von einem Moment auf den anderen war ich keine Demonstrantin mehr, nicht mehr für Frieden und gegen Aufrüstung, für Ökologie und gegen Neokolonialismus, für Anarchie und gegen den internationalen Monopolkapitalismus, den Staat und seine Werkzeuge. Ich war einfach nur noch Lola Sellin.
Coole Hose, sagte jemand neben mir. Ich wandte den Kopf. Aiko hielt sich mit der linken Hand die Haare aus dem Gesicht und schüttelte mit der rechten ein Feuerzeug, in dem eine giftgrüne Flüssigkeit schwamm. Ich krümmte meine Hand als Windschutz vor dem Flämmchen, und gemeinsam zündeten wir eine *Marlboro Light 100* an.
Danke, sagte sie und blies mir ein Rauchwölkchen ins Gesicht. Was machst du so?
Ich wollte Schuhe kaufen, sagte ich, vielleicht was mit Kunstpelz. Gibt aber nichts Gescheites.

Nee, sagte Aiko und hielt wieder ihre Haarsträhne fest, in Freiburg gibt's doch nie was Gescheites.
Seit einiger Zeit nähte sie ihre Kleidung selbst und wollte sich nach dem Abitur auf der Münchner Modeschule bewerben. Ich hatte keinen Zweifel, dass es ihr gelingen würde. An diesem Tag trug sie einen lilafarbenen Seidenmantel über einer gelben Pluderhose, dazu einen winzigen Rucksack aus Leopardenfellimitat.
Und du?, fragte ich.
Ich wollte noch ins *Café Domizil*. Die haben einen knuffigen neuen Barmenschen dort. Geht natürlich nur, wenn die Chaoten uns durchlassen.
Ach was, sagte ich lässig, ganz andere Richtung. Die machen doch in der Löwenstraße die Biege und laufen dann zur Uni.
Super, sagte Aiko, magst du mitkommen, was trinken?
Verblüfft nickte ich und folgte ihr in Richtung Martinstor. Die Rufe und Sirenen hinter uns wurden mit jedem Schritt leiser, bis sie nur noch zu hören waren wie ein Echo aus einer anderen Zeit.
So verließ ich die letzte Demonstration, auf der ich jemals war.

Der *Domizil*-Barmann war tatsächlich hübsch. Er hatte hohe Wangenknochen und sah auf eine geheimnisvolle Weise verlebt aus, obwohl er kaum älter als 20 sein konnte. Seine Haarspitzen hatte er gebleicht, und er trug eine *Levi's 501* mit Knopfleiste. *Das männliche Pendant zu Strapsen*. So hatte es in der letzten Ausgabe jenes Magazins gestanden, das sich *Zeitschrift für Zeitgeist* nannte.
Hey, sagte Aiko, schlenderte an ihm vorüber und ging zielstrebig auf ein Bistrotischchen zu, an dem sie genau in seinem Blickfeld sitzen konnte.

Hey, sagte der Barmann, was machen die denn da draußen eigentlich für'n Zinnober?
Irgendeine Demo, keine Ahnung. Worum geht es denn dabei?, fragte Aiko, an mich gewandt.
Weiß nicht, sagte ich, interessiert mich nicht.
Aiko zog die dünnen Augenbrauen in die Höhe. Wie, weiß nicht? Du weißt, wo die langlaufen, aber nicht, wogegen die sind?
Ach so, sagte ich, das mit der Route hab ich irgendwo gelesen.
Unerwartet kam der Barmann mir zu Hilfe.
Das ist wegen diesem Unfall, sagte er, Sandoz, diese Chemiekacke. Ich frag mich bloß, weshalb die deshalb gleich so austicken müssen.
Aiko und ich nickten synchron.
Und, fragte er, Tonic Water?
Klar, sagte Aiko, wie immer.
Und du?
Ich auch, antwortete ich schnell.
Der Barmann stellte zwei Gläser und zwei Fläschchen auf die Theke, machte aber keine Anstalten, sie uns zu bringen. Aiko war schon wieder mit ihrem Feuerzeug beschäftigt. Schließlich stand ich auf und griff nach den Getränken. Aiko rauchte und summte eine Melodie mit, die aus den Lautsprechern über der Bar drang.
Take My Breath away.
Neulich hatte ich mit Dani über den Film gestritten, aus dem das Lied stammte. *Top Gun* war, da waren Stefan und ich uns einig, der reinste Propagandastreifen der US-Armee. Wieso, hatte Dani verständnislos gefragt, da geht es doch gar nicht um Krieg. Die üben doch nur.
Ich hätte gerne gewusst, was mein Vater dazu gesagt hätte. Aber von dem hatte ich seit über einem Jahr nichts gehört.

Mindestens genauso gerne hätte ich gewusst, ob Aiko einen Freund hatte. Aber in Anwesenheit des Barmannes fragte ich lieber nicht. Vielleicht bahnte sich ja zwischen den beiden etwas an.
Während ich noch überlegte, kam sie mir zuvor und fing an, von ihrem letzten Samstag im *Inside* in Emmendingen zu erzählen. Sie hatte einen Jungen kennen gelernt, die beiden hatten bis morgens um vier getanzt. Schließlich hatte sie ihn eingeladen, bei ihr zu Hause Spaghetti zu essen. Jetzt, sofort.
War natürlich so eine Sache, sagte sie und ließ Rauch durch ihre Nasenlöcher entweichen, ich mein, in dem Moment ging's mir wirklich nur um die Spaghetti. Aber die Typen denken ja immer gleich, sie hätten sonstwelche Chancen.
Das will man natürlich nicht, sagte ich.
Und du, fragte sie und knibbelte mit ihren langen Fingernägeln am Etikett ihrer Tonic-Flasche, bist du eigentlich immer noch mit dem Menschen da zusammen, du weißt schon, mit diesen komischen Siebziger-Jahre-Hosen?
Stefan, half ich.
Ja, genau. Das geht ja auch schon lange, oder?
Mhm. Ist so 'ne Sache.
Für mich wär das nichts, sagte sie und zog einen feuchten Papierstreifen vom Flaschenetikett ab. Ich meine, über Jahre den gleichen Typen. Aber wer weiß, sie lehnte sich zurück und schlug ein Bein über das andere, vielleicht hab ich auch einfach noch nicht den Richtigen getroffen.
Ihre Waden lagen flach übereinander.
Vielleicht, sagte ich.
Und wenn Schluss ist, wollen sie immer noch Freunde bleiben, sagte sie, als hätte man nicht schon genug um die Ohren.

Mann, seufzte ich verständnisinnig, hör mir auf.
Sie blickte mich überrascht an. Wie jetzt, sagte sie, ich dachte, Stefan wär dein Erster?
Also, ganz so einfach ist das nicht, hörte ich mich antworten. Es gibt da noch jemand anderen.
Draußen vor der Tür wurde es plötzlich laut. Dann sah ich hinter den Panoramafenstern eine Gruppe Demonstranten rennen, so, als wären sie auf der Flucht. Irgendjemand schrie: Faschoschweine!, dann folgte ein Trupp Polizisten mit Kunststoffschilden und Knüppeln. Eine Signallampe warf hektische Lichtreflexe in den Innenraum der Bar.
Jetzt kommen die Idioten doch hier lang, sagte der Barmann.
Aiko hatte ihren Blick interessiert auf mich gerichtet.
Und, fragte sie, kenn ich den?
Ich schüttelte langsam den Kopf, dann hielt ich in der Bewegung inne und wiegte ihn nachdenklich hin und her. Nicht ausgeschlossen, sagte ich. Den kennen ja viele.
Wie, ist der irgendwie berühmt?
Der Lärm draußen verebbte.
Kann man so sagen, antwortete ich und fuhr mit einer Fingerspitze die Linien auf der Marmortischplatte nach. Er ist außerdem einiges älter als ich.
Wow, sagte Aiko und drückte ihre Zigarette in dem blauen Glasaschenbecher mit der Aufschrift *Liberté toujours!* aus. Ältere Typen, so über zwanzig, das hat schon was.
Mein Finger nahm eine Abzweigung auf eine winzige rosafarbene Marmorstraße, die im Nirgendwo endete.
Na komm, drängelte Aiko, jetzt erzähl halt.
Nächstes Jahr, wollte ich sagen, nächstes Jahr, wenn ich siebzehn bin. Dann nimmt er mich mit ins Elsass, und wir übernachten in einem kleinen Gasthof und frühstücken die besten Croissants weit und breit. Er weiß es nur noch nicht.

Vielleicht ein andermal, sagte ich stattdessen. Ich sollte nicht darüber reden.
Sie stützte einen Ellenbogen auf den Tisch und beugte sich zu mir vor. Eine blauschwarz glänzende Haarsträhne streifte beinahe meine Wange.
Verheiratet?, flüsterte sie.
Ich schüttelte den Kopf.
Aber ein Kind, sagte ich. Gerade erst geboren.
Unfassbar, sagte Aiko und schob mir ihre Zigarettenpackung zu. In dem Moment war ich Helga sehr dankbar. Bei ihr hatte ich mir abgeschaut, wie man an einer Zigarette zog, um sie zum Brennen zu bringen.

Kurze Zeit später verließen wir das *Domizil*, liefen über die Gewerbebachbrücke und bogen rechts ab in Richtung Holzmarktplatz. Im Rinnstein lagen zerfetzte Flyer, über dem Brückengeländer hing ein einsames rotweißes Baumwolltuch.
Fast alle Fenster in der Adelhauserstraße waren dunkel. Nur in dem Gebäude mit Rosalies Galerie brannte Licht.
Als wir näher kamen, sah ich den Polizeiwagen. Er parkte direkt davor. Stumm drehte sich das Blaulicht auf dem Autodach. Die Glasfront der Galerie war gesplittert, auf die Hauswand darüber hatte jemand das Wort SAU gesprüht. Die schwarze Farbe glänzte noch feucht, Rinnsale schlängelten sich an den Erhebungen im Putz entlang wie Blutschlieren. In der Tür stand Rosalie, eine Hand erhoben, und fuhr über die Hauswand, als wollte sie sie streicheln.

26

Die Berichte über die Folgen des Chemieunfalles wanderten von der Titelseite der *Badenpost* in den Lokalteil und blieben schließlich ganz aus. Mir fiel auf, dass meine Mutter sich verändert hatte. Sie sang zu Musik im Radio, dann wieder blickte sie unvermittelt aus dem Fenster, ließ ein angebissenes Brötchen sinken und tauchte für Momente vollkommen ab. Eines Samstagnachmittags kam sie mit einer Dauerwelle und einem asymmetrischen Haarschnitt vom Friseur. Links des Scheitels waren die Haare kurz und hinters Ohr geföhnt, rechts hingen sie wie Schäfchenwolle auf ihre Schulter. Schick, sagte ich, und sie tanzte auf mich zu und nahm mich in den Arm, bis zum Rand ausgefüllt von ihrem Lächeln. Verwundert tätschelte ich ihr den Rücken und sagte: Hallo Mami.

An einem grauen Spätnachmittag in der darauf folgenden Woche warf meine Mutter die Wohnungstür mit Verve ins Schloss und stürmte in die Küche, wo ich gerade einen Halbliter-Joghurtbecher für die Grüne Tonne ausspülte. Neben dem Kühlschrank blieb sie stehen und fuhr mit den angefeuchteten Zeigefingern über ihre Augenbrauen, als hätte sie Sorge, der Herbststurm draußen hätte die sorgsam gezupften Härchen durcheinander gebracht.

Ich hoffe, sagte sie, du bist heute Abend nicht verabredet. Ich möchte dir nämlich jemanden vorstellen.

Sie sprach mit ihrer Sekretärinnenstimme, weich und ver-

bindlich. Ich griff nach einer Flasche Süßstoff auf der Spüle und pulte mit dem Fingernagel die weiß getrockneten Rückstände rund um die Öffnung ab.
Deinen Golffahrer?, fragte ich.
Wie auf mein Stichwort erschien eine Hand hinter ihrer Schulter und stützte sich gegen den Türrahmen. Um das Handgelenk schlotterte ein Strickbündchen.
Er war klein und gedrungen. In seltsamem Kontrast zu seinem Körper stand sein jungenhaftes Gesicht, die Art, wie er die Augen niederschlug, und seine langen Wimpern. Den linken Ringfinger hatte er in einen Schlüsselbund gehakt und schlug damit immer wieder gegen die Seitennaht seines Blousons. Wenn die Schlüssel auf dem speckigen Leder aufkamen, verendete das Klirren in einem dumpfen Geräusch.
Das ist Michael, sagte meine Mutter.
Seine Hände sahen anders aus, als ich sie in Erinnerung hatte. Kräftiger, kürzer, sehniger. So, als könnten sie niemals kalt werden. Vielleicht täuschte ich mich auch. Das Garderobenlicht im *Zorba the Buddha* war nicht besonders hell.
Ich wandte meinen Blick ab und starrte einen Kaffeefleck auf dem Linoleum an.
Alles klar?, fragte Michael.
Ich zuckte die Schultern. Meine Mutter strahlte ihn an und fuhr dann mit zwei Fingern über seine Wange.
Der Michi und ich, sagte sie, wir haben Großes miteinander vor.
Wieder sausten die Schlüssel durch die Luft und knallten gegen das Leder.
Während es draußen langsam dunkel wurde, saßen meine Mutter und der Mann, den sie Michi nannte, im Wohnzimmer. Ab und zu hörte ich meine Mutter durch die an-

gelehnte Tür hindurch etwas sagen, begleitet von einem nervösen Lachen. Doch das Gespräch schien nicht recht in Gang zu kommen. Irgendwann wurde der Fernseher angeschaltet, Konservengelächter drang zu mir in die Küche. Seit ein paar Monaten hatten wir Kabelfernsehen, und nun führte der Apparat ein geschwätziges Eigenleben mit achtzehn Programmen. Er lief von Feierabend bis spät nachts, so wie ich es davor nur bei meinem Vater und seinen Nachbarn in den USA gesehen hatte.

Um sieben verließen wir zu dritt das Haus und liefen die Kartäuserstraße entlang, vorbei an Wohnzimmerfenstern mit wild blinkenden Sternen in Orange und Rot, die eher an Fahrgeschäfte auf der Messe erinnerten als an die Adventszeit.

Kabel ist schon klasse, sagte Michael, das bietet ja eine Mordsvielfalt. Tierdokus, alle möglichen Sportarten, lauter so Sachen.

Du hast dich ja schön gemacht, stellte meine Mutter fest und warf einen Blick auf meinen Rock. Wadenlang, eng und mit einem Schlitz bis zu den Oberschenkeln.

Ja, sagte ich, wenn das so eine besondere Gelegenheit ist.

Ich sah Michael von der Seite an. Der Rock musste ihm eigentlich auffallen. Ich wurde nicht schlau aus seinem Gesichtsausdruck.

Der rote Golf parkte etwa 50 Meter von unserem Haus entfernt. Über der Schaltung hatte Michael sein Autotelefon montiert, an dem hektisch ein Lichtchen blinkte, über der Rückbank hingen Boxen mit dem *Kenwood*-Logo. Die Anlage ging gleichzeitig mit der Zündung an, mitten im Lied. Phil Collins träumte von *One More Night*. Neben meinem Ohr fühlte ich die Lautsprechermembran vibrieren.

Cooles Teil, was, sagte Michael über die Schulter zu mir. Alles drin, automatischer Kassettenwechsler, Equi…

Equi?, fragte meine Mutter.
Equalizer, sagte Michael.
Ich schwieg.
Und du, fragte er in meine Richtung, was hörst du so?
Gemischt, sagte ich.
Ja, klar, sagte er. Ich auch.
Hat es denn auch einen geregelten Kat, dein tolles Auto?, fragte ich.
Nee. So was ist doch für Anfänger.
Meine Mutter lachte über jede seiner Antworten.

Um halb acht betraten wir die Pizzeria *Roma*. Der Raum war überheizt, die Ecken der Fenster beschlagen. Außer uns waren fast keine Gäste da. Ein Kellner stand hinter der Bar und polierte ein Glas.
Ciao, sagte Michael und zog dabei das A in die Länge. Ich habe reserviert.
Der Kellner machte eine einladende Handbewegung. Können Sie aussuchen, sagte er, isse alles frei.
Das sehe ich, sagte Michael. Ich habe aber trotzdem reserviert. Der Name ist Bertle, Michael Bertle.
Meine Mutter kicherte. Ja, ja, wenn Sie weitere Fragen haben, dann wenden Sie sich an unseren Herrn Bertle.
Ich blickte sie verständnislos an.
Der Kellner hielt in der Handbewegung inne, zuckte dann kaum merklich die Schultern und stellte das saubere Glas auf einem grünen Filz ab. Betont langsam kam er hinter der Bar hervor, schlenderte zu einem Fenstertisch und nahm ein *Reserviert!*-Schild an sich.
Prego, sagte er und deutete auf die Bank unter dem Fenster.
Das ist unsere offizielle Grußformel im Büro, erklärte meine Mutter. Gehört unter jeden Geschäftsbrief. Wenn Sie

weitere Fragen haben, wenden Sie sich bitte jederzeit an unseren Herrn Ix-Ypsilon.
Und drunter steht dann, gluckste Michael, mit freundlichen Grüßen, Herr Ix-Ypsilon. Und die Unterschrift von dem.
Er ließ sich auf die Sitzbank plumpsen und griff zu der Karte im Ledereinband. So, sagte er zum Kellner, ich hätt dann wohl gern schon mal ein großes Köpi.
Und die Damen?, fragte der Kellner.
Cola, sagte ich und setzte mich ihm gegenüber.
Ein Wasser, sagte meine Mutter. Sie stand noch immer und hielt ihre Jacke in der Hand.
Una Coca Cola, notierte der Kellner laut mit, e un acqua criminale.
Meine Mutter hängte die Jacke über eine Stuhllehne, eilig, als wollte sie etwas darunter verbergen. Dann setzte sie sich neben Michael und griff nach seiner Hand.
Ja, sagte sie mit einem hörbaren Atemzug, meine liebe Lola, es gibt Neuigkeiten.
Langsam, sagte Michael und entzog ihr seine Hand. Lass uns doch erst mal bestellen.
Die Finger meiner Mutter schwebten einen Moment lang über dem Tisch. Dann entdeckte sie einen kleinen Weihnachtsstern. Er stand in einem Tontopf, der mit Leuchtkometen beklebt war. Bis der Kellner mit den Getränken kam, knibbelte sie mit ihren langen Fingernägeln an den Rändern der Aufkleber.
Michael streckte seinem Bierglas die Hände entgegen und nahm es bereits in der Luft in Empfang. Dann hielt er es behutsam zwischen seinen Handflächen. Nur zum Trinken ließ er eine Hand auf der Plastiktischdecke liegen, die mit italienischen Sätzen und ihrer deutschen Übersetzung bedruckt war. *Buon appetito, guten Appetit.*

Erzähl doch noch mal diesen Witz, sagte meine Mutter. Mit den Schwulen und der Boutique.
Okay, sagte Michael, nahm einen Schluck Bier und wischte sich den Schaum von der Oberlippe. Also, zwei Schwule eröffnen zusammen eine Herrenboutique. Sagt der eine: Du, da müssen wir aber noch üben, wie das geht mit den Verkaufsgesprächen. Also, du bist jetzt der Kunde, frag mich mal was. Geht der andere aus dem Laden, kommt wieder rein und sagt: Tachchen, ham Sie auch schwarze Blazer?
Michael sprach das Wort aus wie Bläser. Meine Mutter hatte ihr Kinn auf die Fäuste gestützt und lächelte ihn von der Seite an.
Sagt der andere Schwule: Wo kämen wir denn da hin, ich stell doch nicht extra für dich einen Neger ein!
Meine Mutter warf lachend den Kopf zurück und ließ ihn wieder vornüber auf die Fäuste sinken, als hinge er an einem Gummiband.
Ich fixierte die Tischdecke.
Als der Kellner das Essen brachte – Lasagne für Michael, Pizza Quattro Stagioni für mich, Insalata mista für meine Mutter –, entknotete sie ihre Finger, nahm ihre Gabel und klopfte damit an ihr Wasserglas.
Ja also, sagte sie und suchte Michaels Blick. Aber der schaute so konzentriert in sein Bier, als läse er etwas in der Anordnung der Kohlensäurebläschen an der Oberfläche.
Der Michael und ich, fuhr sie fort, kennen uns ja nun schon eine ganze Weile. Ich wollte schon längst, dass ihr zwei euch trefft, aber wir hatten da noch so unsere kleinen Differenzen, was, Michi?
Er schnaubte zustimmend in sein Glas.
Aber jetzt, fuhr sie fort, jetzt haben wir uns zu einem großen Schritt entschlossen.

Er überließ ihr seine Hand.
Michael zieht bei uns ein?, fragte ich.
Michael nickte. Meine Mutter schüttelte den Kopf.
Also, sagte sie, schon. Aber das ist noch nicht alles.
Sie atmete geräuschvoll ein.
Michael hat mich gefragt, ob ich seine Frau werden will. Und ich habe ja gesagt.
Endlich hob er den Blick und lächelte meine Mutter an. Sofort entspannte sich ihr Gesicht.
Wann denn?, fragte ich.
Bald, sagte er. Am dreißigsten Dezember.
Ich schnitt ein dreieckiges Stück Pizza ab und schob es mir in den Mund.
Na, fragte meine Mutter und griff betont beiläufig zu dem Ständer mit Essig und Öl, was sagst du? Überraschung gelungen?
Ich kaute auf einer Artischocke herum, bis sie in meinem Mund zu Tennisballgröße heranwuchs. Schließlich spülte ich den Brei mit einem Schluck Cola hinunter.
Wegen dem Namen, sagte Michael, also, das kannst du dir überlegen. Ich könnte dich adoptieren, dann müsstest du nie wieder buchstabieren.
Das reimt sich, kicherte meine Mutter.
Siegfried Emil Doppelludwig, rezitierte Michael. So wie ein Ort in der DDR.
Schon komisch, sagte ich schließlich zu meiner Mutter.
Ich biss noch mal ab. Sie sahen mich beide abwartend an.
Ich meine, sagte ich schließlich, vor drei Jahren warst du noch mit Barbara zusammen und hast jedem erzählt, der es hören oder nicht hören wollte, dass du das Thema Männer endgültig abgeschlossen hast.
Michael hob seine schweren Wimpern und blickte zwi-

schen meiner Mutter und mir hin und her. Dann fing er laut an zu lachen.
Ausgerechnet, stieß er hervor, ausgerechnet du? Du warst mal mit 'ner Lesbe zusammen?
Meine Mutter streute mit mechanischen Bewegungen Salz über ihren Salat.
Ich legte mein rot verschmiertes Messer auf der Tischdecke ab. Direkt daneben stand *Ti amo, Ich liebe dich*.
Muss mal für kleine Mädchen, sagte ich und erhob mich.
Ich ging wortlos in Richtung Bar, mit jedem Schritt darauf bedacht, dass der Schlitz in meinem Rock meine Beine in den Netzstrümpfen sehen ließ, und verschwand dann hinter einer Tür mit einem Emailleschild, das ein Kind mit Pferdeschwanz auf einem Nachttopf zeigte.
Drei Wochen später stand eines Morgens ein Kleinlaster vor unserer Tür, und die Möbelpacker räumten ein Kunstledersofa, einen mannshohen Ficus Benjaminus und eine dreieckige lila Vitrine aus dem Auto. Viele Kisten hatte Michael nicht, und die wenigen hatten merkwürdige Aufschriften wie *Wämser und Beinkleider* oder *Kettenhemden alt*. Alle paar Monate, so hatte er erzählt, traf er sich mit einer Gruppe von Deutschen und Schweizern im Südschwarzwald, um für ein paar Tage zu leben wie im Mittelalter. Re-Enactment, so nannte er das.
Du musst unbedingt mal mitkommen, sagte er, abends sind die geilsten Partys.
Meine Mutter hatte er meines Wissens noch nicht gefragt, ob sie ihn begleiten wollte.

An einem Samstag kurz vor Weihnachten traf ich Insa und ihre neue Familie auf dem Weihnachtsmarkt. Sie kamen direkt auf mich zu, und sie hatten mich schon gesehen, bevor ich mich hinter einer Glühweinbude hätte verste-

cken können. Adrian schlief an der Brust seines Vaters, rechts und links baumelten seine Beinchen aus dem Tragetuch. So wie das Baby da hing, erinnerte es mich an ein Brathähnchen am Haken.
Insa hob die Hand. Es sollte wohl ein Winken sein, aber weil sie bunt bestickte Fäustlinge trug, wirkte die Geste eher wie eine Drohung. Sie und Anton schoben sich Schritt für Schritt durch die Budengasse, zwischen sich drehenden Weihnachtspyramiden, Frühstücksbrettchen mit eingebrannten Namen, Norwegerpullovern mit grünen Hirschen und Kerzenhaltern aus Muranoglas hindurch. Ihre Lippenpaare entließen synchron Atemwölkchen in den Winternachmittag.
Vor einer Crepesbäckerei, deren Theke mit goldenen Lamettazweigen geschmückt war, blieben wir alle zusammen stehen. Hallo, sagte ich. Das Wort blieb wie abgeschnitten in der kalten Dezemberluft hängen. Ich versuchte es ein zweites Mal. Hallo, ihr drei.
Hi, Lolli, sagte Insa.
So hatte mich lange niemand mehr genannt.
Anton lächelte mir zu, die Finger auf dem Rücken seines Sohnes gespreizt. Er trug keine Handschuhe, und die Haut sah rot und rissig aus. Ich versuchte mir vorzustellen, wie diese Finger sich anfühlen würden, von hinten in den Schlitz meines Rockes geschoben. Aber eine andere Empfindung drängte sich in den Vordergrund. Es war wie in alten Schulheften, wenn die Wirkung der chemischen Tintenkiller nachließ. Eine Zeit lang verschwand die Schrift darunter, aber wenn man die Seiten später aufschlug, schimmerte sie wieder durch. So lange, bis man nicht mehr entziffern konnte, was man darüber geschrieben hatte.
Seitdem ich wusste, dass er eigentlich Adolf hieß, fiel es mir schwer, an Anton zu denken, ohne dass der andere

Name mitklang. Gerne hätte ich gewusst, wie er sich nannte, wenn er mit sich selbst sprach. Ob er manchmal träumte, dass jemand ihn rief. Und wie.
Hallo, kleiner Adrian, sagte ich und zupfte das bunte Tragetuch zur Seite. Ein Geruch nach warm-saurer Milch drang mir entgegen. Das Baby schlief, ein Mützchen über das rechte Auge gerutscht, und quetschte seine Wange an der Brust seines Vaters platt. Es sah aus, als wäre die Anordnung von Mund, Nase und Augen noch nicht endgültig und könne sich jederzeit wieder ändern. Vorsichtig näherte ich meine rechte Hand der kleinen Wange, da spürte ich Insas Daumen und Zeigefinger an der Schulter. Du, sagte sie, sei mir nicht böse, aber ich mag das nicht, wenn man mein Kind anfasst.
Ich zuckte zurück wie ein kleines Mädchen, das beim Griff ins Bonbonglas erwischt wird. Anton hob leicht die Achseln und zwinkerte komplizenhaft, so als wollte er sagen: Ist nicht meine Schuld, Mütter sind eben etwas überempfindlich. Ich schob meine Hände wieder in die Ärmel meiner grünen Teddyjacke wie in einen Muff.
Und, fragte Insa munter, wie geht's der Gerri?
Oh, sagte ich, der geht es super. Weißt du, sie ist ja auch wieder schwanger.
Ich hatte es selbst erst vor ein paar Tagen erfahren, und eher zufällig. Im Nachhinein ergab dadurch so einiges einen Sinn. Nicht nur, dass meine Mutter plötzlich keine Sektflaschen mehr für sich im Kühlschrank aufbewahrte, sondern nur noch *Königs-Pilsener* für Michael. Nach dem Abend im *Ristorante Roma* hatte sie mir vorgeworfen, ich könne ihr kein Glück gönnen, ein Vorwurf, der mich kalt gelassen hatte. Ich sah kein Glück, ich sah Erpressung, einen einzigen Etikettenschwindel.
Ich hatte auch nicht nachvollziehen können, warum Mi-

chael überhaupt dabei mitspielte. Bis ich gehört hatte, wie er mit einem Freund telefonierte. Ja, hatte er gesagt, du hast richtig gehört, am dreißigsten Dezember. Dann hatte er lange geschwiegen, ein Geräusch gemacht, von dem ich nicht sagen konnte, ob es ein Lachen war oder ein Räuspern, und schließlich gesagt: Ja, weißt du, nicht nur. Wir vermehren uns ja auch nummerisch.

Das ist ja ein Ding, sagte Insa. Ich konzentrierte mich auf Antons Gesicht. Aber so sehr ich mich auch anstrengte, ich konnte keine Reaktion darin entdecken. Hingebungsvoll massierte er den Rücken des Babys mit den Fingerspitzen.

Ja, sagte ich, sie ist auch sehr glücklich mit Michael.

Insa lächelte. Ach, das freut mich, sagte sie mit Nachdruck, das freut mich wirklich.

Sie ergriff mich am Oberarm und drückte freundschaftlich zu. Dann hob sie ihre Hand, vielleicht winkend, vielleicht drohend, wünschte mir noch frohe Weihnachten, und fort waren sie. Die schönste Frau Freiburgs, ihr zerknautschtes Baby und der Mann meiner Träume, der vorübergehend namenlos blieb.

27

Michael Bertle, geboren am 2. Februar 1958 in Kirchzarten (Baden-Württemberg), und Gerhild Sellin, geboren am 25. Mai 1945 in Nienburg/Weser (Niedersachsen), heirateten in einer schlichten Zeremonie im Rathaus. Gerhild Sellin, so vermerkte es der Standesbeamte, brachte ein Kind mit in die Ehe. Die Tochter namens Lola behielt auf eigenen Wunsch ihren Geburtsnamen, was die Möglichkeit einer späteren Adoption durch Michael Bertle nicht ausschloss. Trauzeugen waren Helga Linsenbold, Kosmetikerin, und Helmut Schlegel, Elektroingenieur.

Kein weißes Kleid, keine Kirche. Kein Kiesweg, über den die Braut hätte schreiten können. Immerhin war der Golf des Bräutigams mit Blumen geschmückt, dafür hatten Helga und ich gesorgt. Außerdem hatte sie eine Kleinanzeige in die *Badenpost* gesetzt: Hurra, hurra, Gerhild und Michi steh'n heut vorm Traualtar. Umrahmt von einer Rosengirlande, die von zwei schnäbelnden Tauben zusammengehalten wurde.

Von den alten Freunden waren nur Rosalie und Werner zur Trauung gekommen. Ich hatte länger nichts mehr von den beiden gehört, allerdings war ich einmal an dem früheren Esoterik-Laden in der Wiehre vorbeigelaufen. Das Geschäft gehörte jetzt Werner allein, und statt Pendeln und Kristallen verkaufte er dort Türschilder aus Salzteig und Brotkästen in Form von schlafenden Tigerkatzen.

Kommese nur rein, sagte der Standesbeamte jovial, pro Mann ein Stuhl.
Und was ist mit den Frauen?, hörte ich Rosalie sagen, aber sie sprach so leise, dass er sie nicht verstand.
Nach der Zeremonie ging ich auf die beiden zu. Werner lächelte, als er mich sah. Rosalie brauchte einen Moment, um mich wiederzuerkennen.
Wie geht's dir, fragte ich sie, und sie schüttelte leise den Kopf und blickte zu Boden.
So viel Hass, murmelte sie, du glaubst es gar nicht, in der kurzen Zeit, und dann so viel Hass.
Werner legte seinen Arm um sie und drückte ihre Schulter. Seine Haare waren ergraut, gewachsen und hingen als dünner Zopf auf seinen Rücken. Die Schultern seines Jacketts sahen aus, als hätte es auf ihnen geschneit. Den Bart hatte er abrasiert.
Weißt du, sagte er zu mir, sie hat in den letzten Monaten viel durchgemacht mit dieser ganzen üblen Pressekampagne. Und dann noch die Sache mit der Galerie. Falls du das mitbekommen hast.
Ich nickte. Und sonst, fragte ich, was macht Fee so?
Jetzt sah auch Werner zu Boden und zupfte an seinem kahlen Kinn. Bollschweil, murmelte er. Natürlich nur vorübergehend. Bis sie wieder ganz stabil ist.
Bollschweil war ein kleiner Ort im Hexental, der vor allem für seine Privatklinik bekannt war. Man nannte sie die *Managertanke*, weil dort hauptsächlich Führungskräfte mit Suchtproblemen behandelt wurden. Aber es gab auch eine Kinder- und Jugendabteilung. Ein Mädchen aus meiner Parallelklasse war letztes Jahr dort gewesen, nachdem sie auf 48 Kilo abgemagert war. Es hieß, sie wolle nichts mehr essen, weil sie bei jedem Bissen Angst vor Umweltgiften hatte. Irgendwie kam mir das bekannt vor.

Dann grüß sie mal schön, sagte ich schnell.
Ist gut, sagte Werner, war nett, dich zu sehen, und sag auch einen Gruß an deine Mutter. Wir müssen dann mal.
Die beiden warteten nicht einmal ab, bis das Ehepaar Bertle seinen Plausch mit dem Standesbeamten beendet hatte und zu uns auf den Gang trat.

Gefeiert wurde abends in einem Nebenzimmer des Tanzlokals *Heustadel*. Eigentlich hatte sich meine Mutter ein anderes Restaurant gewünscht, nach mehreren Telefonaten aber entmutigt aufgegeben.
Alles dicht, hatte sie gestöhnt, nichts als Hochzeitsgesellschaften für den dreißigsten Dezember.
Die Festgesellschaft bestand aus Michaels Eltern, seiner Schwester und seinem Schwager, den Trauzeugen, sowie meiner eigenen Großmutter. Ich hatte sie lange nicht gesehen, und über die Jahre war sie klein und runzlig geworden. Bei Tisch ermahnte sie ihre Tochter immer wieder laut flüsternd, sie sollte nicht so viel essen. Sie schien noch nicht zu wissen, dass Gerhild schwanger war.
Michael unterhielt sich lange mit seinem Schwager, der in einer großen Kanzlei arbeitete. Er war es gewesen, der zu diesem Hochzeitstermin geraten hatte, da man, wie er sagte, rückwirkend fürs ganze Jahr Steuern sparen könne. Man müsse dem Staat ja nichts schenken. Wenn schon, denn schon.
Kurz nach Mitternacht, die Eltern des Bräutigams und die Mutter der Braut hatten sich schon verabschiedet, machten sich die übrigen Gäste in Richtung Bar und Tanzfläche auf. Ich wollte mir am Tresen etwas bestellen, aber Michael zog mich gleich wieder von meinem Barhocker hoch.
Na komm, sagte er, ein Tänzchen auf die Freundschaft.

Auf seinem weißen Anzughemd hatten sich Schweißflecken ausgebreitet, sein Atem roch nach Alkohol. Roland Kaiser sang von einer blutjungen Inselschönheit. *Santa Maria. Vom Mädchen bis zur Frau*. Michaels Hand lag in meinem Kreuz.
Wenn du mal was brauchst, sagte er schließlich, sein Bieratem nah an meinem Ohr, wenn du dir mal was Schönes kaufen willst. Eine neue Bluse, Ohrringe oder so. Ich bin ja jetzt so was wie dein neuer Papa.
Ich nickte stumm, und er ließ seine Finger tiefer wandern, bis sie an der Stoffkante ankamen, wo der Schlitz meines Rocks begann. Dort blieben sie liegen.
Du kannst mir jederzeit sagen, wenn du etwas brauchst, sagte er noch einmal, und ich nickte wieder und schloss die Augen.

Meine Mutter bekam wenig davon mit, was um sie herum geschah. Selbst bei ihrer eigenen Hochzeit wirkte sie seltsam unbeteiligt. Ihre ganze Aufmerksamkeit galt ihrem Körperinneren. Wo sie auch saß, auf dem geschnitzten Holzstuhl im Standesamt, auf dem Barhocker im *Heustadel*, auf dem unbequemen Sofa zu Hause, immer lagen ihre Hände auf ihrem Bauch. Dabei hatte sie den zugleich abwesenden und konzentrierten Gesichtsausdruck eines Amateurfunkers, der auf Signale aus dem All wartet.
Äußerlich sah man ihr die Schwangerschaft noch kaum an, und das machte sie ungeduldig. Es war, als hätte sie einen Preis gewonnen, die Trophäe aber noch nicht erhalten. Häufiger als sonst traf ich sie abends halbnackt im Bad, wie sie ihren Körper inspizierte. Es kam mir beinahe so vor, als würde sie mich absichtlich dort abpassen. Zwar tat sie dann betont schamhaft, griff nach einem Nachthemd oder dem rosa Frotteemantel am Haken, aber das

wiederum wie in Zeitlupe, so dass ich die Adern unter ihrer Haut schimmern sehen konnte und den Nabel, der unnatürlich breit und flach ihren leicht gewölbten Bauch markierte.

Noch hatte sie über fünf Monate vor sich. Das Kind sollte am einundzwanzigsten Juni zur Welt kommen, ein Datum, das meine Mutter zu Tränen rührte. Sommersonnenwende, sagte sie, mit dem Baby kommt das Licht.

Streng genommen war es genau umgekehrt: Nach dem längsten Tag des Jahres würde es jeden Tag ein bisschen früher dunkel werden. Aber ich brachte es nicht übers Herz, ihr das zu sagen.

Die Schwangerschaft veränderte alles. Meine Mutter und ich waren uns so nah wie seit Jahren nicht. Sie war eine zarte Hülle, ein zerbrechliches Etwas, und sie bedurfte genauso meines Schutzes, wie ich mich von ihr schützen ließ. Häufiger als früher nahm sie mich in den Arm, konnte sich plötzlich die Namen meiner Lehrer merken, buk sonntags Kuchen und blätterte in alten Fotoalben. Immer wieder zeigte sie mir das gleiche Bild, auf dem sie mich als Säugling in der Armbeuge hielt. Wir hatten beide unsere Münder geöffnet, so als wären wir in eine angeregte Konversation vertieft.

Zu schade, sagte sie, zu schade, dass man damals keine Fotos in der Schwangerschaft gemacht hat. Ich hätte dir so gerne gezeigt, wie ich damals mit dickem Bauch aussah.

Wenn ich an unser Leben nach der Geburt dachte, sah ich darin immer nur sie, das Baby und mich. Ich war davon überzeugt, dass es ein Mädchen sein würde, und ich stellte mir vor, wie ich meiner kleinen Schwester das Lied von den drei Chinesen mit dem Kontrabass vorsang, ihr erklärte, warum es den Regen gab und warum Menschen verschiedene Sprachen sprachen. Dagegen konnte ich mir Michael

überhaupt nicht als einen jener neuen Väter vorstellen, die ihre Kinder unter einer bunten Windjacke spazieren trugen oder zum Füttern in einen Hochstuhl setzten. So etwas tat vielleicht Anton. Michael war nicht der Typ dafür.
Er beharrte allerdings auf seiner Rolle als mein Stiefvater. Schließlich waren wir jetzt eine Familie. Hast du Angst, dass ich dir was abschaue?, fragte er, wenn er, ohne anzuklopfen, ins Bad kam.
Gelegentlich erlaubte ich ihm, mir den Rücken zu schrubben, wenn ich in der Wanne lag. Anfänglich machte ich es für ein neues T-Shirt. Später für eine *Levi's*. Eines Abends Ende Januar stürmte meine Mutter durch die Tür mit der Milchglasscheibe, als er gerade seine Hand mit dem Waschlappen tief unter einem Schaumberg vergraben hatte.
Stellt euch vor, sagte sie und hielt ihren Bauch mit beiden Händen, stellt euch vor, es hat sich bewegt.
Und, fragte ich, wie fühlt sich das an?
Wie eine Sprudelflasche, sagte sie, wie die Bläschen, die hochsteigen, wenn man den Verschluss zu schnell aufdreht, und dann spritzt das alles raus.
Michael zog seine Waschlappenhand aus dem Wasser und legte sie auf seinen Oberschenkel. Ein Fleck verteilte sich auf seiner Cordhose und verästelte sich entlang der Rillen.
Aber mein Herz, sagte meine Mutter, du machst dich ja ganz nass.

28

Stefan und ich waren zwei Jahre, sieben Monate und drei Wochen lang zusammen. Kaum ein Pärchen an unserer Schule war derart ausdauernd. In den Monaten vor unserer Trennung zeigte unsere Zweisamkeit allerdings schon deutliche Verschleißerscheinungen. Nach Tschernobyl war nicht mehr viel Apokalypse übrig geblieben, mit der er mich hätte beeindrucken können. Auf jeden Fall nicht genug, als dass ich mich noch weiter vor ihm ausgezogen hätte wie an jenem Regentag. Und der Gedanke an seine amouröse Vergangenheit nutzte sich mit der Zeit ebenfalls ab.

Ich hatte mich bemüht, allein schon wegen der schieren Dauer unserer so genannten Beziehung. Aber dabei fühlte ich mich immer wieder, als müsste ich mit zu wenig Kraft einen widerspenstigen Luftballon aufblasen. Wenn das Ding gerade etwas Form annahm, nach einem schönen Nachmittag auf dem Teppichboden in Stefans Zimmer oder einem Mondscheinspaziergang auf dem Schlossberg, begegnete ich garantiert Anton. Es reichte sogar schon, wenn ich eines seiner Bücher in einem Regal stehen sah, und der kümmerliche Ballon schnurrte in sich zusammen. Mit Stefan konnte ich einfach nicht abheben. Auch wenn ich mir selbst gut zuredete.

Opportun war das Zusammensein mit Stefan schon lange nicht mehr. Ich erwähnte ihn nie, wenn ich mich mit Dani in der Fünf-Minuten-Pause in eine Toilettenkabine drängelte und sich ihre hastig inhalierten Zigaretten vor meinen Augen in glühende Ascheschlangen verwandelten. Zu der Zeit hatte sie gerade einen neuen Freund. Guggi war schon zwanzig, trug *Lacoste*-Poloshirts, arbeitete bei der BePo und fuhr eine Achtziger. Mittlerweile beherrschte ich Danis Sprache fließend und wusste, dass es sich dabei um ein grünes Krokodil, die Bereitschaftspolizei und den Hubraum eines Motorrollers handelte. Samstags im *Zorba the Buddha* trank er Blue Curaçao mit Orangensaft. Ein Polizist mit Mädchengeschmack.

Stefan begleitete uns nie, wenn wir ausgingen. Er war nicht der Typ, der tanzte. Nach wie vor allenfalls nach drei Dosen Bier im Keller der Katholischen Jugendgemeinde, Luftgitarre spielend zu den Anfangsakkorden von *Smoke on the Water*. Um diese Partys drückte wiederum ich mich, wann immer es ging. Schließlich war ich kein fünfzehnjähriger Hampelmann mehr.

Ein paar Mal hätte ich beinahe Aiko nach ihren Wochenendplänen gefragt. Aber im letzten Augenblick verließ mich immer der Mut. Zwar waren wir seit dem Tag der Demonstration noch zwei oder drei Mal in einer Freistunde im *Domizil* gewesen und hatten Tonic Water getrunken. Aber das war nicht dasselbe wie eine Samstagabendverabredung.

Dennoch nahm ich stärker an ihrem Leben teil, als sie wusste. Montags genügte mir ein Blick auf ihren Handrücken, um zu wissen, wo sie ihren Samstag verbracht hatte. Konnte man noch den Schriftzug *Frischfleisch!* entziffern, hatte sie wieder im *Inside* getanzt, sah die Haut sauber aus, war sie wahrscheinlich im *Far Out* gewesen. Denn dort benutzte der Türsteher spezielle Stempelfarbe, die nur unter einer Schwarzlichtlampe neben dem Eingang sichtbar war.

Auch sonst war der Türsteher im *Far Out* anders als die verhärmte Ex-Sannyasin-Frau vom *Zorba the Buddha*. Ausweise interessierten ihn nicht, er ließ scheinbar willkürlich Gäste ein oder wies sie ab. Gesichtskontrolle, so nannte es Aiko. Angeblich war sogar Prince einmal an ihm gescheitert, aber das hielt ich für ein Gerücht. Aiko bestand die Gesichtskontrolle selbstverständlich, und in ihrem Schlepptau würde ich eine Chance haben. Aber wenn ich sie fragen wollte, ob sie mich mitnahm, musste ich mich erstmal von meinen Altlasten befreien. Und zwar endgültig.

Ich hatte mir in letzter Zeit oft vorgestellt, wie es sein würde, wenn ich Stefan verließ. Er würde zusammengekauert in dem alten Bürostuhl vor seinem Schreibtisch sitzen, eine blauweiß karierte Boxershorts tragen und an den Haaren auf seinen Beinen zupfen, während *Genesis* aus den Boxen des CD-Players *Follow You, Follow Me* sang. Den Vorschlag, Freunde zu bleiben, fand ich keine schlechte Idee. Ich wusste nicht, was Aiko gegen diesen Satz hatte. Er klang erwachsen und vernünftig, und so stellte ich mir auch meinen Part der Trennung vor. Ich hatte alles so detailgenau vor Augen, als hätte es sich schon längst abgespielt.

Und so dachte ich mir nicht einmal etwas dabei, als Stefan mich an einem Nachmittag im Januar zu einem Treffen ins *Café Journal* bestellte. Dabei war am Telefon sogar der Satz Wir Müssen Reden gefallen. Er saß im hinteren Teil des Cafés auf einem gestreiften Sofa und tat so, als wäre er in eine *Frankfurter Rundschau* vertieft, die in einem hölzernen Kaffeehaushalter steckte.

Hallo, Lola, sagte er und blickte kaum auf.

So hatte er mich noch nie begrüßt.

Ich setzte mich auf ein Sesselchen, das im gleichen Pseudo-Biedermeierstil wie das Sofa bezogen war, und angelte mir

das in Alufolie und lilafarbenes Papier eingepackte Schokoladenstück neben Stefans Kaffeetasse. An der Stelle, wo die Schokolade direkt neben dem heißen Porzellan gelegen hatte, war sie aufgeweicht und cremig.
Iss, sagte er, du wirst es brauchen.
Was ist denn jetzt kaputt?, fragte ich, aber er machte nur eine stumme Kopfbewegung in Richtung der Kellnerin.
Soll ich lieber gleich was Härteres bestellen, Bailey's oder so?, fragte ich Stefan.
Er starrte auf die Trauerränder unter seinen Fingernägeln und antwortete nicht. Erst nachdem mein Tonic Water kam, begann er zu reden, den Blick noch immer auf die Tischplatte gerichtet.
Weißt du, sagte er, es gibt ein japanisches Sprichwort. Wenn man auf der letzten Seite angelangt ist, muss man das Buch zumachen.
Sayonara, sagte ich, nippte an meinem Glas und stellte es wieder ab. Der Lippenstiftabdruck darauf hatte einen schönen Schwung.
Wenn schon, sagte er, dann Say-o-nara. Überdeutlich betonte er das O.
Ja, sagte ich, das natürlich auch.
Die Abschweifung hatte ihn aus dem Konzept gebracht. Er knibbelte das Spitzendeckchen auf der Untertasse zwischen Daumen und Zeigefinger und holte mehrmals tief Luft.
Weißt du, begann er dann schließlich, es gab mal eine Zeit, da dachte ich, das ist was Besonderes mit uns beiden. Dass du mich verstehst. Aber irgendwie, er strich mit einem Finger über sein Schnurrbärtchen, irgendwie bist du wahrscheinlich doch zu jung für mich.
Ich hatte gerade einen Schluck trinken wollen, musste das Glas aber erst einmal wieder abstellen.

Ich bin zu jung für dich? Und um das herauszufinden, hast du jetzt zweieinhalb Jahre gebraucht?
Er verzog den Mund, als hätte er etwas Saures auf der Zunge und biss sich schief auf die Unterlippe.
Ich weiß, sagte er, das klingt komisch. Ich habe auch lange nicht verstanden, was mich eigentlich stört. Aber wahrscheinlich war ich einfach zu verliebt in dich. Und irgendwie hab ich auch gedacht, das ist dir alles ernster. Mit der Friedensbewegung und so. Nicht nur so ein komisches Hobby.
Du meinst, wegen der Demo neulich?
Er sah mich erstaunt an, nickte dann aber umso heftiger. Ja genau, sagte er. Da ist mir doch so einiges klar geworden.
Und deshalb machst du Schluss?
Er nickte noch immer, heftig erleichtert, dass ich ihm das Wort aus dem Mund genommen hatte.
Schade, sagte ich.
Ja, sagte er, das finde ich auch.
So meine ich's nicht. Ich dachte bloß gerade, dass mir jetzt keiner mehr seine *Milka Naps* schenkt.
Sein Kopf fror in der Bewegung ein. Er sah mich mit offenem Mund an. Unter seiner Unterlippe glänzte ein gelblicher Pickel, der aussah, als müsste er jeden Moment platzen.
Siehst du, sagte Stefan schließlich, genau in solchen Momenten merkt man, dass du erst sechzehn bist.
Ich wusste nicht, was ich darauf erwidern sollte. Also sagte ich: Du Arsch, stand auf und machte einen Schritt auf den hölzernen Garderobenständer zu, an dem meine grüne Teddyjacke hing.
Moment, sagte Stefan hinter mir, ich krieg noch was von dir.

Was denn, fragte ich, soll ich dich zum Abschied küssen? Soll ich dich fragen, ob wir Freunde bleiben wollen?
Nein, zwei vierzig, sagte er, für die Limo.
Ich verließ das Café grußlos und ohne mich umzudrehen, bog um die Ecke und betrat das *Musikhaus Ruckmich*. Dort ließ ich mir in der Plattenabteilung die neue Maxi-Single von den *Communards* auflegen. *So Cold the Night*. Der Kunststoffüberzug des linken Kopfhörers hatte einen Riss, gelblicher Schaumstoff quoll heraus wie Fettgewebe. Ich wippte hinter der Plattentheke, lauschte Jimmy Sommervilles Stimme, die sich spiralförmig in weibliche Höhen schraubte, *soon we'll be together*, und dachte darüber nach, dass ich erst jetzt wirklich erwachsen war, *until then, so cold the night*. Endlich konnte ich in Gesprächen die Worte Mein Ex einfließen lassen. Ein paar Tränen wären jetzt gut gewesen. Aber es kamen keine.
Ich hörte mir den *Dub Mix*, die *Radio Version* und den *Oriental Spice Mix* nacheinander an, dann zahlte ich an der Kasse zwölf Mark fünfzig, ließ mir die Platte in eine Plastiktüte einpacken und lief nach Hause. Unter meinen fellgefütterten Schnürschuhen knirschte frisches Eis, Steinchen setzten sich in den Sohlen fest, die Innenseiten meiner Oberschenkel waren rau vor Kälte. Ich fand es schade, dass ich so nah an der Innenstadt wohnte. Lieber hätte ich jetzt in einem Bus gesessen, die Nase an die beschlagene Scheibe gepresst, dahinter Lichterschlieren, als wäre ich in einer richtigen Großstadt.
Ein diesiger Spätnachmittag, der in einen feuchtkalten Abend überging, ein Abend nur für Anton und mich. Eine Villa mit einer Laterne über der Tür, gelbes Licht, zwei Schatten an der Wand, die ineinanderfließen, schließlich das Sofa unter den Blicken der Buddhastatue. Gerne hätte ich gewusst, ob Insas Bauch wirklich so furchtbar aussah.

Ich hatte zwar immer noch ein kleines Speckröllchen, aber immerhin keine Dellen in der Haut.
Soon, my lover. Soon, my secret lover.

Ein paar Tage später entdeckte ich Stefans wahren Trennungsgrund an der Bäckereitheke bei *Gottlieb*. Beate besaß noch immer die gleichen Schnittlauchhaare, hatte ein ausgeleiertes Sweatshirt und einen Faltenrock an. Weil es Winter war, trug sie auch Schuhe. Es waren blaue Kinderhalbschuhe, und es wunderte mich, dass die Dinger überhaupt in so großen Größen hergestellt wurden. Auf größere Entfernung sah Beate in etwa so aus wie ich mit vierzehn. Ich war jetzt ziemlich sicher, dass sie auch auf der Demo auf dem Rathausmarkt gewesen war.
Sie bezahlte eine Mark zehn für zwei ofenwarme Brezeln, bitte zwei helle, mit wenig Salz drauf, und ging zu Stefan hinüber, der an einem weißen Stehtischchen lehnte. Dann griff sie in die Papiertüte, brach ein Stück der dampfenden Teigwurst ab, steckte es sich in den Mund, stellte sich auf Zehenspitzen und näherte ihr Gesicht dem von Stefan. Er biss ab und gab ihr zwischen zwei Kaubewegungen einen schmatzenden Kuss. Aus dem Augenwinkel blickte er zu mir herüber und dann ganz schnell wieder weg.
Die Frau geht echt gar nicht, sagte Aiko.
Nee. Aber ich bin ganz froh, dass Stefan sich so schnell getröstet hat. Mit der hat er wohl früher schon mal was gehabt.
Und was ist jetzt mit deinem anderen Typen?
Ich nippte an einem Pappbecher mit schwarzem Kaffee.
Da könnte ich dir Geschichten erzählen …, sagte ich und schwieg.
Was ich fragen wollte, sagte Aiko, hast du nicht Bock, am Samstag mit ins *Far Out* zu kommen? Wir können auch

vorher noch was trinken, dann kannst du mir das mal in Ruhe erzählen.

Ein kalter Luftzug strömte ins Innere des Supermarktes, als Stefan Arm in Arm mit Beate die Tür öffnete und auf die Straße trat. Eines musste man ihr lassen: Sie war tatsächlich ein Jahr älter als ich.

29

An einem Sonntag im Februar verlor meine Mutter ihr Kind. Michael verbrachte das Wochenende in der Schweiz. Re-Enactment, sagte meine Mutter. Ach so, sagte ich, Ritterspiele.

Am Morgen weckte mich das harte Kratzen von Schneeschaufeln auf dem Asphalt, beim Spaziergang am Nachmittag schlich meine Mutter, als hätte sie Schmerzen. Nein, sagte sie, mit ihr sei alles in Ordnung. Erst als wir wieder zu Hause waren, gab sie zu, dass sie Krämpfe hatte, und als sie aufstand, um sich zu strecken, breitete sich schon ein blutiger Schmetterling auf ihrer noch viel zu weiten Umstandshose aus.

Ich bestellte einen Krankenwagen, hielt auf der Fahrt ihre Hand und sagte immer wieder: Das wird schon, das wird schon. Bilder von speckigen Babybeinchen, von einer Dreijährigen mit schokoladenverschmiertem Mund und einem Schulkind auf einem Fahrrad mit Stützrädern verblassten, wurden schließlich schwarzweiß und endeten in einem konturlosen Nebel, der aussah wie das Ultraschallfoto an unserem Kühlschrank.

Zwei Stunden lang saß ich auf einem Schalensitz auf dem Gang der gynäkologischen Abteilung der Uniklinik, hörte das Quietschen der Krankenschwesternsandalen, Kichern aus der Teeküche, das Schlagen der Autotüren auf dem Parkplatz. Ein regenbogenfarbener Fleck wanderte lang-

sam über den blassgelben Boden, während draußen die Sonne unterging. Schließlich quietschte ein junger Arzt auf mich zu, eine Hand am Kugelschreiber, der in der Außentasche seines Kittels klemmte. Er stellte sich genau vor ein Fenster, so dass seine abstehenden Ohren von der untergehenden Sonne rot angeleuchtet wurden wie bei einer Figur aus einem schlechten Vampirfilm.
Sie sind die Tochter von Gerhild Bertle?, fragte er, und ich nickte.
Ihrer Mutter geht es so weit ganz gut, sagte er, sie ist noch in Narkose. Aber etwa in einer halben Stunde dürfen Sie zu ihr.
Und das Kind?, fragte ich, obwohl ich die Antwort schon kannte.
Der Arzt blickte zu Boden. Er hatte nicht nur große Ohren, sondern auch große Nasenflügel. Sie zitterten leicht.
Was wäre es denn gewesen, nahm ich seine Antwort vorweg, und er hob den Kopf, erleichtert, dass er diese Hürde genommen hatte.
Ein Mädchen, sagte er.
Kann ich sie sehen?
Ich sage doch, Ihre Mutter ist noch in Narkose.
Ich meine, meine kleine Schwester.
Er schüttelte langsam den Kopf. Tut mir leid, sagte er, das ist nicht üblich. Jedenfalls nicht, solange ein Fötus die Lebensfähigkeit nicht erreicht hat.
Und was geschieht mit ihr?
Der Arzt nahm seinen Kugelschreiber aus der Brusttasche, besah ihn aufmerksam und steckte ihn dann wieder ein.
Wir regeln das, sagte er dann, Sie brauchen sich um nichts zu kümmern.
Dann quietschte er wieder davon. Irgendwo schlug eine Tür im Durchzug halb zu, wieder auf und wieder halb zu.

Wo ist mein Kind, fragte meine Mutter, als ich das Aufwachzimmer neben dem Operationssaal betrat. Sie lag auf einem fahrbaren Bett, unter einer dicken Decke, unter der sich ihre Körperkonturen nicht abzeichneten. Es sah aus, als wäre nur ihr Kopf im Raum.
Ich bin doch da, wollte ich sagen. Aber als ich den Mund öffnete, kam nichts heraus. Meine Mutter blickte durch mich hindurch.
Und warum, fragte sie, warum sehe ich alles doppelt?

Danach tat sie ein paar Wochen lang seltsame Dinge. Oft, wenn ich nach der Schule die Wohnungstür aufschloss, roch es nach frischem Gebäck. Aber nie kam etwas davon auf den Tisch. Einmal beobachtete ich sie dabei, wie sie einen heißen Kuchen aus dem Ofen nahm und ihn langsam, dampfenden Fetzen für dampfenden Fetzen, zerpflückte und wegwarf. Am Frühstückstisch kratzte sie mit links die Ekzeme an ihren Waden auf, gründlich und systematisch, und ließ mit rechts Honig auf eine Brötchenhälfte träufeln. Wenn der Teig so vollgesogen war, dass der Honig durchsuppte, schob sie den Teller von sich.
Das Leben wurde immer stiller. Man konnte wieder den Nachbarn mit seinen Zierfischen reden hören. Ich badete seltener. Michael versprach mir ein Halbjahres-Abo fürs Fitnessstudio, und meiner Mutter schenkte er ein Kostüm. Irgendwann hörte das Kuchenbacken auf.
Michael fragte mich nicht mehr, ob ich zu einem seiner Rittertreffen mitkommen wollte. Gelegentlich blieb er am Wochenende über Nacht fort. Wenn er nachmittags nach Hause kam, verschwand er im Bad. Dann duftete es nach einem Duschgel, von dem es in der Werbung hieß, es provoziere Frauen. Manchmal stand ich mit einem Messer an der Küchenspüle und drückte die Klinge erst sanft, dann

fester gegen die Innenseite meines Unterarms. Die Zähnchen hinterließen helle Druckstellen, als hätte ein kleines Tier an mir genagt.

Im Sommer unternahm meine Mutter einen letzten Versuch, unser Dreiergespann zu einer echten Familie zu verschmelzen. Zwei Wochen Urlaub in einem italienischen Ferienclub. Als wir aus dem Transferbus stiegen, erwarteten uns die Animateure als Riesenbabys verkleidet, mit Schnullern im Mund und aufgemalten schwarzen Tränen auf sonnengerösteten Wangen.
So hatte ich mir das eigentlich nicht gedacht, sagte meine Mutter leise, und Michael knuffte sie in den Oberarm.
Was willst du denn, zischte er, die wissen wenigstens, wie man anständig feiert.
Die restlichen dreizehn Tage verbrachte er hauptsächlich auf alkoholgeschwängerten Piratenfahrten oder lehnte an der Bar neben einer angeblichen Jurastudentin, die neonfarbene Nietengürtel trug. Selbst über ihrem Badeanzug.
Meine Mutter lag im Schatten am Pool und tat, als läse sie. Aber sie kam nie über die ersten drei Seiten von *Wenn Frauen zu sehr lieben* hinaus.
Ich glaube, das Meer hat sie kein einziges Mal gesehen.

30

Kurz nach den Ferien, wir waren jetzt in der elften Klasse, wurde Aiko bei einem Casting zum Gesicht der regionalen *Junior-Giro*-Kampagne der Deutschen Bank ausgewählt. Kurz darauf stand ihr Foto als Pappaufsteller in der Auslage jeder Filiale. Sie hatte den Kopf kokett schief gelegt, einen Zeigefinger in den Riemen ihres speckigen Kinderschulranzens gehakt und ihn sich über den Rücken geworfen. Ein kalkulierter Stilbruch, den sich nur ein Mädchen leisten konnte, das über jeden Zweifel erhaben war. Auf der Schultoilette munkelte man, das Motiv sei sogar von der Deutschen Bank Hochschwarzwald angekauft worden und würde bald überregional verwendet.

Trotz ihrer angehenden Modelkarriere verbrachte Aiko nach wie vor eine Menge Zeit mit mir. Beim Bodenturnen auf schülerschweißdurchtränkten Plastikmatten durfte ich ihr Hilfestellung geben, und samstagmittags rief sie häufig bei mir an. Dabei betonte sie jedes Mal, dass sie gerade erst aus dem Bett oder gerade erst nach Hause gekommen sei. Ich war nicht so naiv zu glauben, dass Aiko sich tatsächlich für mich interessierte. Schließlich war ich ihr in jeder Hinsicht unterlegen. Ausgenommen bei den Schulnoten, was eher gegen als für mich sprach. Aber Aiko brauchte keine Freundin, sie brauchte eine Steigbügelhalterin. Und diese Rolle spielte ich gut.

Ich gab den neutralen Hintergrund, vor dem sie sich umso

strahlender abhob, und war zur Stelle, wenn sie Ersatz für ein Date brauchte. Jedes ihrer Liebesabenteuer hörte ich mir immer und immer wieder an und reichte ihr Taschentücher, wenn sie sich von einem ihrer DJs und Barkeeper nicht genügend beachtet fühlte. Besonders gern monologisierte sie auf Discoparkplätzen, zwischen den sich überschneidenden Lichtkegeln der Scheinwerfer. Aber sie konnte sich in jeder Situation und Haltung ereifern, sogar, wenn sie in der Schultoilette vor dem Waschbecken stand, den Kopf vornüber gebeugt, mit jedem Atemzug Haarspray inhalierend.

Anfänglich hatte ich angenommen, sie wolle Ratschläge von mir haben, und ich benutzte häufig Wendungen wie Schwierige Phase, Freiräume und Braucht Zeit. Doch nachdem sie meine Analysen immer wieder ärgerlich abgewinkt hatte, verstand ich irgendwann, dass sie nur an meiner Loyalität interessiert war. Und allenfalls noch an dem mysteriösen älteren Mann in meinem Leben. Ich gab ihr regelmäßig Futter, deutete Spaziergangsgespräche an der Dreisam an und Treffen in Landgasthöfen oder sagte nur Es Ist Nicht Einfach und ließ dabei meine Fingergelenke knacken.

Fairerweise muss ich sagen, dass auch Aiko ihren Part erfüllte. Sie war ein verlässlicher Kompass, machte die Stilgesetze und fällte gleichzeitig die Urteile. Das *Bursen-Café* ging gar nicht, dito das *Altstadtcafé* (nur für Müslis!). Hip war der neue italienische Kaffeeladen neben dem Martinstor, und es verstand sich von selbst, dass Kaffee (noch besser Espresso) gut war, Tee hingegen böse. *Think-Pink*-Sweatshirts waren seit neuestem peinlich. Als interessante Gesprächsthemen galten *Männer* (Aiko war die Erste, die nicht mehr von Jungs sprach), dann kam lange nichts, danach Filme, Comics, Parfüms, Eltern. Am untersten Ende der Skala stand Politik und alles, was damit zu tun hatte, inklusive Matthias Rusts Cessna-Flug nach Moskau, der geplanten Volkszählung und FCKW-freien Haarspray-Pumpdosen mit dem *Blauen Umweltengel*. Dani war okay, Ulrike ging so, und über die Tochter des Metzgers musste man gar nicht viele Worte verlieren.

Dabei hatte sich Sonja Tröndle in den letzten Monaten alle Mühe gegeben. Statt Cordjeans mit Schlag trug sie modische Pluderhosen, die Haare hatte sie in Wellen legen lassen, und schon lange hatte man sie abends nicht mehr in Begleitung eines Galliers gesehen. Aber gerade weil sie sich derart anstrengte, schoss sie übers Ziel hinaus. Ihr Puder war um zwei Farbtöne zu dunkel, die Ränder an Wangen und Kinn erinnerten an Schlamm in einem ausgetrockneten Flussbett. Und zu allem Überfluss roch sie jetzt nicht mehr nur nach Wurst, sondern nach einem Gemisch aus Wurst und *Joop!*.

Zu einem bemerkenswerten Zwischenfall kam es auf dem Ausflug zum Atomkraftwerk Phillipsburg. Herr Scherzel organisierte diese Fahrten für die Oberstufenschüler seit Jahren immer zum gleichen Septembertermin. In diesem Jahr saßen also wir in einem schlecht gelüfteten Konferenzraum, wo uns ein Ingenieur im weißen Kittel mit Hilfe eines Geigerzählers demonstrierte, dass eine bestimmte Sorte italienischer Kacheln eine höhere radioaktive Strahlung hatte als Luft in der Umgebung eines Kernkraftwerkes. Die wahre Gefahr, wenn überhaupt eine bestand, ging folglich vom Aufenthalt in Hotelbadezimmern an der Adria aus. Als keiner von uns widersprach und niemand eine Frage stellen wollte, seufzte Scherzel vernehmlich. Jahrgänge wie der Stefans hatten mit Sicherheit mehr Kampfgeist gezeigt.

Früher als geplant verließen wir das Informationszentrum und stiegen wieder in den Bus, Aiko mit einem dampfen-

den Pappbecher Automatenkaffee, den sie leise fluchend zwischen Daumen und Zeigefinger geklemmt hielt. Direkt hinter uns kletterte Sonja Tröndle die Treppen hoch. Doch statt sich gleich hinter den Fahrer zu setzen, stiefelte sie hinter uns her und drängelte sich schließlich neben mich auf die Rückbank. Sie schien keine Ahnung von den ungeschriebenen Gesetzen des Busfahrens zu haben.
Ich blickte zu Aiko. Die sah erst mich an, dann Sonja.
Entschuldigung, sagte Aiko dann und lächelte, würde es dir was ausmachen, dich woanders hinzusetzen?
Halt emol!, sagte Sonja mit vor Aufregung zitternder Stimme, der Platz isch doch frei.
Aiko nickte langsam. Ja, sagte sie, aber wenn ich neben dir sitzen muss, wird mir übel.
Sie lächelte immer noch.
Sonjas Mund stand offen und entblößte erstaunlich spitze Eckzähne.
Ist nicht persönlich gemeint, sagte Aiko. Du kannst ja nichts dafür, mit der Wurst. Aber ich kann das nicht riechen.
Sonja starrte jetzt mich an. Ich nickte nur.
Ich sah ihr nach, wie sie sich gegen die Entgegenkommenden Richtung Ausgang kämpfte. Es war so leicht, auf der anderen Seite zu stehen. Viel leichter, als ich gedacht hatte.

Am Abend meines Geburtstages stand ich gegen zehn Uhr neben Aiko an der Kasse eines neuen Clubs im ersten Stock des *Crash*. Um uns herum drängten sich Mädchen in schwarzen Paillettenkleidern und Jungen mit aufgekrempelten Jackettärmeln. Einige von ihnen hatten ihren Begleiterinnen eine Hand zwischen die Schulterblätter gelegt. Paare wie aus 50er-Jahre-Filmen.
Als Aiko vorgeschlagen hatte, sich im *Blue Room* zu treffen, hatte ich das Ganze zuerst für einen Scherz gehalten.

Die Gegend hinter dem Hauptbahnhof war bisher nicht auf ihrem Stadtplan vorgekommen. Dort lebten die Rattenbesitzer, die Hundefutteraufwärmer, die Ein-Ohrring-Trägerinnen. Vor allem trafen sich im *Crash* die Leute aus der A-Klasse. Aber der neue Club, sagte sie, hätte mit dem Punkrockschuppen im Souterrain nicht das Geringste zu tun.
Bereits am Haupteingang hatte sich die Menge geteilt. Die Cocktailfraktion war die Treppen hochgestiegen, Punks, Nietenlederjackenträger und blass geschminkte New Waver waren mit ihren geschmuggelten Ganter-Dosen im Keller verschwunden, wo es nichts gab als einem kaugummiverklebten Betonboden und riesige Lautsprecher. Bei einer dritten Sorte Besucher war ich zunächst unsicher, wo sie hingehörten: Jungen mit Springerstiefeln, tief sitzenden Jeans und Karohemden, Zwitterwesen zwischen Keller und erstem Stock, Hölle und Himmel, A- und B-Klasse. Doch dann machte Aiko bereits an der Kasse eine anerkennende Bemerkung über *Psychs* und ihren *coolen Style*. Ich war ihr so dankbar für das schnelle Etikett, dass ich mir die Bemerkung verkniff, das P sei an dieser Stelle im Englischen stumm.
Der *Blue Room* war schwarz gestrichen. Hinter der Theke leuchteten bunte Flaschen wie das Sortiment eines seltsamen Süßigkeitenladens. Keiner tanzte. Die Leute standen im Kreis, zumeist mit dem Rücken zur Wand, Hände auf Bäuchen oder um Sektgläser verschränkt, in denen Cocktailkirschen schwammen. Ein groß gewachsener Psych wippte mit dem Kinn im Takt. Er hatte seinen Kopf rasiert, aber einen blond gefärbten Minikegel aus Haar stehen lassen. Alle starrten auf das wechselnde Lichtmuster der Discokugel auf dem Boden. Es war, als warteten sie auf einen Auftritt. Oder darauf, dass einer von ihnen sich blamierte.

Aiko ging zur Bar, um sich einen *Blue Angel* zu holen, mit Eis, ohne Zitrone. So wie der Mann hinter dem Tresen aussah, würde sie sicherlich nicht so schnell zurückkommen. Ohrring, Pferdeschwanz, Jeans mit kleinen Rissen unterhalb der Pobacken. Ich beobachtete, wie sie sich mit den Ellenbogen auf die Bar stützte, einen Finger an die Lippen legte, schließlich auf einem Fingernagel kaute. Sie schien plötzlich sehr unschlüssig bei der Wahl ihres Getränks zu sein.

Sie wusste nicht, dass ich Geburtstag hatte. Wer zu einem solchen Anlass nicht eine Schar Freunde vorweisen konnte, die nachmittags mit einem alten BMW vorfuhren und einen zum Überraschungspicknick ins Wiesental entführten, der zeigte es besser nicht so deutlich. Und dann blickte ich wieder zurück zur Tanzfläche, gerade, als der Auftritt des Abends begann. Schwarz wie die Nacht, rot wie die richtige Gesinnung, weiß wie ein unbeschriebenes Blatt.

Das Mädchen hatte die Augen geschlossen, die Arme seltsam verknotet über dem Kopf ausgestreckt, so dass ihr Top ein Stück hochgerutscht war und einen hellen Bauch entblößte. Einen Fischbauch mit einer kaum sichtbaren Linie dunkler Härchen unterhalb des Nabels, die wie ein Pfeil in Richtung des Hosenbundes wies.

Den Mund hatte sie geöffnet. Spröde Lippen, wie durstig.

My baby just cares for me, sang Nina Simone.

Fee war zurück und tanzte.

Ihre Bewegungen waren langsam, fließend, schlafwandlerisch. Ich wollte ihren Namen rufen und hatte gleichzeitig Angst, sie zu wecken. Die Lichtquadrate, von der Discokugel auf den Boden geworfen, wanderten über Fees schmale Hüften, ihre kleinen Brüste, die bläulich schimmernden Venen in den Armbeugen. Erst jetzt fiel mir die Tätowierung auf, die sich wie eine Ranke um den Oberarm wand.

Insas und Werners Tochter sah nicht aus, wie ich mir ein Mädchen nach wochen- oder monatelangem Drogenentzug vorgestellt hatte. Nur ihre Augen verrieten sie, die Schatten darunter wie die Überbleibsel blauer Flecken. Sie wurden sichtbar, wenn Fee den Kopf in den Nacken legte, bis die Spitzen ihres Haares beinahe ihre hervorstehenden Schulterblätter berührten, und sie verschwanden, wenn Fee das Kinn wieder senkte.

Frauen wandten sich ab, Männer starrten. Sogar der kinnwippende Psych. Ich warf noch einmal einen Blick zu Aiko, die jetzt ihre Brüste auf dem Tresen abgestützt hatte, als wollte sie dem Barmann mindestens eine davon verkaufen.

Während ich noch den Kopf abgewandt hatte, tippte jemand an meine Schulter. Fee hatte mich erkannt. Sie lächelte und bewegte die Lippen, aber mittlerweile hatte der DJ aufgedreht, ich deutete auf mein Ohr und beugte mich zu ihr herunter. Noch immer war sie kleiner als ich.

Nee, ne?, schrie sie direkt in meinen Gehörgang.

Wie geht's dir?, schrie ich zurück und bekam dabei eine Strähne ihrer Haare zwischen die Lippen.

Fee zuckte entschuldigend mit den Achseln.

Wollen wir mal rausgehen?, schrie ich. Sie zeigte mir einen aufgerichteten Daumen und schlängelte sich in Richtung Ausgang. Aus dem Keller drangen Bässe, aus dem *Blue Room* E-Gitarren, die sich zu einer disharmonischen Klangcollage verbanden. Fee kauerte sich auf einer Treppenstufe zusammen und umarmte ihre Knie.

Mit meinem engen Satinrock fiel das Sitzen schwer. Direkt neben mir hatte jemand mit schwarzem Edding das Wort Fotze! an die Wand geschrieben, daneben ein Oval gezeichnet, umgeben von Strichen, die wohl Haare darstellen sollten.

Und, fragte ich, wohnst du jetzt wieder in der Belfortstraße?
Sie schüttelte den Kopf, dass die Haare flogen. Nee, sagte sie, Herdern, in der Luxushütte von Rosi und Werner. Ist ganz geil, ich hab da meinen eigenen Eingang. Und Werner glaubt, er könnte auf mich aufpassen.
Ich hatte neulich erst ein Foto der avantgardistischen Villa in der *Badenpost* gesehen. Der Oberbürgermeister hatte Werner und Rosalie eine handgeschnitzte Sonne als Preis für das erste autarke Solarzellenhaus Freiburgs überreicht. Auf dem Foto hielt Rosalie die Sonne mit spitzen Fingern, so als überlegte sie bereits, in welche der drei verschiedenfarbigen Mülltonnen hinter dem Haus das Ding am ehesten gehörte.
Weißt du, was komisch ist?, sagte ich. Als ich dich so tanzen gesehen habe, musste ich total an deine Mutter denken.
Fee presste ihre Lippen aufeinander und stützte eine Handfläche gegen die Wand.
Ganz schlechtes Thema, sagte sie schließlich, die Insa und ich, wir sind durch miteinander.
Ich nickte langsam und schwieg. Nach ein paar Augenblicken, in denen nur die konkurrierende Musik aus dem Keller und dem ersten Stock zu hören war, sprach Fee weiter. Du weißt ja wahrscheinlich, sagte sie, ich war 'ne ganze Zeitlang in der Klapse.
In einer Suchtklinik, sagte ich.
Sie winkte ab, nenn's wie du willst, sagte sie, für mich war's 'ne Klapse, bin froh, dass ich da wieder draußen bin. Aber eins muss ich denen lassen, ich hab so einiges verstanden über mich und mein ganzes verkorkstes Familiensystem.
Sie öffnete den Reißverschluss eines Gürteltäschchens, zog ein Zigarettenpäckchen heraus und bot mir eine an.

Nur Tabak, sagte sie, keine Spaßzigaretten mehr.
Sie nahm sich selbst auch eine davon, gab erst mir, dann sich Feuer und zog den Rauch ein, bis ihre Wangen tiefe Trichter bildeten.
Weißt du, sagte sie dann in ihre eigenen Rauchwölkchen hinein, die Insa ist so'n Mensch, die saugt alles um sich herum aus. Kann irgendwie gar nichts dafür, wie so eine fette Spinne, die in ihrem Netz sitzt und zuschaut, wer sich drin verfängt. Und wer ihr gerade nichts nützt, den nimmt die gar nicht wahr.
Also zum Beispiel dich, half ich.
Fee nickte mehrmals und blies im Takt Rauch aus. Yep, sagte sie, mich zum Beispiel. Ab dem Moment, wo Adrian da war, war ich ihr einfach scheißegal. Der Werner war echt lieb, aber so richtig gemacht hat der auch nichts. Hat sich irgendwann einfach nicht mehr zu mir in die Wohnung getraut, angeblich, weil er Angst vor den Hunden hatte. Aber geschrieben hat er mir immer wieder, muss man ihm lassen. Hat die Briefe unter dem Türschlitz durchgeschoben, wahrscheinlich irgendwann nachts. Wie es mir geht, ob ich nicht doch wieder in die Schule gehen will und so. Aber dann hab ich ja irgendwann nicht mehr in der Belfortstraße gewohnt, sondern hier mal gepennt und da mal gepennt.
Sie fixierte die schwarzen Noppen des Kunststoffbodens und zog hektisch an ihrer Zigarette. Die Spitze glomm auf. Ich hatte den Eindruck, sie erzählte ihre Geschichte nicht zum ersten Mal, beinahe, als wäre das Erzählen selbst zu einer Art Sucht geworden und als hätte ich genauso gut eine komplett Fremde sein können.
Bist du denn dann von selbst nach Bollschweil gegangen?, fragte ich.
Sie schüttelte den Kopf. Von nahem sah sie nicht mehr

ganz so feenhaft aus, die Haarfarbe stumpf, kleine rote Pusteln am Hals.
Nee, sagte sie schließlich, dazu hatte ich mich ja schon viel zu sehr ins Aus geschossen. Da musste schon jemand kommen und mich retten.
Sie machte eine Pause und steckte sich eine neue Zigarette an der Glutspitze an. Die alte ließ sie fallen, obwohl sie erst halb geraucht war, und trat sie mit dem Absatz ihres rechten Stiefels aus.
Na?, fragte ich und versuchte, meinen hochgerutschten Rock in Richtung meiner Knie zu ziehen.
Das vergess ich nie, sagte sie, ich total im Nirwana, in irgend so 'ner Siffbude von 'nem Typen, der behauptete, er wär Musiker, dabei hatte der nicht mal ein Instrument. Also wir am Nachmittag ein Blech geraucht, weißt du, ich hab das Zeug ja nie gespritzt, – sie hielt mir wie zum Beweis ihre Armbeugen hin, – na, und dann klopft's plötzlich, und dann diese Stimme: Hey, wohnt hier zufällig eine Fee?
Sie kicherte.
Fanden wir natürlich irre komisch, in unserem Zustand, und der Typ neben mir ruft zurück, nee, nur die böse Hexe und die sieben Zwerge, aber dann klopft's wieder, und ich denk, die Stimme kenn ich, geh hin, mach auf. Und dann steht der da, einfach so. Sagt: Jetzt packst du deinen Krempel zusammen, und dann fahren wir erst mal weg hier. Hat mich mit nach Hause genommen, voll gekümmert hat er sich, obwohl's mir so dreckig ging, dass ich die ganze Nacht kotzen musste. Hat auch verstanden, dass ich meine Mutter nicht sehen wollte und niemanden. Und dann hat er mir einen Tee gekocht und ans Bett gebracht, und die Tasse war ganz warm, na logisch, musste sie ja, aber da hab ich plötzlich so heulen müssen, und er hat mir die

Wange gestreichelt, so – sie beugte sich vor und rieb ihre knochigen Finger an meinem Gesicht –, und dann, stell dir vor, dann hat der angefangen zu singen. *Weißt du, wie viel Sternlein stehen*, irgend so ein Kinderlied. Und ich sag, das ist ja schön, und er sagt, das brauchen alle Kinder, auch große, dass man auf sie aufpasst, und sein Kleiner würde da auch immer sofort einpennen. Und wie der da für mich gesungen hat, das war so …
Fee fuchtelte mit ihrer Zigarette, streifte mit der Spitze das Bein eines Mannes, der an uns vorbei die Treppe hochkam, so dass Funken vom Stoff seiner Jeans aufstoben, hielt die Hand schließlich still und suchte weiter nach Worten.
Weißt du, sagte sie schließlich, so was hatte ich eigentlich nur noch, wenn ich was geraucht hatte. Da wirst du ganz leicht und weich und warm, wie so'n Pusteblumensamen, der über einer Wiese schwebt, dir fehlt nichts. Und genau so hab ich mich gefühlt. Da singt einer für mich, und um mich herum duftet die Bettwäsche und draußen die warme Holzkohle, ein doppelter Ofen, und ich dachte, mir kann nichts mehr passieren. Obwohl's ja eigentlich die totale Kitschnummer war, mit den Sternlein, die der liebe Gott gezählt hat, kennt auch dich und hat dich lieb, so in der Art. Aber ich hab tatsächlich geschlafen, obwohl mir doch so kotzübel war. Und am nächsten Tag hab ich mich von ihm nach Bollschweil bringen lassen.
Von Anton, sagte ich.
Klar, sagte sie, von Anton.
Ich fuhr mit der Fingerspitze die Umrisse des Ovals an der Wand nach, dann die Buchstaben daneben.
Irgend etwas musste ich jetzt sagen.
Und deine Mutter, fragte ich, was ist mit der?
Fee streckte ihre Arme über dem Kopf aus, bis ihre Gelenke knackten.

Meine Mutter, sagte sie langsam, jede Silbe betonend, meine Mutter hatte nichts Besseres zu tun, als bei ihren paar Besuchen in Bollschweil den Klinikchef aufzureißen. Oder umgekehrt. Ich sag ja, eine Spinne im Netz. Vor ein paar Wochen ist sie mit dem Kleinen …
Eine weibliche Stimme unterbrach ihren Redefluss.
Sag mal, beschwerte sich Aiko, ich wollte schon ’ne Vermisstenmeldung rausgeben!
Dann sah sie mich besorgt an.
Was ist denn los, fragte sie, du guckst ja, als hättste eine Erscheinung gehabt?
Äh, stotterte ich, das ist nur eine, ich meine, meine alte Freundin …
Aber Fee war bereits aufgestanden, zog die Hose über ihren dünnen Schenkeln glatt, zermalmte die nächste Zigarettenkippe unter ihrem Absatz und hob die Hand.
Wie jetzt, fragte ich, wo ist deine Mutter hin?
Meistens ist sie bei ihrem neuen Kerl, antwortete Fee, und weißt du, was das Irrste ist: Das ist so ein auf edel gemachtes Bauernhaus im Hexental, da wohnt auch noch die Frau von dem. Also Insa und ihr Typ oben, die Alte unten, und wenn die beiden nachmittags da rumficken, passt sie auf Adrian auf.
Ich blickte zu Aiko. Über ihrer Nasenwurzel hatten sich zwei winzige Furchen in ihren Porzellanteint gegraben.
Also, sagte Fee und hob grüßend die Hand, ich pack’s dann mal, ich wollte eh gerade auf einen Sprung nach unten.
Was war das denn für eine?, fragte Aiko.
Egal, sagte ich schnell, ich geb jetzt eine Runde Sekt aus.
Wieso, gibt’s was zu feiern?
Ich habe heute Geburtstag.
Echt jetzt?, fragte Aiko.

Ich drängelte mich zur Bar, um eine Flasche *Söhnlein Brillant* zu kaufen. Dazu Gläser, die einen hohen Ton von sich gaben, wenn man mit ihnen anstieß.
Manchmal kennst du echt schräge Leute, sagte Aiko.
Na ja, sagte ich, die Fee ist ganz schön alt geworden in letzter Zeit. Hat viel durchgemacht.
Auf einem Meer von platzenden Kohlensäurebläschen ließ ich mich durch die Nacht treiben und gewann immer mehr an Fahrt. Ich hörte mich lachen, sah mich tanzen, betrachtete mich schließlich von außen, als würde ich unter der Decke des Raumes schweben. Was ich sah, begann mir zu gefallen.
Gegen vier verließen wir zu dritt den *Blue Room*. Der Barmann hieß Louis oder nannte sich wenigstens so, und er bot mir an, mich zuerst nach Hause zu fahren.
Ich will gar nicht nach Hause, ich muss woanders hin, sagte ich. Schwaighof, Ecke Günterstalstraße.
Aiko zog fragend die Augenbrauen hoch, und ich nickte.
Wie Sie wünschen, Lady, sagte Louis, und von einer französischen Frauenstimme im Radio begleitet, *Voyage Voyage*, kurvten wir über die menschenleeren Straßen und verfolgten den Glanz unserer eigenen Scheinwerfer auf dem Asphalt. Das Auto fuhr am schlafenden Redaktionsgebäude der *Badenpost* vorbei auf den Lorettoberg zu und weiter, durch kastaniengesäumte, laternenbeleuchtete Straßen in Richtung Wiehre.

31

Noch immer segelte ich durch die Nacht, von Wellenkamm zu Wellenkamm, und das Geräusch der zuschlagenden Autotür klang wie ein Salutschuss kurz vor dem Hafen. Die letzten Meter des Kiesweges rannte ich, unmöglich, jetzt langsamer zu werden, und genoss die zarte Reibung der Strumpfhose zwischen meinen Beinen. Ich sah mich selbst dort laufen, ein bewegtes Bild, das aus den schönsten Schaufensterscheibenreflexionen der ganzen Stadt zusammengesetzt war. Hinauf, bevor die Welle brach und mich hineinspülte, zu ihm, der irgendwo dort drinnen schlafend lag. Dieser süßlich riechende Körper, bespannt mit Männerhaut, an die meine Hände sich noch immer erinnerten. Vier Jahre, nachdem ich sie mit einer nach Orangen duftenden Lotion eingerieben hatte, auf einer Sommerwiese am See.

Das war der Moment, auf den ich gewartet hatte, jene Art Nacht, von der die nächtlichen Balladen im Radio handelten. Das war der Festsaal, mit Kristalllüstern und spiegelndem Parkett, und alles andere, Stefans Deogeruch und die Mixkassetten, Michaels Fingerspitzen, vom Badewasser verschrumpelt, waren bestenfalls das Foyer gewesen. Ich war siebzehn Jahre alt. Eine Frau. Anton war einsam. Und schließlich, dachte ich, war er ja auch nur ein Mann.

Erst die unterste Stufe der Freitreppe vor dem Eingang stoppte mich. Mit der Spitze meines rechten Schuhs stieß

ich dagegen und konnte mich gerade noch mit den Händen auf dem feuchten Stein abfangen. Ich rappelte mich wieder auf, in meinen Eingeweiden ein Aufstand aus Kohlensäure und Hormonen, und besah meinen Schuh. Der Aufprall hatte eine Delle in das Schlangenlederimitat geschlagen, eine halbmondförmige Narbe, so wie die, die ich seit einem Fahrradsturz als kleines Mädchen über der rechten Augenbraue trug.
Wenigstens war die Strumpfhose unbeschädigt. Schließlich war sie teuer gewesen, mit eingearbeiteter schwarzer Naht, die auf der Rückseite der Waden entlangführte wie eine Schnittlinie. Meine Fingerspitzen waren grün vom Moos, das in den Ritzen zwischen den Treppenstufen wucherte. Friedhofsgeruch stieg von ihnen auf, modrig und beruhigend. Dann ging die Lampe über der Eingangstür an.
Das Geräusch des Schuhs gegen den Stein war nicht laut gewesen, aber es kam mir vor, als hätte ich damit die ganze Straße aufgeweckt. Ich hörte mein Herz schlagen und wartete auf eine Antwort, auf das Bellen eines Hundes, das Quietschen eines sich öffnenden Fensters. Aber es blieb still bis auf ein unmelodiöses Klimpern wie von einem Xylophon. Vorsichtig drehte ich mich um. Die Rollläden der Villa waren heruntergelassen, sogar die hinter den schmiedeeisernen Fenstergittern im Erdgeschoss. Und dann sah ich die Zeitungen im Briefschlitz, die Briefumschläge, die darin steckten, und verstand, gleichzeitig erleichtert und enttäuscht.
Ich stand auf und ging um das Haus herum in den Garten. Ein Lichtfinger folgte mir. Der Spot verwandelte die Terrasse in eine Bühne, auf der ein tristes Endzeitstück gespielt wurde. Die Teakholzstühle und der Tisch waren mit angegrauten Plastikhüllen überzogen, ein Gartengrill mit einem Rest Asche in der verrosteten Schale lehnte an der Wand.

Zwischen zwei Terrakottatöpfen mit verblühten Margaritensträuchern lag ein Gummiball, die Oberfläche von Sonne und Tau porös geworden. Jetzt sah ich auch, woher das Xylophon-Klimpern gekommen war. Über der Terrassentür hing eine blaue Gartenharfe und spielte sich selbst ein Nachtlied.

Ich setzte mich auf eine Holzschaukel, die an den Ästen einer ausladenden Zierkirsche befestigt war, und begann zu schwingen. Dort, wo die Schaukel hing, war der Boden durchweicht, das Gras heruntergetrampelt von Kinderfüßen. Nur wenige Halme hatten standgehalten. Durch die Blätter konnte ich in den Sternenhimmel sehen, auf ein Garagendach und ein verlassenes Vogelnest in der Baumkrone. Mir war übel vor Müdigkeit und Alkohol, die Halteseile scheuerten in meinen Handflächen, und ich sehnte mich nach der Wärme einer Stimme.

Ich stieß mich nicht mehr ab, und die Schaukel verlangsamte sich, so wie das Pendel einer Uhr, die allmählich stehen bleibt. Mit der Hand berührte ich die feuchtkalte Rinde des Baumes, schließlich bremste ich mit dem rechten Fuß. Der Schuh war sowieso ruiniert, jetzt kam es auch nicht mehr darauf an. Dabei trat ich gegen einen harten Gegenstand im Gras. Ich beugte mich hinunter und hob ihn auf. Es war ein Plastikkrokodil, mit grünem Körper, Comic-Augen und einem Grinsen um das weiße Maul. Auf dem Rücken hatte es ein Rädchen, und als ich daran drehte, setzten sich die Beine summend in Bewegung. Angeblich konnte man Krokodile unschädlich machen, wenn man es schaffte, sie auf den Rücken zu wälzen. Der Unterkiefer besaß keine Muskeln, und so konnten sie nicht mehr zuschnappen. Der Bauch des Aufziehtieres war weiß, darauf hatte jemand mit Edding zwei Buchstaben geschrieben. Ein Monogramm. AO.

Adrian Olbricht. So wie Anton Olbricht. Oder Adolf Olbricht.
A und O, Alpha und Omega.
Niemand kommt zum Vater als durch mich.
Und auf einmal wusste ich es. Wusste, wo er war. Aber ich wusste auch, was zu tun war.

Am Nachmittag erwachte ich vom Pfeifen des Flötenkessels in der Küche. Mehrere Verbindungen musste ich bereits verschlafen haben, und der nächste Zug fuhr erst um 18.07 Uhr am Wiehrebahnhof ab. Auf dem Küchenbord fand ich eine angebrochene Schachtel von Helgas Zigaretten und verzog mich damit in mein Zimmer. Irgendwann hörte ich meine Mutter über den Flur schlurfen. Der Nachmittag ging in Bratpfannengeklapper, Rettungshubschraubergeknatter und Mülleimerdeckelscheppern unter.
Ich konnte mich lange nicht entscheiden, was ich anziehen sollte, und beließ es schließlich bei einer Leggins und einem schenkellangen Hemd aus Wollstoff. Kleidung, die aussehen sollte wie eilig übergeworfen und trotzdem vorteilhaft, das richtige Outfit für einen Landausflug und eine Rettungsaktion. Außerdem erlaubten beide Teile ein unkompliziertes Ausziehen, ohne Fummeln an Gürtelschnallen und ohne Halsausschnitte, in denen der Kopf stecken bleiben konnte.
Ich wartete, bis ich die Klotür hörte, dann huschte ich aus meinem Zimmer, überquerte den Flur und legte meiner Mutter einen vorbereiteten Zettel auf die Schleiflackkommode, gerade in dem Moment, als die Spülung betätigt wurde. *Übernachte bei einem Freund, bin wahrsch. morgen Abend zurück, Kuß, L.* Im letzten Augenblick zerrte ich noch den Trenchcoat meiner Mutter vom Haken. Während die Wohnungstür ins Schloss fiel, hörte ich sie meinen Namen rufen.

Der Zug kam pünktlich an, hielt quietschend und keuchte sofort weiter. Es war ein altes Modell, bei dem man unwillkürlich das Wort *Eisenbahn* mitdachte, mit rostigen Trittstufen und schwergängigen Türen. Es roch nach überreifen Bananen und Rauch. Ich suchte mir eine Bank aus, auf die jemand ein schwarzes Herz gemalt hatte und stellte einen Fuß auf der Heizung ab. Das Herbstlaub der Sträucher am Bahndamm grundierte mein Spiegelbild in der Scheibe. Sekundenlang stand ein Vogelschwarm wie eingefroren am Himmel, um sich dann plötzlich zu einem neuen, geheimnisvollen Zeichen zu formieren.

Nach dem Halt in Littenweiler öffnete sich die Waggontür und ein Junge in Schwarz kam in meine Richtung. Bei jedem seiner Schritte klirrten die Schnallen an seinen spitzen Schuhen und die Verschlüsse seines bodenlangen Mantels. Neben mir blieb er stehen, ließ eine Hand sinken, an der ein Lederrucksack baumelte, und deutete auf die Bank mir gegenüber. Kann ich?, fragte er. Ich sah ihn nur aus den Augenwinkeln an und nickte.

Er setzte sich, und ich sah in der Fensterscheibe, dass er etwas aus seinem Rucksack kramte. Zuerst dachte ich, es sei eine Stulle in Butterbrotpapier und wollte mich schon wundern, dass ein New Waver sich mit so etwas blicken ließ. Aber der Begleitgeruch blieb aus, und schließlich erkannte ich, dass es ein kleines Buch war.

Der Junge schlug eine Seite auf, streckte die Beine aus und schlug sie an den Knöcheln übereinander. Wer es sich so gemütlich machte, hatte vor, eine ganze Weile zu lesen. Ich riskierte einen Blick auf den Einband. *Jean-Paul Sartre, Die Wand und andere Meistererzählungen*.

Jenseits der abgeernteten Futtermaisfelder erhob sich ein Bergrücken wie das Profil einer urzeitlichen Riesenechse. Tannenwälder und kein Ende. Die Totgesagten lebten länger. Langsam kroch der Zug höher, und die Felswände des Höllentals rückten mit jedem Meter enger zusammen. Bevor der Zug in einen Tunnel einfuhr, stieß er einen Warnpfiff aus. Dort oben in der Dunkelheit musste das Denkmal des Hirschen stehen, der auf der Flucht vor dem Jäger über die Schlucht gesprungen war. Am Ende des Höllentals lag der Bahnhof Himmelreich. Und was danach kam, daran mochte ich im Moment gar nicht denken. Ich fühlte mich wie im Märchen, so als irrte ich durch einen dunklen Wald auf der Suche nach einer hell erleuchteten Hütte, ohne zu wissen, ob dahinter die Rettung wartete oder Gefahr lauerte.

Holzkohle und duftende Bettwäsche, damit hatte Fee sich verraten. Es gab nur einen Ort, der so roch. Ich konnte nur hoffen, dass es nicht zu spät war. Ich dachte daran, wie ich in der halb geöffneten Tür des Zimmers auf der Galerie stand, zwölf Jahre alt und barfuß, in der Nacht zum Ostersonntag vier Jahre zuvor.

Es gibt nur einen Grund, aus dem ich mich umbringen würde. Aus Liebe. Wenn der Mensch, der dir alles bedeutet, nicht mehr bei dir ist.

Ich sah Insa vor mir, in einem Haus im Hexental, im Holzbett mit Bauernmalerei, die Hände hinter dem Kopf verschränkt. Brüste, die im Kerzenschein so fest wirkten, als hätte sie nie ein Kind gestillt. Ein Bild wie eine Schwarzweiß-Kunstpostkarte.

Ich sah die brillentragende Frau des Klinikchefs mit Adrian auf der Landhauskücheneckbank sitzen und Duplosteine zusammenbauen, im Hintergrund *Pu-der-Bär*-Kassetten, um die Geräusche aus dem ersten Stock zu übertönen.

Und ich sah Anton auf einer Wolldecke vor dem Kamin, in dem das feuchte Holz nicht brennen wollte, seine Knie umarmend, sich wiegend wie ein Kind. Vier Minuten. Es ist ein schneller Tod.

Der Zug schnaubte angestrengt, als wäre er auf meiner Seite, und hielt nur kurz an den Bahnhöfen. Regentropfen klopften an die Scheibe und liefen quer darüber hinweg. Es war jetzt so dunkel, dass man nichts mehr von der Landschaft sah. Ein paar Leute liefen durch den Waggon und hinterließen Pfützen auf dem Gangboden. Irgendwann kam der Schaffner und stanzte mit seiner Zange ein Loch in meinen Pappfahrschein. Der Junge mir gegenüber legte sein Buch in den Schoß.

Er sah mich einfach nur an. Lächelte nicht, sprach nicht. Er hatte schöne Augen, meergrün, ganz und gar unpassend zu einem schäbigen Ort wie diesem.

Zum Schluss war ich diejenige, die das Schweigen brach.

Gutes Buch?, fragte ich.

Er nickte. Ja, absolut. Vor allem die Titelgeschichte. Der Hammer.

Worum geht es denn?

Eine Gruppe von Leuten im Spanischen Bürgerkrieg, die sollen hingerichtet werden. Zum Schluss findet die Hinrichtung gar nicht statt, sie werden begnadigt. Aber der Typ, der die Geschichte erzählt, der hat kapiert: Das ändert gar nichts. Verstehst du?

Wieso, sagte ich, ich dachte, er überlebt?

Na ja, sagte der Junge und strich sich vorsichtig mit der Handfläche über die steifgegelten Haarspitzen, schon. Aber früher oder später muss er ja trotzdem sterben. Ist eigentlich egal, wann.

Das finde ich unlogisch, sagte ich, dann wäre das Leben ja gar nichts wert. Kann ja auch morgen die Atombombe hochgehen, und trotzdem kann man heute Nacht was Schönes erleben. Vielleicht hat es sich gelohnt, dass man dafür auf der Welt ist.

Der Junge blätterte in seinem Buch und suchte nach etwas.

Da, sagte er schließlich, hör mal: *Ein paar Stunden oder ein paar Jahre warten, das ist alles gleich, wenn man die Illusion, ewig zu sein, verloren hat.* Ist doch toll formuliert, oder?
Studierst du das, fragte ich, Französisch oder so?
Er schüttelte den Kopf, ohne dass seine Haare sich dabei bewegten. Nee, sagte er, ich lern Speditionskaufmann.
In Freiburg?
Ja, sagte er, aber ich wohne in Titisee-Neustadt. Deshalb komm ich auch so viel zum Lesen. Jeden Tag den halben Schwarzwald hoch und wieder runter, und immer nur Walkmanhören ist auch öde.
Lebst du noch bei deinen Eltern?
Er zögerte. Nicht direkt, sagte er dann. Mein Vater hat letztes Jahr den Speicher ausgebaut, ich hab da meinen eigenen Eingang. Ich verdien ja auch nicht so irre, trotz zweitem Lehrjahr.
Ich wollte wieder aus dem Fenster schauen, sah aber nur mich selbst. Meine Zähne glänzten weiß und erschienen mir riesig. Der Junge blickte noch immer in meine Richtung.
Wo willst du eigentlich noch hin, fragte er schließlich, Samstagabend in der Pampa?
Mein Freund erwartet mich, sagte ich.
Ich blickte ihm in die Augen, ohne meinen Kopf vom Fenster abzuwenden. Er nickte langsam und griff dann wieder nach seinem Buch.
Schade, sagte er, kurz bevor er ausstieg. Da kann man wohl nichts machen.

Eine halbe Stunde später war ich in Schluchsee. Die Bahnhofsuhr stand auf halb zwölf, und für einen furchtbaren Moment glaubte ich, hier sei ein Zeitfresser am Werk gewesen, der die letzten vier Stunden verschluckt hatte. Erst ein

Blick auf meine Armbanduhr überzeugte mich, dass nur die Zeiger stehen geblieben waren. Der Bahnsteig war leer, die Rollläden des Fahrkartenschalters heruntergelassen. In einem Schaufenster am Ausgang der winzigen Wartehalle brannte Licht. Darin hing eine einzelne, wollweiße Kinderjacke mit einem Aufnäher in Form eines Schmetterlings.
Ich ließ den Bahnhof hinter mir und ging die Dorfstraße entlang, Hände in den Taschen vergraben, den Trenchcoatkragen hochgeklappt. Ein Poster fiel mir ein, das in Aikos Zimmer über ihrem Bett hing. James Dean auf einer nassen Straße, ebenfalls in einen Mantel gehüllt, eine Zigarette im Mundwinkel. Ich kam nicht darauf, wie der Film hieß. Irgendwo wurde ein Rollladen heruntergelassen, ein Hund bellte. Fernseher tauchten Fenster in bläuliches Aquariumlicht, Laternen spiegelten sich in Pfützen. Eine Frau mit Regencape und durchsichtigem Plastikkopftuch fuhr auf dem Fahrrad an mir vorbei. Sonst war niemand unterwegs.
Bald war ich am Ortsrand angelangt und lief die letzten Meter am See entlang. Dann schimmerte ein Licht durch die Bäume, und die Umrisse eines Daches schälten sich aus der Dunkelheit. Beim Näherkommen erkannte ich den Brennholzstapel neben der Tür, dann einen grünen Peugeot mit Freiburger Kennzeichen, der neben dem Eingang parkte. Ich wollte mich gerade darüber wundern, dass Anton neuerdings Auto fuhr, da sah ich es.
Ich war zu spät gekommen.
Das Innere des Wagens lag im Halbdunkel. Trotzdem erkannte ich sofort den vornübergesunkenen Körper. Der Kopf ruhte reglos auf dem Armaturenbrett. Vor Jahren hatte ich Anton einmal sagen hören, dass er Autos für Mordinstrumente hielt. Jetzt hatte er sich selbst mit einem umgebracht.
Auf Puddingknien ging ich näher, doch ehe der Film in

meinem Kopf richtig in Fahrt kommen konnte, verwandelte sich das Bild. Der schlaffe Körper wurde zu einem Autositz, der Kopf zur Kopfstütze, die nach vorne gekippt und so liegen geblieben war. Auf der Rückbank stand ein bunter Kindersitz.
Ich wandte mich ab, lief den Gespenstern davon und auf die Eingangstür zu, hörte den Herzschlag in meinem Kopf, der nicht langsamer werden wollte. Sah noch immer, was ich gemeint hatte zu sehen, so wie ein Schmutzfilm auf einer Scheibe, der sich nicht abputzen lässt. Dachte, dass es schlimmer ohnehin nicht mehr kommen konnte. Und klingelte.
Anton war schneller an der Tür, als ich meine Gesichtszüge sortiert hatte. Er öffnete mir in einer lila Jogginghose und einem T-Shirt, auf dem *This Way Up Tour 86/87* stand. Zwei Augenpaare starrten mich an, Peter Gabriel auf Brusthöhe, Anton einen Kopf darüber.
Du?, fragte er. Er blickte erst mich an, dann einen angebissenen Apfel in seiner Hand, dann wieder mich.
Kann ich reinkommen?
Äh, ja klar. Logisch.
Er erwiderte meine Umarmung mit Verzögerung, unschlüssig, was er mit der Apfelhand machen sollte, und klopfte mir mit der freien auf den Rücken.
Na, das ist ja mal eine Überraschung, sagte er schließlich und löste seine Hände wieder, wie komme ich zu der Ehre?
Im Schein der Deckenlampe sah ich ihn an. Seine Haare waren wirr, am Ansatz etwas grauer geworden. Ansonsten, das musste ich zugegeben, sah er nicht verändert aus. Auf jeden Fall nicht wie ein Mann, der kurz davor gewesen war, sich umzubringen.
Ich hab gehört, du bist hier, sagte ich leise. Und ich hatte nichts anderes vor heute abend.

Den Satz hatte ich mir auf dem Weg vom Bahnhof ausgedacht.
Und deswegen fährst du einmal quer durch den Schwarzwald?, fragte er ungläubig.
Darauf wusste ich nichts zu antworten.
Na, sagte er und klopfte mir auf die Schulter, dann musst du wohl erst mal reinkommen. Vielleicht hast du ja Lust, einen Wein mitzutrinken. Habe mir gerade einen aufgemacht.
Er wies auf den langen Esstisch, auf dem eine halb volle Flasche neben einer Holzschale Walnüsse stand, und ich nahm es als Erlaubnis, meinen Mantel auszuziehen. Anton reckte sich, so dass zwischen dem Hosenbund und dem T-Shirt ein Stück Haut sichtbar wurde, öffnete einen Küchenschrank und förderte ein bauchiges Weinglas mit grünem Stiel zutage. Der angebissene Apfel lag jetzt auf dem Tisch, eine Seite verwüstet von Zahnabdrücken, die andere Seite glatt, glänzend und unbeschädigt.
Ich setzte mich. Der Stuhl schabte laut über den Boden. Im Kamin lag ein unordentlicher Aschehaufen. Auf dem Sims konnte ich etwas Grünes erkennen, möglicherweise einen Zwillingsbruder des Krokodils aus dem Schwaighofstraßengarten.
Anton setzte sich mir gegenüber und hob die Flasche. Ehe er mir etwas davon eingoss, zögerte er kurz.
Trinkst du so was überhaupt schon?, fragte er.
Na hör mal, sagte ich.
Ich frag nur, sagte er. Nicht, dass deine Mutter sich hinterher bei mir beschwert.
Na hör mal, wiederholte ich, und er hob in einer entschuldigenden Geste die linke Hand und ließ Wein in mein Glas laufen.
Am Küchenschrank baumelte ein Plastikskelett mit Sombrero an einem roten Geschenkband.

Das da ist neu, sagte ich.
Anton wandte den Kopf. Ach ja, sagte er, Freund Hein. In Mexiko schenken sich die Leute zu Allerheiligen Skelette aus Marzipan und feiern Partys an den Gräbern. Ein ganz faszinierender Brauch, finde ich. Schon mal was von Synkretismus gehört?
Ich nickte. Ja, sagte ich wie aus der Pistole geschossen, Kombination von Christentum und archaischen Religionen.
Er schob anerkennend die Unterlippe vor, nickte und hob sein Weinglas an. Mit zwei Fingern trommelte er leise auf die Tischplatte.
Das Ding hat mal eine Freundin mitgebracht, fügte er schließlich hinzu. Die hat ein Händchen für skurriles Zeug.
Anton pulte in einem Brandloch auf der Tischoberfläche. Dann sah er mich mit unbewegtem Gesicht an.
Jetzt mal ehrlich, Lola, sagte er, wieso bist du hier?
Darauf fiel mir nichts ein. Zumindest nichts, was ich nicht schon gesagt hatte.
Doch nicht wegen mir, setzte er nach.
Schließlich kam aus irgendeiner vergessenen Windung meines Gehirns doch noch ein Satz geflattert und legte sich auf meine Zunge.
Weißt du, sagte ich, manchmal lasse ich mich einfach von meinen lebendigen Impulsen führen.
Anton stutzte, dann schüttelte er leicht lächelnd den Kopf. Schön formuliert, sagte er. Könnte von mir sein.
Irgendwie musste ich das Thema wechseln.
Könnte auch von Insa sein, schlug ich vor.
Ich suchte nach einer Reaktion in seinem Gesicht. Er sah an mir vorbei. Bingo, dachte ich.
Also stimmt es?, fragte ich nach einem Moment des Schweigens. Ich meine, dass ihr Schluss gemacht habt.

Anton seufzte. Schluss gemacht, ja. So würden es du und deine Freunde wahrscheinlich ausdrücken.
Seine Worte hatten nicht die gewünschte Wirkung. So froh ich war, dass meine Information stimmte, so wenig gefiel mir der Ton.
Ich meine, sie hat dich verlassen, setzte ich nach.
Schon als ich ihn aussprach, bereute ich auch diesen Satz. Er klang wie aus dem Drehbuch der *Schwarzwaldklinik*.
Anton lehnte sich zurück und verschränkte seine Hände hinter dem Kopf. Seine Kieferknochen traten hervor. Peter Gabriel verzog das Gesicht. Ich griff nach der Tischkante.
Formulieren wir es mal so: Wir haben unsere Differenzen und deshalb beschlossen, uns vorübergehend zu trennen.
Und wo liegt das Problem?
Das Problem? Er lachte freudlos auf und nahm einen großen Schluck Wein. Aus zusammengekniffenen Augen musterte er mich.
Sag mal, setzte er nach, was geht das eigentlich dich an?
Wir waren doch Freunde, sagte ich. Wir alle, die ganze Clique. Und Fee und ich.
Ich blickte auf eine helle Fläche an der Wand hinter Anton. Es sah aus, als hätte jemand ein Bild entfernt, das bis vor kurzem dort gehangen hatte. Aber ich konnte mich nicht erinnern, was es gewesen war.
Anton nickte. Als er wieder anfing zu sprechen, war seine Stimme um mehrere Grad wärmer geworden.
Stimmt, sagte er, das waren wir. Ist noch gar nicht so lange her, da waren sogar Insa und ich noch Freunde.
Und?, flüsterte ich.
Anton zuckte die Achseln und stieß Luft durch seine gekräuselten Lippen aus. Seit Adrian auf der Welt ist, sagte er, wirft sie mir vor, ich wollte nicht erwachsen werden.

Würde sie nerven mit meinen Stimmungsschwankungen, meinen Schreibblockaden. All dem, was sie meine Künstlerallüren nennt.

Ja, das kenn ich, antwortete ich rasch. Hat mein Ex auch mal gesagt. Dass ich nicht erwachsen genug wäre für ihn.

Wieder atmete Anton heftig aus, eine Mischung aus Lachen und Schnauben.

Und wie alt bist du jetzt? Oder darf man das eine junge Dame nicht mehr fragen?

Er hatte meinen Geburtstag vergessen. Natürlich hatte er das. Ich fixierte ein Astloch in der Tischplatte.

Siebzehn, sagte ich.

Siebzehn, sagte er, Lolita ist süße siebzehn.

Er griff nach der Flasche und füllte sein Glas nach.

Ja, sagte ich, genau. Ich konnte seinem Blick nicht standhalten, also streckte ich mich im Sitzen, spürte meine Brüste hervortreten, ließ schließlich meinen Kopf zurücksinken. Verschränkte die Arme hinter dem Nacken, schloss die Augen, bot ihm die Kehle. Wenn Anton meine Rettung nicht nötig hatte, musste ich zu anderen Mitteln greifen.

Ich hörte ihn trinken, hörte, wie er das Glas abstellte. Ansonsten passierte nichts.

Lola, sagte er schließlich, ich muss ehrlich sagen, dieser Besuch verwirrt mich ein bisschen.

Ich ließ meine Arme wieder sinken und streckte sie über den Tisch, bis ich wie zufällig mit meinen Fingerspitzen an die von Anton stieß.

Mach's doch nicht so schwierig, sagte ich.

Weiß der Teufel, warum mir gerade dieser Satz einfiel. Genau das hatte Michael manchmal zu mir gesagt.

Vorschlag, sagte Anton und zog seine Hände zurück. Wir essen jetzt gemütlich ein bisschen zu Abend, und dann kommst du in aller Ruhe noch zum Zug um halb elf.

Ich goss mir den letzten Schluck Rotwein ein, Anton nickte und griff nach einer neuen Flasche.
Mit dem Essen gab er sich keine große Mühe. Wurst und Käse legte er in fettigfleckigem, verknittertem Karopapier auf den Tisch, daneben eine Brötchentüte, in der nur noch eine Hälfte Dinkel-Vollkorn lag und ein Päckchen mit Knäckebrot. Vergeblich wartete ich darauf, dass Anton den Kamin anzündete. Ich vermisste das Geräusch, mit dem die Feuchtigkeit aus den Holzscheiten verdampfte, so, als könnte man den Regen über den Tannenwäldern ein zweites Mal hören. Außerdem war es kalt.
Dennoch gab es etwas, das mich hoffen ließ, Anton würde den Halb-elf-Uhr-Zug vergessen. Er trank. Nicht schnell, aber regelmäßig, so als bräuchte er Rotwein wie Sauerstoff. Soweit ich wusste, hatte er früher nie mehr als ein oder zwei Gläser genommen. Dazu zupfte er Stück für Stück den Teig aus der Brötchenhälfte auf seinem Teller und stopfte sich die Flocken in den Mund, bis schließlich nur noch die Kruste übrig blieb wie der Panzer eines toten Insekts.
Irgendwann stieg Anton die Treppen hoch und blieb längere Zeit fort. Ich zog den BH unter meinem Hemd aus und stopfte ihn in meinen Rucksack. Dann ging ich zum Kaminsims und inspizierte das grüne Plastiktier. Es war kein Krokodil, sondern eine Schlange. Zog man sie mit dem Rädchen auf ihrem Rücken auf, schlug sie mechanisch mit der Schwanzspitze hin und her. Das Geräusch hallte in dem hohen Raum, und ich hielt den Schwanz so lange fest, bis er langsamer wurde und die Bewegung erstarb.
Im Obergeschoss klappte eine Tür, dann kam Anton wieder die Stufen herunter. Er strich sich mit dem Unterarm über die Stirn und setzte sich zurück auf seinen Platz. Ich

ging langsam auf ihn zu. Näherte mich ihm wie einem scheuen Tier. Schritt für Schritt. Jetzt. Jetzt. Jetzt. Setzte mich, immer noch langsam, auf seinen Schoß. Meine Brustwarzen waren auf der gleichen Höhe wie Peter Gabriels Augen. Anton sah mich an und öffnete die Lippen. Das Innere seines Mundes glänzte feucht.
Lola, sagte er.
Ich spreizte meine Finger und fuhr mit den Händen seine Schlüsselbeine entlang.
Lola, sagte er noch einmal.
Ich zeichnete seine Umrisse in die Luft, fuhr die Konturen seines Körpers mit den Händen nach, als wollte ich ihn noch einmal modellieren, denselben Mann aus demselben Material. Seine Stirn. Seine Kieferknochen. Ich legte die Hände auf seinen Bauch.
Wo bist du denn?, fragte ich.
Er sog hörbar Luft ein.
Lola?, fragte er.
Ich nahm seine rechte Hand und führte sie zu meinem Mund. Seine Finger rochen nach Käsebrötchen. Ich öffnete meine Lippen und schloss sie um seinen Daumen. Beobachtete, wie seine Augenlider in Zeitlupe tiefer sanken. Machte meine Zunge hart und presste sie gegen sein Daumengelenk.
Er seufzte tief auf. Okay, sagte er dann schließlich. Seine Stimme war rau. Okay. Komm.

Die Treppe. Die knarzenden Dielen. Ein Schlafzimmer mit Doppelbett, ein einzelnes Kissen. Schließlich Licht, grell wie in einem Großraumbüro.
Die Nachttischlampe, flüsterte ich, kannst du nicht die anmachen?
Dann war ich schneller aus meiner Hose draußen, als ich

denken konnte, er musste gar nicht viel dazutun. Aber als ich nach dem Bund seines T-Shirts greifen wollte, schüttelte er atemlos den Kopf und hielt meine Handgelenke fest. Nein, sagte er, nicht.

Er umschloss meinen rechten Zeigefinger und führte ihn in Richtung meines Schoßes.

Zeig mir was, flüsterte er. Lass mich dir zusehen.

Er kniete vor mir, ich kniete vor ihm, unten herum nackt, das Hemd noch halb an, die Beine gespreizt, meine Hand dazwischen wie ein kompliziertes Spielzeug, für das ich keine Bedienungsanleitung besaß. So etwas hatte noch keiner von mir verlangt.

Lola, flüsterte er, einen drängenden Ton in der Stimme. Er schob seine Hand unter seinen Hosenbund. Ich hatte eine Gänsehaut. Nicht nur vor Kälte.

Ich schloss die Augen und versuchte, mich zu erinnern. *Mädchen, Tempo*. Der Roman, den Aiko mir einmal ausgeliehen hatte. Dessen Heldin, eine Schriftstellerin mit einem exaltierten Namen, tat es nachts auf Lesereise im Hotelbett. Aber wie sie es machte, was sie mit ihren Fingern anstellte, war nirgends genau beschrieben. Anton hätte ich anfassen können, diese Handgriffe hatte ich gelernt. Aber mein eigener Körper war mir fremd.

Meine Ungeschicklichkeit schien Anton nicht zu stören. Eher im Gegenteil. Seine Bewegungen wurden schneller und heftiger. Peter Gabriel sah mich an, ohne zu blinzeln, und plötzlich wusste ich, dass nichts in dieser Nacht so ausgehen würde, wie ich es mir vorgestellt hatte.

Wenn ich nicht eingriff, bevor es zu spät war.

Ich gab Anton einen Stoß mit beiden Händen, so dass er das Gleichgewicht verlor und rückwärts aufs Bett fiel. Kniete mich über ihn, hörte das Reißen von Stoff, als ich am Bund seiner Hose zerrte und freilegte, was darunter war. Dann stürzte ich mich auf ihn, so wie ein Samurai sich in sein Schwert stürzt. Anton schlug die Augen auf, genau als ich ihn dort hatte, wo ich ihn wollte. Im nächsten Moment warf er den Kopf zurück, und ein gedämpfter Laut kam von seinen Lippen, als wäre er es, der meinem Schmerz eine Stimme geben musste.

Oh Gott, sagte ich.

Bist du wahnsinnig?, flüsterte er atemlos, das kannst du doch nicht einfach machen.

Ich sah schlafende Katzen auf Fensterbänken. Den Schein gelber Gaslaternen auf Kopfsteinpflaster in elsässischen Dörfern. Ich sah Anton an einem Bett sitzen, in dem ich unter einer karierten Decke lag. Ich sah ihn meinen Kopf streicheln, immer wieder, von der Stirn bis zum Wirbel auf meinem Hinterkopf. Ich sah mich selbst auf seiner Brust, nackt und blutig, ein Säugling direkt nach der Geburt.

Dann waren die Bilder fort.

Das ist so was von leichtsinnig, sagte er und setzte sich auf, während er noch immer in mir war. Ich hoffe, das machst du nicht mit deinen Jungs. Wegen. Na du weißt schon.

Ich zog mich zurück, im letzten Moment, ehe er mich von sich wegschieben konnte. Es fühlte sich an, als gähnte mitten in meinem Körper ein Hohlraum, der sich niemals wieder schließen würde.

Anton schüttelte den Kopf. In dem Moment sah er das Blut. Blut vermischt mit einer klaren Flüssigkeit, eine kleine Serpentinenstraße entlang meines Oberschenkels.

Na immerhin, sagte er. Immerhin müssen wir uns nicht auch noch Sorgen machen, bis du deine Tage kriegst.

Es war der einzige seiner Sätze, in dem ein Wir vorkam. Ich stand auf, knöpfte mein Hemd zu und ging zur Tür.

Wo willst du denn jetzt hin?, hörte ich ihn fragen.

Duschen, sagte ich.

Lola, rief er, jetzt warte doch mal.
Ich blieb nicht stehen. Drehte mich nicht um.

Natürlich hörte ich trotzdem nicht sofort auf, zu hoffen. Genauso wenig, wie ich aufhörte zu atmen, genauso wenig, wie meine Haare ihr Wachstum einstellten oder mein Magen seine Verdauungstätigkeit. Zitternd stand ich in der Dusche und ließ das Wasser auf meine Hand prasseln, bis ich mir einbildete, dass es langsam wärmer wurde. Als ich einen Schritt unter den dünnen Strahl machte, belehrte mich der Rest meines Körpers eines Besseren. Trotzdem blieb ich stehen, das Gesicht zur Wand, und irgendwann hörte ich, wie hinter mir die Badezimmertür in den Angeln quietschte.
Er war gekommen. Es war nicht nötig, zu sprechen. Vielleicht würde er seine Kleider ablegen, zu mir in die Dusche klettern und mich waschen, gründlich, sogar zwischen den Zehen und hinter den Ohren. Die letzte halbe Stunde einfach abschrubben, mit einer groben Bürste, bis meine Haut ganz rau und rot wäre, nach nichts mehr röche außer Sauberkeit. Dann würde er mich in ein Handtuch hüllen und zurücktragen zum Bett. Und dann.
Ich konnte nicht mehr warten und drehte mich um. In der Tür stand ein Kind mit blonden Locken, sah mich an und presste seinen Daumen gegen seine feucht glänzende Unterlippe. Es hatte seine Beine etwas gespreizt und hielt sich am Türrahmen fest. Das Kind sah aus, als hätte es erst vor kurzem Laufen gelernt.
Wir verharrten eine ganze Weile so. Das Kind in seinem Frotteeschlafanzug, ein abgeliebtes Schmusetuch in der linken Hand. Ich nass und nackt vor der beschlagenen Kachelwand. Keiner von uns bewegte sich. Wasser rauschte über meine Schultern. Der Kleine lächelte nicht, er schaute

nur, mit dem ruhigen Interesse von Kindern, für die alles neu ist, ein Vogelgerippe am Straßenrand genauso wie der Körper einer Unbekannten unter der Dusche.
Adrian?, hörte ich Anton rufen.
Schritte kamen näher, dann beugte sich Anton zu seinem Sohn hinunter und nahm ihn auf den Arm. Adrian verzog den Mund und fing an zu weinen.
Zwerglein, sagte Anton, was machst du denn da, du kriegst ja ganz kalte Füße.
Ich blieb noch eine Weile so stehen, spürte, wie das Wasser langsam wieder kälter wurde, spürte die feinen Strahlen wie Nadeln zwischen den Schulterblättern. Mit jedem Atemzug wurde ich schwerer. Es war, als verwandelten sich meine Muskeln und Knochen langsam in etwas anderes, solideres, das die Zeit überdauern würde. Verwundert sah ich meinen Fingern zu, wie sie schließlich doch nach dem Hebel der Mischbatterie griffen, nach dem erstbesten Frotteehandtuch, das klamm an einem Haken hing, schließlich nach einem kunstseidenen Morgenmantel, blau mit weißen Pünktchen.
Als ich die Treppe hinunterkam, saß Anton mit seinem Sohn auf dem Schoß am Esstisch. Er hatte Adrians Füße in seine Hände genommen und wiegte ihn wie ein kleines Paket. Dazu sang er, ganz nah am Ohr des Kindes, als wäre es schwerhörig. Weißt du, wie viel Sternlein stehen, an dem blauen Himmelszelt? Au, sagte Adrian, und Anton antwortete: Ich mach uns gleich noch ein schönes Feuer, was?
Als er mich kommen hörte, sah er auf und musterte mich, musterte den Morgenmantel, als müsste er überlegen, welche Teile dieses Bildes nicht zusammenpassten.
Du solltest dich jetzt anziehen, sagte er. Dein Zug geht in zwanzig Minuten.
Ich schüttelte den Kopf. Zwanzig Minuten, sagte ich, das

schaffe ich ja gar nicht. Auf dem Hinweg hab ich schon fast so lang hierher gebraucht.
Ich fahr dich natürlich.
Aber du hast doch was getrunken.
Anton lachte freudlos. Adrian wand sich auf seinem Schoß wie ein Fisch an der Luft.
Du, sagte Anton, heute Abend sind schon so viele Unfälle passiert, da kommt es auf einen mehr oder weniger auch nicht mehr an.
Dann wandte er sich ab und legte seinen Kopf auf den von Adrian. Zwei Schädel verschwanden in einem Nest aus blonden Haaren, und man hätte nicht sagen können, wo der Vater aufhörte und der Sohn begann.
Als ich Insas Morgenmantel wieder auszog, bemerkte ich den Blutfleck, dunkel auf blau, rot auf weißen Pünktchen. Er sah aus, als könnte man ihn niemals auswaschen. Aber ich wusste es besser.

Zum Abschied drückte Anton mir Geld in die Hand und bestand darauf, dass ich es nahm. Für ein Taxi, oder wer weiß, sagte er, vielleicht hast du ja heute Abend noch etwas vor. Der 20-Mark-Schein war weich wie ein Stück Baumwolle.
Warum, fragte ich beim Aussteigen, noch in der Autotür stehend. Warum dann überhaupt?
Im Schein der Straßenlaterne auf dem Bahnhofsvorplatz sah Antons Gesichtshaut wächsern aus. Auf seiner Oberlippe standen Schweißperlen. Er fixierte einen Punkt auf der Windschutzscheibe, seufzte, zuckte schließlich die Achseln. Gott, ja, sagte er. Ich bin auch nur ein Mann.

Der Zug ratterte durch Tunnels, von Warnsignal zu Warnsignal, und schließlich öffnete sich das Höllental, wurde

eine dunkle Ebene, die langsam in eine kalt beleuchtete Stadt überging. Ich saß aufrecht auf meinem Platz, und aus dem Kragen des Trenchcoats stieg ein schwacher Duft auf, der mir vorher nicht aufgefallen war. Meine Mutter hatte schon lange kein Parfüm mehr benutzt.
Ich zog den Mantel fester um mich, ein Pflaster über einer Wunde, die sich nicht schloss. Das Einzige, was half, war absolute Bewegungslosigkeit. Wenn ich mit einem Mann schlafe, hörte ich Insa sagen, dann ist das ein Energieaustausch, dann existiert diese Energie über Jahre in meinem Körper. Ich konnte mich nicht entscheiden, ob das ein Fluch war oder ein letzter Trost. Die Haut meines Spiegelbildes wirkte wächsern. Hinter der Scheibe lag nichts als Nacht.

Als ich die Wohnung betrat, war es kurz vor Mitternacht. Die Tür zum Schlafzimmer meiner Mutter war angelehnt, und ein Lichtstreifen teilte den Flur in zwei Hälften.
Lola, hörte ich sie rufen, bist du das?
Sie lag auf ihrer Seite des Bettes, ein Taschenbuch in den Händen.
Beim nächsten Mann wird alles anders, konnte ich auf dem Umschlag lesen.
Michaels Seite war unberührt, das Kissen hatte einen Knick.
War's denn nicht nett?, fragte sie und klopfte auf die Decke neben sich. Als ich mich setzte, hielt sie kurz die Luft an, so als witterte sie einen Geruch und müsste erst überlegen, wie sie ihn einordnen sollte. Dann atmete sie gleichmäßig weiter, ließ das Buch über ihrer linken Hand zuklappen und strich mir mit der anderen übers Haar.
Herzekind, sagte sie. Und noch einmal: Herzekind.

Anton sieht müde aus. Immer wieder winkelt er das Bein an und streckt es langsam wieder aus, als bereitete die Bewegung ihm Schmerzen. Solange er aus seinem Roman gelesen hat, schien es ihm gut zu gehen. Er tauchte in seinen Text ein und in ihm unter. Die Diskussion danach will er nur noch hinter sich bringen. Er würgt sie ab, indem er zu allem Ja sagt. Jeder darf in seinen Roman hineinlesen, was er will.

Globalisierung und Selbstmordattentate, sagt gerade eine Frau in einem dunkelgrünen Kaftan mit Goldstickerei, steht das nicht noch in einem ganz anderen Zusammenhang? Ich meine, ist das Konsumverhalten der westlichen Welt nicht so gesehen ein einziges, großes Selbstmordattentat?

Anton stützt den Kopf in die rechte Hand und holt tief Atem. Ja, das kann man durchaus so betrachten.

Wie wohl der Körper aussieht, den er unter seinem schwarzen Anzug verbirgt? Leberflecken, Haare auf den Schultern. Waden, krampfädrig, gelb und abgenutzt vom jahrzehntelangen Gezeitenwechsel des Insulinspiegels. Seit beinahe zwanzig Jahren habe ich Anton nur noch auf Verlagsfotos gesehen. Mit jeder Bewegung auf dem Podium wird er älter, im Zeitraffer, wie ein Comicmännchen auf der Kinoleinwand. Kein Wunder, dass auf dem Frauenparkplatz nur noch der Lektor sitzt.

Der Autor lebt und arbeitet in Italien, gemeinsam mit seiner Partnerin. Wer weiß, wie aktuell der Text in der hinteren Umschlagklappe des Romans noch ist.

Nur Antons Stimme, die ist nicht gealtert. Eine Stimme wie ein Federbett, warm und weich. Meine Augen als Zeitreisefahrzeug. Wenn ich sie schließe, bin ich wieder zwölf. Wo bist du denn. Kalter Frühlingswind und Wolken wie Schneeflocken.

Wenn ich sie aufschlage, sehe ich einen älteren Mann, der mit der Stimme eines anderen spricht, den ich mal kannte. Zu einer anderen Zeit. Ein schönes Spiel.

Wissen Sie, sagt Anton zu der Frau im Kaftan, ich bin nicht die Art von Schriftsteller, der seine Interpretationen mitliefert. Eine Geschichte ist, was sie ist. Wer ein Buch liest, schreibt es gleichzeitig auch.

Die Frau beugt sich vor, es sieht aus, als würde sie etwas in ein Notizbuch kritzeln.

Gut, sagt die Badenpost-*Feuilletonistin Anneliese Bongers-Weidenbach und nestelt an ihrem Mikrophon, gibt es weitere Fragen?*

Wir haben uns gerade überlegt, wirft ein Mädchen von vorne rechts ein, wann soll denn der Roman eigentlich spielen? Ich meine, die Frau, also die Hauptfigur, die hat nicht mal 'n Handy. Und dann schreibt sie auch noch einen Brief. Ich meine, wer tut denn so was?

Ein paar Leute lachen. Anton nicht. Bevor er antworten kann, springt eine Frau aus der ersten Reihe ein und dreht sich zu dem Mädchen um.

Das ist doch ein ganz schönes Bild, sagt die Frau, Realität funktioniert doch immer so, in übereinanderliegenden Schichten. Das ganze Leben ist doch ein Mosaik aus Altem und Neuem, das gleichzeitig existiert. Du sitzt hier ja auch in einer hundert Jahre alten Villa und hast einen IPod, oder?

Noch mehr Gelächter. Das Mädchen greift hastig nach den Kopfhörern, die rechts und links über ihren Schultern baumeln, und stopft sie in die Jackentasche.

Herr Olbricht?, fragt Anneliese Bongers-Weidenbach, und Anton legt den Kopf schief und lächelt, ich hätte es nicht schöner ausdrücken können.

Ja, sagt sie, wenn dann keine weiteren Fragen mehr sind,

und sieht dabei aus, als könnte sie es kaum erwarten, zum gemütlichen Teil des Abends überzugehen.

Doch, höre ich jemanden schräg vor mir sagen, da wäre noch was.

Eine haarige Altmännerhand hebt sich, eine Geste wie in der Schule. Der, dem sie gehört, hat einmal am Berthold-Gymnasium unterrichtet. Neben ihm Herr Lechler, mein alter Deutschlehrer. Vor drei Jahren haben die beiden geheiratet. Freiburgs erste Homo-Ehe. Die Badenpost *hat groß darüber berichtet, unter der Überschrift* Eine heimliche Liebe mit Happy End.

Die Protagonistin dieses Romans, also …, beginnt Lechlers Lebensgefährte,

Höllental, *sekundiert Lechler, der Roman heißt* Höllental,

äh, ja, sagt der andere, also, die Protagonistin ist zwar glänzend beschrieben, aber nach meinem Dafürhalten ist die Darstellung doch etwas tendenziös.

Anton sieht ihn an, wartet. Der Fragesteller wartet auch. Irgendwo geht klirrend ein Glas zu Boden.

Wie meinen Sie das, fragt Anneliese Bongers-Weidenbach, tendenziös?

Nun ja, sagt Lechlers Lebensgefährte, es wird mir nicht ganz klar, ob die Protagonistin eigentlich aus dem arabischen Kulturkreis stammen soll, aber es gibt da doch einige körperliche Details, die darauf hindeuten. Die Stelle mit den Härchen auf den Unterarmen, zum Beispiel. Das hat doch fast etwas Tierhaftes. Ich möchte beinahe sagen, er macht eine Kunstpause, etwas Rassistisches.

Ja, sagt Anton, seufzt und lehnt sich zurück. Wenn Sie das meinen, dann hat es das wohl.

Gut, sagt Anneliese Bongers-Weidenbach, wenn dann keine weiteren Fragen mehr sind.

Lechlers Lebensgefährte wendet sich hilfesuchend um, aber

die Leute haben bereits zu klatschen begonnen. Einige tauchen nach ihren Handtaschen, die unter den Stühlen gekentert sind. Lechler legt seinem Mann eine Hand auf den Oberarm. Dann streichelt er ihn mit dem Daumen, ganz vorsichtig, so als hätte er immer noch Angst, sich mit einer Geste zu verraten.

Im Gang neben meiner Stuhlreihe steht der Junge von vorhin. Er sieht aus, als würde er auf mich warten. Und dabei so tun, als wäre er nur ganz zufällig da.

Na, sagt er. Einen Moment lang denke ich, jetzt hat er mich auch wiedererkannt. Aber das kann gar nicht sein. Er war damals noch nicht einmal zwei Jahre alt.

Na, sage ich.

Er sieht angestrengt zu Boden, als wäre ihm der nächste Satz gerade in die Rillen des Parketts gerutscht.

Ich wollt fragen, sagt er schließlich und schlenkert dabei seine Tasche in der Hand, machen Sie, ich meine, machst du jetzt noch was? Oder wollen wir an der Bar, also …

Dann sei doch ein Schatz, sage ich, bevor er sich vollends verhaspelt, und bestell mir schon mal einen Rotwein. Ich lass mir das hier eben noch signieren.

Ich halte erklärend meine Ausgabe von Höllental *hoch, er nickt und dreht sich gleichzeitig um, so dass er beinahe mit der Frau im grünen Kaftan zusammenstößt, die gerade in Richtung Podium eilt.*

Mittlerweile hat sich eine lange Schlange gebildet, an der Saalwand entlang bis fast zum Ausgang. Ich klemme das Buch unter meinen Arm. Ein etwas phantasieloses Cover, wie ich finde, schwarze Strichfiguren, voneinander abgewandt. Aber ein schöner Titel. Wie immer. Jetzt kommt wieder der Hornbrillenträger an, der die Leute vorhin in den Saal gescheucht hat. In der Hand trägt er einen kleinen gelben Post-it-Block.

Entschuldigung, sagt er, möchte jemand von Ihnen eine persönliche Widmung des Autors?

Zustimmendes Gemurmel.

Dann würde ich Sie bitten, den Text auf einen dieser Zettel zu schreiben und ihn mit dem Buch zusammen abzugeben. Am besten, Sie kleben ihn gleich auf die erste Seite. Wir haben die Erfahrung gemacht, dass es sonst zu lange dauert. Wenn die Autoren sich jeden Namen buchstabieren lassen müssen.

Es ist nicht so schwierig, sage ich, als er mir seinen Daumen hinhält, an dem ein gelbes Post-it klebt. Den Satz Für eine alte Freundin, *den sollte er schaffen.*

Der Brillenträger sieht mich an. Seine Augenlider zucken hinter den dicken Gläsern.

Der Mann ist schließlich Schriftsteller, sage ich.

Trotzdem, sagt er. Für alle Fälle.

Dann befestigt er den Zettel mit Nachdruck auf dem Schutzumschlag meines Buches.

Ich schlage es auf. Blättere um. Titel, Autor, Verlag. Noch eine Seite, bevor der Text beginnt.

Entschuldigen Sie, sagt der Hornbrillenträger.

Da stehen zwei Worte.

Wenn ich Sie noch um eines bitten dürfte, sagt der Hornbrillenträger.

Nur zwei Worte.

Blockschrift, sagt der Hornbrillenträger.

Für Fee.

Mechanisch klappe ich das Buch zu, ziehe den leeren Zettel ab und klebe ihn dem Hornbrillenträger auf den Ärmel. Danke, sage ich. Hat sich erledigt. Und wende mich ab.

Jetzt nur nicht umdrehen. Ein- und ausatmen. Schritt für Schritt. Durch den Saal. Ins Foyer. An die Bar. Härchen auf den Armen, Härchen auf dem Bauch.

Felicitas. Die Glückliche.

Hey, sagt der Junge, das ging ja schnell.
Er hat noch immer die halb volle Flasche Tannenzäpfle in der Hand, vor ihm auf dem Tresen liegt eine zerrissene Plastikhülle, Grissini tradizionale, lese ich. Wahrscheinlich eine Hommage an den Autor: Snacks für die italienischen Momente des Lebens, serviert in einem leeren Weizenbierglas.
Dafür ist die Weinlieferung heute ein bisschen langsam, sage ich tadelnd.
Oh, sagt er, weißt du, das ist ein bisschen blöd, aber die schenken hier nichts mehr aus.
Hat's dir gefallen?, frage ich den Jungen.
Was jetzt?
Na was wohl, die Lesung.
Er zuckt die Achseln. Ja, schon. Ich glaube, ich kann das nicht so beurteilen.
Wieso denn nicht?
Ich bin, er macht eine Pause, na ja, ich bin sozusagen mit dem Autor verwandt.
Wann hört das auf, denke ich, ab welchem Alter schämt man sich nicht mehr für seine Eltern?
Lechler und sein Mann kommen aus dem Saal, Lechler hat noch immer seine Hand auf dem Arm des anderen. Sie sehen glücklich aus, denke ich. Wie ein Paar, das sich liebt.
Ja dann, sage ich, war nett, mit dir zu plaudern. Dann brechen wir eben auf.
Er sieht mich prüfend an, dann strahlt er plötzlich über das ganze Gesicht.
Cool, sagt er, ich bin aber mit dem Fahrrad da, wie machen wir das?
Halt, will ich sagen, Missverständnis, ich meinte: Du

schwingst dich jetzt schön in den Sattel, und ich bestelle mir ein Taxi nach Hause. Aber so wie er mich anschaut, anstrahlt wie ein Kind im Spielzeugladen, das den ganzen Einkaufswagen vollladen darf, bringe ich es einfach nicht übers Herz.
Ich habe gar kein Fahrrad, sage ich.
Aber wir gehen doch noch was trinken, oder?, fragt er hastig.
In eine Kneipe?, frage ich zurück.
Mir egal, sagt er, wo gehst du denn normalerweise so hin?
Genau die Art von Frage, an der man merkt, das man älter wird. Auf jeden Fall hat sie mir lange keiner mehr gestellt. Auf Anhieb fällt mir nur die Hemingway-Bar im Hotel Victoria ein. Rattanstühle, Ventilatoren, bunte Cocktails. Dort werden wir sitzen und reden, und Dekopalmwedel auf Holzstielen werden an unsere Nasen stoßen, wenn wir an unseren Drinks nippen. Mit Sicherheit wird ein Satz nicht fallen. Der Junge wird mich nicht fragen, wie alt ich bin. Und ich werde es ihm nicht sagen. Noch immer gehe ich als Studentin durch, wenigstens bei Cocktailbarbeleuchtung, als abenteuerlustig und erfahren. Und die Jahre schrumpfen zusammen, wenn die Körper ins Spiel kommen.
Der Junge war noch nicht einmal geboren, da stand ich Hand in Hand mit seinem Vater auf der Schwäbischen Alb.
Ich geh ab und zu ins Hemingway, behaupte ich.
Prima, sagt er schnell, wollen wir uns dann in zwanzig Minuten dort treffen?
Musst du dich denn nicht vorher noch verabschieden?
Nein, nicht nötig. Er schüttelt hastig den Kopf. Und du, fragt er, musst du jemandem Auf Wiedersehen sagen?
Wen sieht Anton, wenn er morgens neben Fee aufwacht?

Ein dreizehnjähriges Mädchen, das vor Männer Moden Müller *am Bertholdsbrunnen sitzt und den* Fänger im Roggen *liest, den er ihr geschenkt hat? Eine junge Ausgabe von Insa? Oder jemanden, den ich nicht mehr kenne?*

Nein, sage ich. Das ist nicht mehr nötig.

Verstehe ich nicht.

Musst du auch nicht.

Der Junge zuckt die Achseln, stellt sein Bier auf dem Tresen ab und fährt sich mit dem Unterarm über die Stirn.

Okay, sagt er, dann fahr ich mal vor.

Bevor wir gehen, sollten wir noch eines klären, sage ich.

Jetzt sieht er mich an wie ein Fünfjähriger, der fürchtet, man könnte ihm sein neues Spielzeug wieder wegnehmen.

Du bist…?, frage ich.

Ach so, sagt er schnell, natürlich, ich heiße Adrian.

Angenehm, sage ich, mein Name ist Lola.

Ah, sagt er. Lolita.

Wir schütteln uns die Hände, übertrieben jovial wie Geschäftspartner, und müssen dann beide lachen. Beim Hinausgehen streifen seine Finger meine Schulterblätter.

Er bückt sich zum Hinterreifen des Fahrrades hinunter, und sein T-Shirt rutscht hoch und entblößt einen kleinen Streifen Haut. Nervös nestelt er mit einem Schlüssel herum, dann springt das Fahrradschloss schnappend auf. Er zieht den beweglichen Schlauch zwischen den Speichen hervor und schlingt ihn sich um die Hüften. Eine Schlange, die ihren stählernen Kopf direkt unter Adrians Nabel schmiegt.

Also, wenn du magst, sagt er und streckt seine Hand einladend in Richtung Gepäckträger aus, ich kann dich auch einfach mitnehmen.

Die ganze Strecke?, frage ich. Ich weiß nicht …

Ach komm, sagt er und legt den Kopf schief, ich bin ein super Fahrer.

Und ehe ich weiß, was eigentlich geschieht, rollen wir schon gemeinsam den Berg hinunter, vorbei an den schlafenden Häusern pensionierter Stadtratsvorsitzender und Apotheker. Mein Po plattgedrückt von Stahlgestänge, meine Hände über Adrians Bauch verschränkt, der sich wölbt und senkt, immer wieder wölbt und senkt.
Das hier ist kein Anfang, es ist das Ende von etwas.
Und es fühlt sich gut an.
Am Fuße des Lorettoberges, zwischen Krankenhaus und Schwimmbad, wendet Adrian mir sein Gesicht zu.
Wohin sollt's noch mal gehen, gnädige Frau?, fragt er.
Victoria, antworte ich.
Und denke:
Wenn du wüsstest.

Annette Pehnt

Ich muß los

Roman. 125 Seiten.
Piper Taschenbuch

»Dorst schob seinen Einkaufswagen von hinten sachte in Elners Hüfte. Elner drehte sich um, in der Hand eine frostige Spinatpackung. Ach nein, sagte sie und ließ den Spinat sinken. Der spanische Sekt ist im Sonderangebot, sagte Dorst, legte den Kopf schräg und wartete.« Unergründlich und scheu ist er, der Held in Annette Pehnts kraftvollem erstem Roman. Er läuft in den schwarzen Anzügen seines toten Vaters herum, erzählt als selbsternannter Reiseführer von Limonadebrunnen und Honigfrauen. Seine Phantasie ist grenzenlos, die Nähe zu anderen nicht. Vor allem nicht die zu seiner Mutter und ihrem neuen Freund. Erst als Dorst die junge Elner trifft, scheinen seine Zurückhaltung und seine Rastlosigkeit ein Ende zu finden. Lakonie und leiser Humor vereinen sich in Annette Pehnts Roman zu einer traurig-schönen Geschichte über einen jungen Mann und seine Verbindung zur Welt.

05/1511/02/L

Andreas Steinhöfel

Die Mitte der Welt

Roman. 464 Seiten.
Piper Taschenbuch

Was immer ein normales Leben auch sein mag – der 17-jährige Phil hat es nie kennengelernt. Denn so ungewöhnlich wie das alte Haus, in dem er lebt, so ungewöhnlich sind auch die Menschen, die dort ein- und ausgehen: seine chaotische Mutter Glass, seine verschlossene Zwillingsschwester Dianne. Und dann ist da noch Nicholas, der Unerreichbare, in den Phil sich unsterblich verliebt hat …

»Andreas Steinhöfel hat einen grandiosen Entwicklungs- und Familienroman von großer literarischer Komplexität und Innerlichkeit geschrieben.«
Der Tagesspiegel

»Jedes Kapitel hält dieses geheimnisvolle Gleichgewicht zwischen der Neugierde auf den Schluss und dem Genießen des Augenblicks.«
Die Zeit

05/2363/01/R